転生しました、脳筋聖女です2

香月航
Wataru Kaduki

Regina

レジーナ文庫

登場人物紹介
Characters Introduction
ディアナ
乙女ゲームのもう一人の主人公。女騎士タイプだがゲームよりはるかに長身で筋骨隆々としている。
ウィリアム
攻略対象の一人で天才魔術師。
エルドレッド
攻略対象の一人で戦う王子様。
ノア
攻略対象の一人でエルフの賢者。
ダレン
攻略対象の一人で諜報系の近衛騎士。

カールハインツ
攻略対象の一人で
最高峰の魔術師。
何故かアンジェラに
疑惑の目を向けている。
ジュード
攻略対象の一人で
曲剣の使い手。
幼い頃からアンジェラの
護衛を務めている。
アンジェラ
アクション系乙女ゲームの主人公に
転生した、元廃人プレイヤー。
物理攻撃の苦手な聖女タイプだが
魔法で身体能力を強化し
特大メイスをふり回して戦う。

目次

転生しました、脳筋聖女です 2

STAGE7　脳筋聖女と謎の少年導師

「……あ、アンジェラ。起きた？」

カタカタと規則正しく聞こえてくる車輪の音に目を開けば、そこに広がるのは眩《まばゆ》いばかりに輝く世界——いや、世界は大げさか。深紅《しんく》のビロード張りの部屋の中、輝いているのはそこにいる人間だ。金と銀とすぐ隣に黒のイケメン天国。なんだろう、この目覚めに優しくない光景は。

(こんなの、まるで乙女ゲームみたい…………ああ、そうか)

そこまで考えて、ようやく意識がハッキリしてくる。そうだ、ここは正《まさ》しく乙女ゲームの世界だ。——そういう世界に転生したのだったわ。

「ごめん、今起きたわ」

「うん、おはよう。アンジェラ」

起こしてくれた黒のイケメンに声をかければ、彼の整った顔がふにゃりと笑みに変わった。

私の名前はアンジェラ・ローズヴェルト。亜麻色《あまいろ》の髪にサファイアのような青い目を持つそれなりの美少女なのだけど……実は前世、日本人で乙女ゲーマーだった記憶がある〝転生者〟だ。

それも、今生きているこの世界の元となった『アクション系乙女ゲーム』を遊び尽くした廃人級のプレイヤーであり、情報チート持ちでもある。

戦闘要素が売りという異色のゲームの目的は、『魔物』と呼ばれる異形の化け物の大量発生によって危機を迎えた世界を、『攻略対象《イケメン》』たちと共に救うことだ。

それはゲームが現実になった今も同様で、私はこのウィッシュボーン王国の王子様が新設した魔物討伐部隊に招集されて、戦いの日々を送っている。……本来ならば皆を回復魔法でサポートするはずの〝後方支援型の主人公〟に転生したにもかかわらず、強化魔法を自分に使って最前線で戦いながら、ね！

相棒は鋼鉄製のメイス、座右《ざゆう》の銘《めい》は『困ったらとりあえず殴れ』だ。おかげで、ゲームの時とは少し展開が違うものの、今日までは概《おおむ》ね順調に救世活動が進んでいる……はずだ。多分。

（どこかと思ったら、ここは馬車の中だったのね）

中身こそ別人になってしまったものの、ゲームのシナリオ通りに部隊に加わった私は、攻略対象たちと共に王都の外れへ魔物討伐に出向いていた。この馬車は、部隊長である王子様が移動用に手配してくれたものだ。

ただ、戦いたい私は馬車には乗らず、護衛として馬で随行していたはずなんだけど。

「アンジェラ、ぼんやりしてるけど大丈夫？　どこか痛い？」

状況を確認していれば、すぐ隣にいる黒のイケメンが私の顔を心配そうに覗き込んできた。

黒髪に黒目、この国では珍しい褐色《かっしょく》の肌を持つ彼の名前はジュード。私の十年来の幼馴染《おさななじみ》にして、ゲームでは攻略対象だった男だ。

剣士の彼も、行きは馬車ではなく馬で来ていた。というか、私は彼の馬に相乗りさせてもらっていたのだけど、何故二人とも馬車に乗っているのかしら。

「いや、どうして私たちが馬車に乗ってるのかな、と思って」

「ああ、覚えていないんだね」

「お前は戦いの後に、その黒いのの腕の中で眠ったんだ」

私の疑問に答えてくれたのは、向かい側に座っている金と銀のイケメンたちだった。

金髪金眼の柔らかい印象の男性が、この部隊の隊長にして私たちの住むウィッシュボーン王国の第三王子でもあるエルドレッド殿下。銀髪銀眼の恐ろしく美しい人が、『月の賢者』と呼ばれるエルフの魔術師ノアだ。二人ともゲームの時は攻略対象であり、今は討伐部隊の仲間である。

(私が眠ってしまったって何かしら？　そんな記憶はないけど)

――ここで目覚める前の記憶を辿《たど》ってみる。今日の討伐は、部隊のメンバーの実力を確かめるための『お試し出撃』だった。だから、ちょっと戦ってすぐ戻るはずだったのだけど。

(そこで、強敵とされる蜘蛛《くも》の魔物【ヤツカハギ】の群れが出て……さらにその後、ボス魔物の【アラクネ】に遭遇したんだったわ！)

まさか王都近くでボスに遭遇するとは思わず、大変な苦戦を強《し》いられることになった。

幸い、ゲームの時よりも強くなっていた仲間たちと協力して、魔物を倒すことはできたのだけど。でも、それで何故、私は眠ってしまったのだろう。

「……眠った覚えがないのなら、疲労と魔力の使いすぎによる〝気絶〟だぞ」

「あ、なるほど」

呆れたようなノアの補足で、ようやく現状が理解できた。なるほど、眠った覚えがないと思えば、単に疲れて寝落ちしただけだったのか。元々私は自分に強化魔法を使い続けているし、いきなりのボス戦だったものね。仲間がいてくれてよかったわ。

「……気をつけないと。運んでくれてありがとね、ジュード」

「僕は魔法も魔術もサッパリだからね。無駄に育った体が、君の役に立ってよかったよ」

今もなお体を支えてくれている幼馴染《おさななじみ》に礼を言えば、彼はまた嬉しそうに微笑んでくれる。顔立ちは鋭い系のイケメンなのだけど、私に向ける笑みはいつだってとても優しい。

思わずほんわかと和《なご》んでいれば、ふと御者席《ぎょしゃせき》に繋がる窓からノックの音が聞こえてきた。

「中の方々、そろそろ着きますよ。降りる準備して下さーい」

聞き慣れた声は、やはりゲームでは攻略対象だった男性のものだ。やがて、彼の言葉を証明するようにガヤガヤと周囲がにぎやかになってくる。

「降りようか。アンジェラは立てる？」

「しっかり寝かせてもらったみたいだし、大丈夫よ」

外の人たちの言葉が聞き取れるぐらいになった頃、雄々《おお》しい馬の嘶《いなな》きと共に馬車はゆっくりと停止した。次いで、丁寧な動きで扉が開かれていく。

「おかえりなさいませ、エルドレッドでん……ぎゃあああッ!?　殿下が!!　皆様が!!」

「……うん？」

恭《うやうや》しく扉を開けてくれたのは、ジュードが借りている藍色《あいいろ》の騎士服と同じ格好をした人々だったのだけど。彼らは私たちの姿を見た途端に、野太い悲鳴を上げて後ずさった。

そのまま、「担架《たんか》を」とか「医者を」とか慌ただしく叫んでいる。一体何ごとかと、四人で顔を見合わせてみれば……原因はすぐにわかった。

「私たちの服、結構すごい汚れ方してるわね」

「特にノアは、元が白い服だから血が目立つねえ。あはははは」

「お前も大概だぞ、エルドレッド。お高そうな服が台無しだからな」

そう、予期せぬボス魔物【アラクネ】との戦闘の結果、私たちは決して浅くはない怪我を負わされてしまったのだ。

怪我自体は私の回復魔法で全部治したけど、服に染み込んでしまった血はもちろんそのままだし、砂やら泥やらでめちゃくちゃに汚れている。騎士たちが驚くのも当然だわ。

「しかも今日は、かるーく実力確かめに行ってきますって体《てい》で出かけたものね」

「それが帰ってきたらこの様《ざま》では……殿下、僕たちの部隊が解散させられる可能性もあるのでは」

「さすがにそれはないだろうし、私たちでなければあの蜘蛛《くも》の魔物は倒せなかっただろう。被害を最小限に抑えられたのだから、むしろ賞賛されると思うよ。……ただ、今は彼らを落ち着かせて、話をしてこないと面倒かもねえ」

美しい顔に苦笑を浮かべた王子様は、一人でささっと馬車を降りると、慌てている騎士たちをどこかへ連れていってしまった。彼を補佐するように、ノアも汚れた外套《がいとう》を翻《ひるがえ》して去っていく。

馬車に残された私とジュードは、ぽかんとしながら彼らを見送るばかりだ。

「……とりあえず、僕たちも馬車を降りようか。ここにいても仕方ないし、アンジェラはお風呂に入りたいんだよね？　あと、ご飯も」

「え、なんで知ってるの!?」

「寝ぼけた君が言ってたからね。さ、行こうか」

さりげなくエスコートしようと手を差し出してきたジュードに、渋々《しぶしぶ》ながら従っていく。この部隊の初陣《ういじん》でもあった大変な一日は、なんだか締まらない形で終わりそうだ。

結局あれから王子様とノアが戻ってくることはなく、騎士団からお城の人たちに引き渡された私は、一通り怪我の確認をされた後に、お風呂に入る時間をたっぷりともらうことができた。

着替えを終えてホクホクしながら指定された部屋へ向かえば、これまたテーブルには山盛りのご馳走《ちそう》！　隊長が本物の王子様っていうのは、こういう待遇が素晴らしいわよね！

「お、いらっしゃいアンジェラちゃん。ご機嫌だな」

私がうっとりとテーブルを眺めていれば、先に集まっていた仲間たちがにこにこしながら声をかけてくれる。

灰緑色《かいりょくしょく》の髪に猫のような緑眼をしたちょっと軽そうな彼は、王子様の近衛《このえ》騎士を務めるダレン。彼のすぐ近くで真っ黒なローブを引きずっているのが、魔術師のウィリアム。こちらの二人もゲームの攻略対象であり、今は共に戦う仲間だ。

雰囲気の真逆な二人に色っぽい系美形のジュードが加わり、三者三様の魅力を醸《かも》し出している。

「大きいお風呂でゆっくりしてきましたからね！　本格的な旅に出るまでは、お城の素晴らしい設備を堪能《たんのう》させてもらいますよ」

「考え方がたくましくていいね。さて皆そろったし、姐《ねえ》さんも一緒にご飯食べましょう」

どうやらメンバーの中で、私が一番最後だったようだ。約束の時間に遅れてはいないはずだけど、一応皆に軽く頭を下げておく。「気にしないで」とそれぞれ席へ移動していく中、壁際で警護するように立っていた深い青色の鎧《よろい》もズシンと動き出した。

「ディアナ様！」

途端に私の胸をさらなる歓喜が埋め尽くし、その重たい足音のほうへ顔を向ける。帰ってからお会いできていなかったのだけど、こちらにいらっしゃったのか！

「アンジェラ殿、元気そうで何よりだ。今日の戦い、実に見事であったぞ」

地面に響くほど低い声での労《ねぎら》いに、ぽっと頬が熱くなる。二メートルをゆうに超える長身に、鎧《よろい》の上からでもわかる筋骨隆々《きんこつりゅうりゅう》の素晴らしい体。

どの男よりも雄々《おお》しい〝彼女〟は、私の筋肉の女神様ことディアナ様。私が転生したアンジェラと共に『乙女ゲームの主人公』だった正真正銘《しょうしんしょうめい》の女性である。ゲームと同じなのは、赤髪緑眼ということだけだけどね。

そんな彼女は、前線で戦いたい私が心から憧れる人でもある。

「ディアナ様こそ、今日は本当にありがとうございました。貴女様がいなければ、あの巨大な蜘蛛《くも》の魔物は決して倒せなかったでしょう」

「我は大したことはしておらぬさ。皆の命を繋いだのは、他ならぬそなただ。礼を言わせてくれ」

山賊も裸足《はだし》で逃げ出すような迫力のあるお姿だというのに、彼女の中身は正《まさ》しく高潔な騎士！　私がサポート型のアンジェラに転生したのは不本意だったけど、このディアナ様と出会うためだったというのなら、私の転生先も大正解だと思えるわ。

「おお、そうだ。そなたのメイスは騎士団に預けておいたゆえ、手隙《てすき》の際に受け取ってくれ」

「そうだ、私の相棒！　重ね重ねすみません!!」

　私としたことが、うっかりしていた。私が寝落ちしたのだから、武器は当然他の人が運んでくれたのだろう。今の今まで忘れていたとは、なんたる不覚！

「……あのメイス、オレたちの中じゃディアナ姐《ねえ》さんしか持てなかったんだよな。よくあんな重たいものをふり回せるよな、アンジェラちゃん」

　ディアナ様に平謝りする私の耳に、ダレンの呆れたような声が聞こえる。私のメイスは本来なら木で作る部分まで全て鋼鉄で固めた特注品だ。

　自分に強化魔法を使い続けられる私だからこその武器なので、普通の人間では持ち上げることすらできないだろう。

　私を凌《しの》ぐ力持ちのディアナ様がいて下さって本当によかった。危うく戦場へ取りに戻るところだったわ。

「今日のそなたの働きから考えれば、倒れるのも仕方ないことだ。さあ、食事にしようアンジェラ殿」

私がほっと胸を撫で下ろしたところで全員が席につき、ようやくとばかりに食事が始まった。

「んん、美味《おい》しい！　生きて帰ってこられてよかった！」

早速料理に手をつければ、どれもこれも唸《うな》るほどに美味《おい》しい。教会で質素な暮らしをしてきた私には名前も材料もわからない料理ばかりだけど、そんなのは些細《ささい》なことだ。

食べる前はテーブルマナーに気をつけようとか考えてもいたけど、食べ始めてしまえばそんなものすっかり忘れてしまった。今日は特に、予想外のボス魔物と必死で戦ってきたからね。

それは皆も同じようで、それぞれ幸せそうな表情で舌鼓《したつづみ》を打っている。ウィリアムなど、普段は隠したがっている赤い目がフードの下から見えているのに、全く気付いていない。よほど集中して食事を楽しんでいるのだろう。

「一時はもうダメかと思ったけど、皆無事でよかったね」

「本当よ。ジュードは特に沢山怪我をしたんだから、今日はしっかり休むのよ？」

「無茶ばっかりした君に言われたくないよ。でも睡眠はしっかり取りたいから、明日の予定は聞いておきたいね。隊長のエルドレッド殿下はいないけど、ダレンさんは何か聞いていますか？」

ゆっくりなように見えて、私の倍以上食べているジュードがダレンを見れば、彼はもくもくと口を動かしながら首を横にふっている。どうやら、今後の予定はまだ決まっていないらしい。

……まあ、初回のお試し戦闘でボスに当たってしまったのだから、スケジュール調整が入ってもやむなしか。

「ごくん……ふう。殿下からは何も聞いてないけど、ウィル君がオレたちに用があるっていう伝言だけは受け取ってるよ。そうだよな？」

「むぐ……は、はい！　ぼくといいますか、ぼくのお師匠様なのですけど」

「ウィリアムさんの師匠？」

咀嚼《そしゃく》しながらなんとか喋《しゃべ》った彼に、食事の手が止まってしまう。ウィリアムの師匠といえば、ゲームでは攻略対象だった人物だ。しかしゲームと違い、彼は部隊に参加しなかった。

――それはこの世界がゲームではなく〝現実である〟という証明でもある。

（ゲームと現実で立場が変わったキャラか）

外見が大幅にグレードアップしたディアナ様だって部隊に参加してくれたのに、まだ登場すらしていない彼はどれほど変わっているのだろう。うん、とても興味深い。

「その方は、なんて？」

「は、はい。皆さんの都合がつく時に、会って話ができないかと。ぼくに届いた手紙には、それしか書かれてなくて、詳しいことは何も……す、すみません！」

「ああ、謝らなくても大丈夫よ。教えてくれてありがとう」

ウィリアムがオロオロして謝り癖を発揮しそうになったので、すかさず止めておく。

情報が少なすぎてなんとも言えないけど、ゲームの攻略対象なら会っておきたいわよね。

「我も何も言付《ことづ》かってはおらぬし、恐らく明日の出陣はないだろうな」

「姐《ねえ》さんも聞いてないですか。じゃあ、明日はそのお誘いに応じる方向でいいんじゃないか？　確かそのお師匠さんって、討伐部隊への参加を断った人だろう？　オレも付き合うよ」

ディアナ様とダレンも命令がなければ応じる、という方針のようだ。私も会ってみたいと首肯《しゅこう》して返せば、ウィリアムは恥ずかしそうに身を縮こまらせた。

「ジュードは……聞くまでもないか」

「もちろん。アンジェラが行くのなら、ついていくよ」

「じゃあ、明日はそのお師匠様のところへお邪魔させていただきましょうか。ウィリアムさん、今から返信しても間に合う？」

「はいっ！　魔術で返事ができますので、すぐに!!」

魔術って便利でいいわね。私の使う魔法は、便利そうに見えて制限が多いからなあ。

まあとにかく、明日は戦いではなく、まだ見ぬ攻略対象に会いに行くと決定したみたいだ。色々と不安もあるけど、今日はひとまず疲れを癒《いや》して、明日に備《そな》えておきましょうかね。

＊　＊　＊

「すまないけれど、私は公務があるから、今回は遠慮しておくよ」

「俺も城の魔術師たちから、魔術書の翻訳を頼まれている。旅立つ前に片付けておきたいんだ。悪いな」

「非常に残念だが、我も同行できなくなってしまった。ウィリアム殿の師が住まう場所は、この体には少々狭くてな……ゆっくり歓談してくると良い！」

ということで、ぐっすり休んだ翌朝。ウィリアムの師匠からのお誘いには、私とジュード、ダレン、ウィリアムの四人で行くことになった。

任務外ということで、騎士団の制服を着ていたジュードとダレンは堅いデザインの上着を脱ぎ、シャツ一枚のラフな服装に。ウィリアムも全身をすっぽり覆《おお》うローブから、ケープぐらいの短いものに変わっている。顔をフードで隠すのは変わらないみたいだけど。

私はいつも通りの修道服で、相棒のメイスを留守番させてきた。戦いに行く以外でアレを背負っていると、たまに職質されるからね。

「ディアナ様が狭いって言ってたけど、貴方のお師匠様はどこに住んでいるの？」

「は、はい！　お師匠様は今、王都の国立図書館で名誉館長を務めています。建物の上階に私室をいただいていて、そこで暮らしているらしいです」

なるほど、図書館か。建物自体は大きくても、通路が狭いパターンね。四人で押しかけても大丈夫なのか心配だったけど、普通の人間のサイズなら問題なさそうだわ。

「王都内に住んでいるのに、なんでお師匠さんは部隊に参加してくれなかったんだろうな？　他に大きな仕事を請《う》け負っているわけでもなさそうだったし、ウィル君は詳しい話を聞いてるかい？」

「それが、よくわからないんです。この戦いに思うところがある、としか教えて下さらなくて。……うう、すみません。ぼくがもっと、お師匠様にちゃんと意見できるような人間なら……」

「ああ、落ち込むな落ち込むな！　ウィル君が参加してくれただけで充分だからさ！」

ローブが短くなってもやっぱりじめじめしているウィリアムに、慌ててダレンがフォローを入れる。それにしても〝思うところがある〟か……なかなか興味深い意見だわ。

「アンジェラはそのお師匠様について、神様から何か聞いてる？　行っても危険はないのかな？」

おたおたしている男二人を尻目に、ジュードがこちらへ近付き耳打ちしてくる。私の天啓(仮)もすっかり信じてもらえるようになったわね。本当はゲームの知識なんだけど。

まあ、別に隠す必要もないので答えよう。

「そうね……確か、この国には数えるほどしかいない『導師』の一人よ」

ゲームの攻略対象だった彼は、『導師』と呼ばれる最高峰の魔術師だ。ノアの肩書きである『賢者』が知恵を説《と》くことに優《すぐ》れた魔術師なら、『導師』は先生みたいな後継者育成に優《すぐ》れた魔術師である。……だけど、彼が弟子をとることは本当に珍しいらしい。

彼が選《え》り好みしているというわけではなく、属性が偏《かたよ》っているから合う人材が少ないのだ。ウィリアムは〝彼に選ばれた〟という時点で、魔術師協会から高く評価されているのだろう。

「魔術師というより、呪術師みたいな人でね。壊したり滅ぼしたりすることの達人らしいわ」

「それはまた、なんだか物騒な人だね」

歩く殺戮《さつりく》兵器のジュードは人のことは言えないと思うけど、彼が物騒なのは同意するわ。

導師は攻撃特化のウィリアムよりも凶悪な、殲滅《せんめつ》系魔術の使い手だからね。消費魔力が大きいからゲームでは連発できなかったけど、えげつない手段のオンパレードだった。

私とは正《まさ》に真逆の属性だ。

「すごいです、アンジェラさんは本当によくご存じですね！」

「むしろ、神様ってアンジェラちゃんを優遇しすぎじゃないか？　そりゃ絶世の美少女に頼まれたら応《こた》えたくはなるだろうけどさ」

「私が頼んでいるわけではないのですが、ご気分を害してしまったならごめんなさい」

いつの間にか私たちの話に加わった二人の反応に、つい苦笑してしまう。情報源はゲームだから神様のひいきではないんだけど、他の人からしたらチートには変わりないものね。

諜報《ちょうほう》系の仕事をしているダレンは特に情報を得ることの難しさを知っているだろう

から、今後は少し気をつけようか。

「えっと……あ、ここです、着きましたよ」

「あれ、もう？」

なんやかんや話しているうちに、私たちの目の前には煉瓦《れんが》造りの大きな施設があった。

まだ十数分しか歩いていないのだけど、目的地は意外とご近所だったらしい。

縦よりも横に広いやや古い建物は、大きな学校の体育館のような印象だ。私たち以外にも沢山の人々が出入りしており、特にコスプレ風のローブ姿の人が多くて、つい目で追ってしまう。

「ぼくは受付の方《かた》に話をしてきます。少し待っていて下さいね」

田舎者《いなかもの》丸出しな私が目を輝かせている間に、ウィリアムは慣れた足取りで建物の中へ入ってしまった。弱気で面倒な子だと思っていたけど、同じ十六歳として見れば結構しっかりした青年なのかもしれない。妙な謝り癖さえなければモテるだろうに。

「二人は図書館とかあまり来ないかい？」

「僕も本は読みますが、わざわざ出向くほど興味はないですね。アンジェラは読書家だよね」

「魔法書ばっかりだけどね。教会にも図書室はあったけど、ここまで規模の大きいものは見たことないから、正直ちょっとウキウキしてるわ。……田舎者《いなかもの》でごめん」

気持ちを正直に伝えれば、二人は柔らかく笑ってくれる。今日は用事があって来たけれど、もし時間があるのなら、少しだけでも覗いてみたいものだ。読んだことのない魔法書もあるかもしれないし。

（そういえば、昔は重い魔法書で筋トレしていたわね。懐かしい話だわ）

幼い頃は分厚《ぶあつ》い魔法書を持つことすらできず、それで強化魔法を身につけたのよね。あの頃と比べれば、私は確実に成長している。今なら魔法なしでも持てるかもしれないわね。十冊は無理にしても、五冊ぐらいなら！

「アンジェラさん？　腕まくりなんてして、どうかしましたか？　華奢《きゃしゃ》できれいな腕ですね」

「ウィリアムさん、普通の女の子にとっての褒《ほ》め言葉で傷を負う人間もいるってことを、覚えておいてくれると嬉しいわ」

「ええっ!?　な、なんかすみません!!」

勢い込んで袖《そで》をまくってみたら、戻ってきたウィリアムが会心《かいしん》の一撃を入れてくれた。

……ディアナ様のような鋼《はがね》の肉体への道のりは、まだまだ果てしなく遠いようだわ。

とりあえず、彼の師匠に会うアポは取れたようなので、外付けの階段で上階へ向かっていく。

「えーと、この階の端《はし》の部屋……あ、あの部屋ですね」

上階は建物の広さの割に、ずいぶん扉の数が少ない造りだった。それぞれが一部屋だとしたら、彼の師匠はかなりの広さを割り当てられていることになる。

ウィリアムが示したのは、中でも特に広そうな部屋で、思わず皆そろって喉《のど》を鳴らしてしまった。

城のものにも劣らない両開きの大きな黒い扉。けれど……デザインがかなり独特な感じだ。

「この扉の彫刻って、多分悪魔よね？　貴方のお師匠様は、悪魔や邪神を崇拝《すうはい》していたりする？　私は神聖教会預かりという身分だから、立場上敵対しちゃうのだけど」

「そ、そういう信仰はなかったと思います！　多分……。すみません、ぼくもここに来たのは初めてなんです。前は違うところに住んでいらしたので」

恐る恐る質問してみれば、ウィリアムは自信がなさそうに答える。扉の材質はただの木のようだけど、悪魔の顔だけじゃなく、古代文字まで刻まれている。下手に触ったら呪われそうだ。

「お、お師匠様、いらっしゃいます？　ウィリアムです」

「いらっしゃーい！　鍵は開いてるよー」

ウィリアムがそっと声をかけてみれば、中から返ってきたのは意外にも明るい声だった。扉のホラー加減とは合わない反応に、四人で顔を見合わせる。

「あ、開けますよ？　触っても呪わないで下さいね！」

代表してウィリアムが手を触れれば、見た目よりも軽い動きで扉が開かれた。

そして視界に広がるのは――本の洪水。天井ぎりぎりまで本が詰められた棚と、床にも机の上にも高く積まれた本の山。本、本、本。見渡す限り本だらけだ。

「な、何この部屋……本当に人が住んでいるの？　倉庫とかじゃなくて？」

「おーい、こっちだよー」

生活感どころか、本以外のものが見当たらない部屋の中。一つの山が揺れたと思えば、ぴょこんと音を立てて薄桃色の頭が覗いた。

「うわっ!?　ま、また変なところで読書をして！　ちゃんと椅子に座って読んで下さいって、いつも言ってるじゃないですか！」

「ごめんごめん。面白い本を見つけて、つい読みふけっちゃった」

バサバサと崩れた山をどかしながら、ウィリアムのお師匠様――と呼ぶには、ずいぶん若い人物が姿を現す。

ちょっとクセのある薄桃色の短い髪に、輝く金色の瞳。ローブというよりは、黒地のパーカーのような服に〝着られている〟彼は、まだあどけなさの残る少年だった。

目を丸くする一同を気にもせず、少年はぺこりと可愛らしく頭を下げる。

「ようこそ僕の城へ。会えて嬉しいよ救世主たち！　僕の弟子と仲良くしてくれてありがとう！」

「……救世主？」

突然出てきた妙な呼び名に、つい面食らってしまう。ゲームでなら〝世界を救った〟と言えるけど、今の私たちは『魔物討伐のための新設部隊』にすぎない。さすがに大げさだろう。

戸惑う私たちを置き去りにして、彼は本の山を跳び越えると、部屋の奥へと進んでいってしまう。

「応接間はこっちだよ。僕についてきてね！」

「ちょっと、お師匠様!?　最初からまともな部屋に通して下さいよ！」

ぷんすかと怒るウィリアムに、ふり返ることもない。うん、実にフリーダムだわ。

「……ウィル君、君の師匠は変わった人だね」

「ぼくもそう思います。で、ですが、腕は確かなんですよ！」

呆れたように肩をすくめたダレンに、ウィリアムはフォローしようとして失敗している。ウィリアムを育てた人物だし、ゲームの攻略対象なら敵ではないと思うけど……うーむ。

まあ、この本まみれの部屋にいても仕方がない。再び顔を見合わせた私たちは、意を決して奥へと足を進めたのだった。

さて、誘導された奥の部屋に辿《たど》りついたのだけど、散らかり放題だった入り口と比べて、そこは見違えるほど整った空間になっていた。

派手さはないけど、壁や床などは落ち着いた茶色で統一されていて、本も壁際の一棚にきっちり収められている。マホガニー製と思《おぼ》しき家具はどれもお洒落《しゃれ》な形をしているし、何よりも清掃の行き届いた部屋は空気がきれいだ。

おかげで、用意されている紅茶の芳醇《ほうじゅん》な香りと、隣に並ぶ焼き菓子の良い匂いが、心地よく鼻腔《びこう》をくすぐってくれている。

……唯一問題があるとしたら、それを給仕しているのが『人外』であることだけど。

(何かしら、これ)

言うなれば、イラストとかでよく見るデフォルメされた『おばけ』だろうか。紙風船ぐらいの大きさの丸いフォルムに、ちょこんとのっている目と口。鼻は見当たらないけど、ずいぶん愛らしい顔だ。

……向こう側が半分透けて見えるのに、ちゃんとティーポットを持てているのが謎だわ。

「ウィリアムさん、これ何？」

「お師匠様の使い魔……みたいなものだと思います。わ、悪い子じゃないので大丈夫です！　いつもお手伝いをしてくれてた子なので！」

どうやら魔物や敵ではないらしい。私がまだ少し疑っている間にも、白いクロスの敷かれたテーブルに美味《おい》しそうな紅茶を並べてくれている。

やがて、全員分の給仕を終えたおばけちゃん(仮)は、達成感あふれる笑顔で一息ついた。

思わず頭を撫でてみたら、ちゃんと触《さわ》れた上にきゃっきゃと喜ばれてしまった。なにこれ可愛い。

「すみません、これはどこに売っていますか？　アンジェラが気に入ったみたいなので、買って帰りたいのですけど」

「やめてジュード、過保護なお父さんみたいなことするのやめて」

「ごめんねーこの子は売り物じゃないし、僕の生命線だからあげられないかな。僕、魔

術は得意だけど、生活力は全くないからね！」

真顔で阿呆な質問をしたジュードに、導師はくすくすと笑って答える。おばけちゃんは私に手をふった後、導師のもとへ戻り、頭の上にちょこんと乗った。やだ、これ本当に可愛い。

「くっ、僕に魔術の素養があれば！　ごめんね、アンジェラ」

「すみませんアンジェラさん。ぼくもこの使い魔は出せません……」

「ちょっと、過保護なお父さん増えるのやめてよ。私は何も言ってないじゃない！」

「アンジェラちゃん、そんな純粋な子どもみたいな顔をされたら、叶えてあげたくなるって。帰ったら賢者様に聞いてみようか？　あの人なら似たようなの出せるかも」

……過保護な父親はジュードだけじゃなかったらしい。何故かダレンまで真顔で提案してくるので、向かいに座る導師は大きな声を上げて笑い出した。くっ、本物の子どもに笑われるなんて！

「くっふふ……ごめんごめん。君たち面白いね。思っていたのとはずいぶん違うみたいだ」

「私のせいですか？　これ」

「愛《め》でられるのは良いことだよ、聖女サマ。さあ皆、遠慮なく召し上がれ」

なんとか笑いを堪《こら》えた彼は、皆にお茶とお菓子をすすめる。あの可愛い子が用意してくれたものだし、毒を疑わなくても大丈夫だろう。カップを手に取っても良い香りがするだけだ。

「今日は来てくれてありがとう。僕は導師カールハインツ。といっても本当の名前じゃないけど、カールと呼んでね。ウィリアムがお世話になっているよ」

導師――改めカールハインツ……いや、本人もいいと言ったしカールと呼ぼうか。ゲームでは攻略対象の一人だったカールは、紅茶のカップを揺らしながら目礼《もくれい》で名乗った。本名ではないとハッキリ言う辺りが彼らしい。……言うまでもないけど、彼は見た目通りの歳ではない。いわゆる合法ショタというやつだ。

「ご丁寧にありがとうございます。私は……」

「自己紹介はいいよ。君たちの名前は知ってるし、だいたいの人となりもわかるつもりだ。もっとも、僕が思っていた性格とは違うみたいだけどね」

礼儀として名乗り返そうと思ったのだけど、小さな手がそれを制する。

私たちのことを『知っている』という言葉に、情報担当のダレンがピクリと眉をひそめた。

「ああ、ごめん。悪い意味で探ったわけじゃないんだ。先見とか未来視とか、そう言えばわかりやすいかな？　僕は少しばかり先の未来を知っているんだ。そこに関わる君たちのこともね」

「――え？」

続いた言葉に、全員が固まってしまった。

先見、未来視……いわゆる予知系の能力だ。彼は超優秀な魔術師だし、そういうことができてもおかしくはないと思うけど。

「ちょっと待ってくれ。貴方は『思うところがある』という理由で、エルドレッド殿下の誘いを断ったはずだ。それはつまり、オレたちの部隊の未来が見えたからってことか!?」

声を荒らげたダレンが、私の疑問を代弁してくれている。そう、未来が見えていたというのなら、なおさら〝参加してくれなかったこと〟が疑問になってくるのだ。

（彼はさっき私たちを『救世主』と呼んでいた。多分、いずれそうなるってことよね。普通に考えれば名誉であるそれを、知っていて拒否したってこと？）

軋《きし》む音を立てたダレンの拳《こぶし》を、カール本人が「まあまあ」と宥《なだ》める声が聞こえる。

私が知るゲームの彼と、外見はだいたい同じだ。予知系のスキルはなかったはずだけど、超有能な魔術師の彼なら誤差の範囲だと思う。……なら他には、どう変わったのだろう。

「ごめん、変な誤解をさせてしまったね。僕は君たちのことを知っているつもりだったけど、実は最近、実際の君たちとの違いが大きくなってきてね。今日はそれを確かめたくて、ここに来てもらったんだよ」

弁明するカールの顔から、ようやく笑みが消えた。幼い顔立ちには不釣り合いなほど真剣な様子に、こちらの空気もまた強張《こわば》っていく。

弟子のウィリアムも私たちと同じ反応なので、何も聞かされていなかったのだろう。

「たとえばそうだね、名前や出身地、家族構成や王都へ来るまでの経緯はだいたい知っているよ。ウィリアムの才能も知ってて弟子にとったし、他の人のこともそれなりに知っていると思う。ただね、わからなくなったのが、君だよ聖女サマ。君は外見以外、僕が知ってる情報と全然違うんだ。だから今日、君とだけはどうしても話したかった」

「私……？」

語っていくカールの声は、先ほどよりもいくらか低くなっている。おかげで外見は少年なのに、大人と喋《しゃべ》っているような錯覚を覚えた。まあ実際、私より年上なのだろうけど。

（私が情報と違うというのは、もしかして転生者だから？　カールは脳筋じゃないアンジェラを予知していたってこと？）

彼を見返すと、その金の目もまた、私をじっと見つめていた。外見は幼いのに、ずいぶんと老成した目つき。そこには何故か、こちらを糾弾《きゅうだん》するような色すら浮かんでいる。

「うーん、まどろっこしいなあ……もう単刀直入に聞いてしまおうか」

「な、何かしら」

頭上のおばけちゃんをそっとテーブルに置いて、カールはこきこきと首や肩の関節を鳴らす。

やがて、一通りの関節を鳴らした彼は――別人のような鋭い瞳を向けてきた。

「アンジェラ・ローズヴェルト、『お前』は『誰』だ？」


「――は？」

尋問《じんもん》でもするかのような冷たい問いかけを合図に、私の周囲から〝背景〟が消えた。

ダレンもウィリアムも、隣にいたジュードすらもいない。一瞬で消えてしまった。

「な、何これ……ここはどこ!?」

何もない真っ白な空間の中、私とカールは二人きりで向かい合って座っている。

上を見ても下を見ても、一面の白。かろうじて椅子があるから〝この辺りが床なのだろう〟という見当はつけられるけど、ここから立ち上がって歩こうとは思えない状況だ。

一通り周囲を確認してから正面に向き直れば、こちらを睨《にら》みつけている少年の姿。

――いや、彼はもう『少年』とは呼べない表情を浮かべている。どこかくたびれたようなそれは、大人の男の顔だ。

「……導師カールハインツ、これはどういうこと？」

なんとか強気な声を心がけて質問する。どうやったのかはわからないけど、多分ここはカールのテリトリーだ。心が負けてしまったら、何をされるかわからない。

「どういうことだと聞きたいのはこちらだ。お前は誰だ？　本物のアンジェラをどこにやった？」

「本物も何も、私がアンジェラ・ローズヴェルトよ。それとも、同姓同名の別人を捜しているの？」

「違う。俺はお前と同じ顔をした、聖女アンジェラについて聞いているんだよ」

淡々と告げる声は低く、外見の幼さとますますミスマッチだ。おまけに口調まで変わっているじゃないか。こっちのほうが素なのかしら？　ゲームの時は……ダメだ、思い出せない。

（口調は置いておくとして。私が偽者扱いされるって、どういうこと？）

「誰と間違えているのか知らないけど、エルドレッド殿下に呼ばれたアンジェラは私よ？」

「ふざけるな！　お前が『聖女』なわけがない。俺の知っているアンジェラは、前線に出て鈍器《どんき》をふり回したりしねえよ！」

「あら、よく知ってるわね」

王都に着いてから人目のある場所ではまだ戦っていないのに、どこかで覗かれていたのかしら。彼が味方ならともかく、敵なら皆にも伝えておかないといけないわね。

……この変な空間を無事に出られたら、の話だけど。

「お前は一体何を企《たくら》んでいる？　おおかた、アンジェラに外見を似せただけの偽者だろう？　どこの組織の者だ」

「だから、私がアンジェラ本人だって言ってるじゃない！　なんで頭ごなしに偽者扱いされなきゃいけないわけ？」

「俺の知っているアンジェラと別人だからだよ！　顔こそそっくりだが、言動は全く似ていないし『魂』も別人だ！」

魂？　導師クラスの魔術師になると、そんなものまで見えるのかしら。

別人と言われても、気が付いたら私はアンジェラだったわけだし、元の私との違いがあるとしたら前世の記憶を取り戻してしまったことだけだ。

もしかしたら、魂とやらが前世の私と混じってしまったのかもしれないけど、それで別人やら偽者やらと言われる筋合いはない。

「そんなことがわかるのなら、私が神様の加護を受けていることもわかるんじゃないの？」

「……チッ」

忌々《いまいま》しげに舌打ちしたカールは、私を再度睨《にら》みつけてから髪を掻《か》き乱した。

適当に言っただけなんだけど、どうやら本当に神様の加護も見えるらしい。教会の偉い人にしか見えないと思っていたけど、言うだけ言ってみるものね。

その偉い人いわく、私ほどの加護持ちはなかなかいないらしいし、神様が関わるものを偽装するのは不可能だ。それが目の前の彼にも見えたのなら、私がアンジェラだと信じてくれてもよさそうなものだけど。

「……確かに、お前の体はアンジェラのものだ。寵愛《ちょうあい》と呼ぶに相応《ふさわ》しい神の加護がついている。だが、お前は俺の知っているアンジェラじゃない」

「強情ね。何を言われても、私がアンジェラなんだけど」

……残念ながら、そう簡単には考えを変えないらしい。

他の仲間は普通に受け入れてくれたし、教会関係のトラブルがあったとも思えない。なら、私の何が気に入らないのか。

よしんば、私の他に『アンジェラ』がいたとしても、騙《かた》って得をするようなことは何もないはずだ。魂なんてものが見える人間が、そんなペテン師にひっかかるわけもないだろうし。

（彼は〝ゲームの時のアンジェラ〟を知っている……？）

色んな可能性を消していったところで、ふと、そんな考えが頭をよぎった。

私と彼は確実に初対面。しかし、私もまた、〝彼ではないカールハインツ〟を知っている。

――まさかとは思う。だが、私自身という前例がいるのだから、可能性はゼロではない。

「……ねえ、聞いてもいい？　私と貴方は初対面よね？　何故貴方はアンジェラを知っているの？　それはさっき言っていた、先見とか予知とかで？」

「そうと言えばそうだし、違うとも言える。確実なのは、俺はお前じゃないアンジェラを知っていることと、そちらが本物だという自信もあることだ」

恐る恐る問いかけてみれば、カールは自信満々に返してきた。

やはり〝知っている〟であり、〝会ったことがある〟ではない。それなら、もしかして、

「ねえ、貴方。もしかして――『転生者』なの？」

「…………は？」

我ながら、ずいぶん硬い声になってしまった。

彼がもしあのゲームをやっていたのなら、私と同様の知識チートがあってもおかしくはない。私が『神様の声』と言って誤魔化《ごまか》しているのと同じように、『未来視』と言っているだけかもしれない。

元プレイヤーなら、聖女らしいアンジェラを知っていても当然だ。脳筋な私を偽者と言いたくもなるだろう。

「…………」

私の真面目な問いかけに、カールが硬直すること数秒。

眉間《みけん》に深く皺《しわ》を刻んだ彼は、思い切り息を吐き出した。

「……転生ってのは、生まれ変わりのことだろう？　だったら『否《いな》』だ。俺は俺以外のものにはなっていないし、残念ながら『死』には縁がない」

「あ、あれ？　違うのか……」

色々と覚悟をして聞いたのに、どうやら違うらしい。

そりゃまあ、そんなにホイホイ転生させていたら、世の中チートだらけになっちゃうだろうけどさ。

「転生者じゃないなら、貴方なんなの？　どこでその本物とやらを知ったわけ？」

「明確には答えられん。だが、俺にとってお前が偽者なのは確かだ」

「私は本当にアンジェラよ！　ああもう、これじゃ堂々巡りね」

転生者じゃないとしたら、ますます謎だわ。彼は偽者扱いを撤回するつもりもないみたいだし、私にどうしろって言うのよ、もう！　考えるのは苦手なのに‼

「ねえ導師カールハインツ、私が偽者だと言うのなら、証拠を見せなさいよ。もしくは、貴方が本物だと言うアンジェラに会わせて。どちらもできないなら、ただの言いがかりだわ」

「本物がどこにいるかわかるなら、今すぐにでも助けに行っている！　アンジェラを隠しているのはお前なんだろう⁉」

「……はあ？」

私は当然の要求をしただけなのに、カールは声を荒らげて怒り出した。

こいつ、私を偽者扱いするばかりか、誘拐犯か何かだと決めつけているの⁉　……さすがにそろそろキレそうだわ。

「あのさ、私がアンジェラを騙《かた》って、得られる利益は何？　なんのためにそんなことしなきゃいけないの？　だいたい、なんで初対面の貴方にそんなこと言われなきゃいけないのよ。貴方はアンジェラの何？　まさか、恋人ですとでも言うつもり？　どこからどう見ても子どもの貴方が？」

「ぐ……っ！」

　やや早口で怒りの質問をぶつければ、カールはばつが悪そうな表情で身を引いた。

　確かゲームでは不老不死っぽい長寿設定のキャラだった気がするけど、人生経験が豊富なようにはとても感じられない。ここまで悪い方向に変わっていると、ガッカリね。

「違う、そんなつもりじゃ…………ああ、くそっ！　俺は何をやっているんだ……」

「何よ、言いたいことがあるなら言いなさいな。現実は何も変わらないけどね」

　さらに追及すれば、カールは頭をガシガシと掻《か》いて、ふり乱す。

　そして次の瞬間には後ろを向き、椅子の背に思い切り頭をぶつけ始めた。……ご乱心？

「先に言っておくけど、自傷は治療しないわよ、私」

「わかってる。……はあ、お前の言う通りだ。頭ごなしに否定するのは失礼だったな。自分で思っているよりも、俺は『彼女』に肩入れしていたらしい……情けない話だ」

（あくまで彼女、なのね）

　彼は頭をぶつけたことで、一応落ち着きを取り戻したようだ。再び向けられた顔は、『導師』の名に相応《ふさわ》しい理知的なもの。おでこの辺りは真っ赤だけど、ツッコむのも野暮《やぼ》だろう。

「俺が知っているアンジェラは、お前とは別人だ。……でも、お前も偽者ではないのだな？」

「当たり前でしょう。私はアンジェラ・ローズヴェルトとしてこれまで生きてきたもの。たとえ貴方が予知した姿と違っても、私は偽者じゃないわ」

「そうか……そうなんだろうな」

ゆっくりと目を閉じて、カールは真っ白な天井を仰《あお》ぐ。パーツこそ幼いけれど、その横顔はどこかくたびれていて、何かを堪《こら》えているようにも見える。

彼はそのまま、両手で目を覆《おお》ってしまった。隠された表情は、もう見えない。

（よくわからないけど、誤解は解けたのかしら）

用が済んだなら、早く元の部屋に戻してほしい。視界が白すぎて、そろそろ目が痛いわ。

「――……アンジェラは、ここにはいないんだな」

待つこと数分。ようやく顔の角度を戻したカールは、少年らしい表情を取り繕《つくろ》って笑った。

「……すまなかった」

「わかってくれたならいいわよ。余計なお世話だろうけど、悪魔崇拝《すうはい》はやめたほうがいいわよ。その『本物のアンジェラ』とやらも、変な信仰の産物なんじゃないの？」

「悪魔崇拝《すうはい》？　……この部屋の扉のことを言っているなら、あれは人を寄せつけないためのものだ。俺の信仰でも趣味でもないぞ」

「あ、そうなの？　貴方の趣味だと思っていたわ」

てっきり変なものを崇拝《すうはい》しているから、先見という名の妄想でもしたのかと思った。私の容姿から考えれば、ゲームの時の聖女様のほうが『合う』だろうしね。

「ウィルから聞いてないか？　俺はここで禁書類の管理をしている。それこそ、悪魔だなんだを扱う危険な書物をな」

なるほど、それは確かに人を遠ざけるべきだ。ただ、あんなあからさまな彫刻つきの扉では、本物の狂信者を引き寄せてしまいそうな気がするけどね。

「正気なら何よりだわ。で、話は終わったのでしょう？　そろそろ皆のところへ返してくれない？　この部屋、目が痛いのだけど」

「そうしたいのは山々だが、この魔術は解くのに時間がいる。少し待て」

「……なるべく早く頼むわ」

魔術には詳しくないけど、解けるまではここから出られないらしい。また喧嘩《けんか》になっても嫌だし、大人しく待つしかないようだ。私のことを認めたってわけでもなさそうだしね。

（静かで、真っ白で、なんだか雪山で遭難したみたいな気分）

目を閉じてもぼんやりと白く、耳には何も聞こえてこない。ここはなんだか寂しいところだ。

（早く、皆のところへ戻りたいな）

ダレンやウィリアムとはまだ二日しか一緒にいないけど、もう仲間意識が芽生えていた。その傍《そば》には、誰よりも信用できるジュードがいる。きっと今も、私を心配してくれているだろう。

「アンジェラ」

そう。こういう背筋に響くような、心地よい声で――

「…………ん!?　今ジュードの声がしなかった!?」

幻聴かと慌てて目を開けば、頬に触れたのはほんの少し硬い温《ぬく》もり。

次の瞬間、慣れ親しんだ長い腕が、白い世界を壊すように私を抱き締めた。

「アンジェラ!!」

「ジュード……？」

「遅くなってごめん。怪我はしていない？　大丈夫？」

鍛《きた》えられた筋肉質な体は硬いけれど、ここは柔らかな布団よりもずっと安心できる場所だ。

その温《ぬく》もりを、私は誰よりも知っている。頭上からふってくる低音と、髪を撫でる無骨な指先に、なんだか涙が出そうになった。

(……ああ、本当にジュードだ)

チート転生者なんていっても、結局私もただの人間だ。よく知らない相手と二人きりの妙な空間――それも、いきなり偽者だなんだと言われて、実は結構参っていたらしい。

彼の匂いをめいっぱい吸い込んで、ぎゅうと体を押しつける。……安堵《あんど》が体中に染み渡っていく。

(ジュードが来てくれたなら、もう大丈夫だわ)

人間、窮地《きゅうち》に陥《おちい》ると本質が見えるっていうのは本当みたいね。自分がこんなに彼に依存しているなんて知らなかった。

「アンジェラ?　泣いているの?　どこか痛む?」

「……泣かないわよ。ジュードが来てくれたから、もう平気」

「役得だな」なんて軽い声を聞きながら、彼の胸に強く顔をこすりつける。

こんなところで泣くものか。ジュードがいてくれるなら、私は戦える。ゲームの時のか弱い聖女とは違うもの！

「………ジュード・オルグレン。なんでお前がここに」

ゆっくりと顔を上げれば、目を見開くカールの姿がある。少年らしからぬ動揺と困惑の色を浮かべる彼は、もう最初のような幼さを演じるつもりはないようだ。

突然現れたジュードに対して、心から驚いているように見える。

そうだ、ここは導師たる超有能な魔術師が作り出した空間。魔術の素養ゼロのジュードがどうやってここへ来たのだろう。

「ジュード、貴方どうやってここに？」

恐る恐る幼馴染《おさななじみ》を見上げれば、彼は私を安心させるように微笑んでから、ぽんと頭を撫でてくれる。感触もしっかりあるし、幻や偽者ではなさそうだけど。

その答えは、意外とあっさり告げられた。

「導師カールハインツ。貴方の弟子は、貴方が思っているよりもずっと優秀ですよ」

「ッ！　そうか、ウィルが！　ははっ、やるじゃないか！」

あの気弱な青年は、私たちが思う以上に優秀だったらしい。……いや、それよりも、己《おのれ》の師に背《そむ》いてまで私を案じてくれたことを喜ぶべきかしらね。

カールももう何かするつもりはないようだ。素直に弟子の成長を喜び、手を叩いている。

……私を偽者と糾弾《きゅうだん》した時の険《けわ》しさもない。

「ウィルはもう俺の術に干渉できるほどになったんだな。俺の負けだ、ひと思いに壊すといい！」

満足そうに笑ったカールは、すっと両手を広げた。

「では、遠慮なく」

ジュードが右足を上げて――真っ白な〝壁〟を、思い切り蹴飛《けと》ばす。


「アンジェラさん‼」

「アンジェラちゃん、無事か⁉」

今の一瞬で何が起こったのか。それを私が理解するよりも早く、私を呼ぶ二人の声が耳に届く。

「…………えっ⁉　あ、あれ？」

慌てて視線を巡らせば、そこはおばけちゃんが紅茶とお菓子を用意してくれたあの部屋だった。

分厚《ぶあつ》い魔術書を手にしたウィリアムと、双剣を片方だけ抜いたダレンが、心配そうな表情でこちらを見ている。……戻って、きた？

「もう大丈夫だよ、アンジェラ」

頭上からは、私を腕に抱いたままのジュードの声。あの真っ白な世界から出られた、らしい。

「おっと、気をつけて」

思わず力が抜けてしまって、ジュードに腰を支えられる。

「……ごめん。安心したら、気が抜けちゃった」

別に攻撃されたわけでもないけど、ひどく疲れたし……やっぱり、怖かった。

相手はゲームの攻略対象──味方だと思っていた人物だから、なおさらかもしれない。

「大丈夫か、アンジェラちゃん。怪我はないんだよな？」

「お師匠様がすみませんでした！　無事で本当によかった」

二人が私のところへ駆け寄ってくる。その表情は私を案じてくれており、同時に安堵《あんど》しているようにも見える。やっぱり信頼できる仲間というのはいいものね。

──一方、仲間にならなかった彼は、テーブルの向かい側で一人身をよじっていた。

「あいったたたたた……いやあ、俺も歳だなあ……」

恐らく魔術を〝無理矢理破られた〟せいだろう。顔色は青く、小さな額《ひたい》には汗が浮かんでいる。

彼の声に反応したダレンが、剣の刃をすっとそちらへ向けた。

「ああ、警戒しなくてもいい。何かするつもりはないし、今はさすがに何もできない。無理矢理解かれると、結構クるんだよ。……成長したなウィル」

「ウィル？　お、お師匠様、口調が……」

まだ苦しそうにしながらも、カールはひらひらと手をふって応《こた》える。ウィリアムが違うところに驚いているけれど、とりあえずそれは置いておこう。

「……私のことは、もういいのね？」

「よくはないし、お前を認めたわけでもない。だが、俺はお前たちの敵ではないからな。……今日はやり方も悪かった。俺の負けだ」

ジュードを盾にして訊《たず》ねてみれば、少し悔しそうにしながらも、カールは笑った。それも、『私たちの敵ではない』とハッキリ口にして。どういう魂胆《こんたん》にしろ、その一言をもらえただけでも助かったわ。

ほっと胸を撫で下ろせば、仲間の三人も同じように息を吐いた。魔術師の最高峰である導師と対峙《たいじ》するのは、さすがに皆緊張していたみたいだ。ウィリアムなんて自分の師匠だしね。

ダレンが剣を収めたところで、カールもぐっと背筋を伸ばす。長身で筋肉質なジュードと比べれば、折れそうなほど細くて小さい体だ。……こんな子どもに捕まったなんて、悔しい話だわ。

「……お師匠様、今日はもう下がらせてもらいます。ぼくたちの仲間を突然さらったこと、エルドレッド殿下に報告しますから」

「そうしてくれ。俺も覚悟の上で魔術を使ったからな。予定とは違ったが、お前の成長が見られて嬉しかったよ。これから大変な戦いになるだろうが、気をつけてな」

堂々と宣言したウィリアムに、カールは師匠らしい言葉を返す。外見は幼くても、やはり彼はウィリアムにとって『ちゃんとした師匠』だったようだ。

「っ！　し、失礼します！」

ウィリアムは少しだけ口ごもると、足早に部屋を出ていってしまった。その様子にダレンは肩をすくめてから、彼の後を追っていく。

今日の件については、ダレンからも王子様に報告してくれるだろう。カールをどうするかは、偉い人の判断待ちだ。

私とジュードも、このまま帰らせてもらおう。腹立たしい気分は一応落ち着いたけれど、仲間になってくれないのなら、もう会いたい相手でもないしね。

「……ジュード・オルグレン」

帰ろうとしたら、カールが何故か呼び止めた。それも、相手はジュードだ。

「………………」

足を止めたジュードが、ほんの少しだけ彼をふり返る。私に向ける穏やかな笑顔とは違い、顔立ちのままの鋭い目つきで彼を睨《にら》みつけている。

「お前は〝俺と同じ〟だと思ったが、違うんだな。『そのアンジェラ』でいいのか？」

「……ッ！　ちょっと!!」

何を言うかと思えば、この男はジュードにまで私が偽者だとアピールするつもりなのか。これまでずっと、この大事な幼馴染《おさななじみ》と一緒に育ってきたアンジェラは私なのに！

「私は偽者じゃないって言ってるじゃない！　いい加減にしなさいよ！」

「大丈夫だよ、アンジェラ」

反論しようと声を上げたけれど、ジュードが私を止めた。

「大丈夫。君が怒る必要はないよ」

ぐっと声を呑み込んで見上げれば、そこにあるのはいつもの幼馴染《おさななじみ》の顔だ。穏やかな微笑みに、つい毒気を抜かれて何も言えなくなる。

髪を撫でてくれる手も温かくて、『心配いらない』と伝えてくるようだ。

「……貴方がアンジェラをどう思っているかは知りませんし、興味もありませんけどね」

私の髪を撫でながら、ジュードはカールの質問に答えていく。静かで穏やかなのに、何故か耳の奥にまで届くような声だ。

カールも、部屋の外に出ていたダレンたちも、黙ってその声に耳をすましている。

——まるでその答えが、とても重要な決断であるかのように。

「『私』の『お嬢様』はもういない。そして、『僕』の『アンジェラ』は彼女だけだ。彼女に害をなすのなら、僕は神でも殺してみせる」

「————そうか」

わずかに間を置いて、カールが頷《うなず》いた。

ジュードはもうふり返らずに、私の肩を抱き寄せて進んでいく。その歩みに迷いはなく、抱く手はしっかりと力強い。

やがて、あの悪趣味な悪魔柄《がら》の扉をくぐったところで、小さな呟《つぶや》きが聞こえた気がした。

「……囚《とら》われているのは、俺のほうか」と。

「お師匠様が、本っっっっ当に！　申し訳ございませんでした‼」

清々《すがすが》しく晴れ渡る空の下。絶妙な日陰に設《しつら》えられたテラス席にて、もう何度目かわからないウィリアムの謝罪の声が響く。さっき見直したばかりだけど、やっぱり面倒な性格なのは変わらなかったようだ。

＊＊＊

――さて、導師カールハインツの部屋を脱した私たち四人は、ただいまお洒落《しゃれ》なレストランで遅い昼食をとっております。

せっかく王都の街へ出たのに、何もせずに城へ戻るのも癪《しゃく》だと言ってみたら、ダレンがお高そうなこの店へ案内してくれたのだ。

外装は白を基調とした貴族の別荘のような造り。しかしデザインに堅苦しさはなく、壁のほとんどを大きなガラス窓にしてあるため風通しもよい。全体的に爽《さわ》やかな印象のお店だ。

さっきまでいたのが古い図書館だったから、なおさらそう感じるのかもしれない。

若い女性のお客さんが多く、とりわけこのテラス席は、ほとんどが女性客でにぎわっている。ちらちらとジュードを見ているのも年頃の女の子たちだ。うむ、存分に目の保養をするといいわ。

ちなみに、メニューまでお洒落《しゃれ》だったので、注文は全てダレンに丸投げした。聞いたこともない料理ばっかりだったからね。……戦場で生きてきた私に、女子力を期待しないでほしい。

「うぅ……ぼくがお願いして来てもらったのに、こんなことになるなんて……」

「いや、もういいよウィリアムさん。貴方はなんにも悪くないんだからさ」

「ウィル君、アンジェラちゃんもこう言ってるんだから、もう気にしなくていいって」

さすがに何度も同じ謝罪をされているので、ダレンも呆れた様子だ。何かの薄切り肉をフォークでつつきながら、ため息交じりにウィリアムを窘《たしな》めている。

ウィリアムの前にもいくつか皿が並んでいるけれど、まだ手つかずのようだ。

「アンジェラ、これ美味《おい》しいよ」

一方、ジュードにいたってはもうほとんど無視して、食事に集中している。

テリーヌっぽい色鮮やかな料理を切り分けると、私の取り皿にも置いてくれた。ウィリアムも、これぐらい図太くなってしまえば楽だろうにね。

「ウィリアムさん、謝罪はいいから食べよう？　それとも、嫌いなものでもあるの？」

「い、いえ、そうではありませんが……ぼくには皆さんと一緒に食事をする権利なんて……」

「食べないなら口に突っ込むわよ。はい、あーん」

「あむ…………………アンジェラさんッ!?」

いよいよ面倒になってきたので、手近なペンネをフォークで差し出してみたら、素直にぱくっとしてくれた。ウィリアムもお腹は減っていたみたいね。

つまらないことを気にするぐらいなら、しっかり食べてくれたほうがずっといいのに。戦う人間は、体が資本なのだから。

「ずるい……アンジェラ、僕にもやってくれない？　ほら、助けに行ったご褒美《ほうび》ってことで！」

「はい、どうぞ。なんなら口移しでもしましょうか？」

「君たち、それは二人きりの時にやってくれな!?」

私の冗談に目を輝かせたジュードを、ダレンが慌てて引き止めてくれる。

ちょっとトラブルはあったけれど、皆意外と元気そうで何よりだわ。

さて、ひとまず無事に食事をとり、人心地《ひとごこち》つくことができた。

食後のコーヒーとデザートが運ばれてきたタイミングで、のんびりしていたダレンが真剣な表情を作って問いかけてくる。

「それで、誘拐されていた間、アンジェラちゃんはあの導師さんと戦っていたのか？」

「誘拐って……別に戦ってませんよ。口喧嘩《くちげんか》をしてただけです」

どうやらあの白い空間へ行っている間、私とカールは椅子ごと消えた形になっていたらしい。

それが『異空間へ連れ去る魔術』だと気付いたウィリアムが、すぐさまそこへ干渉する魔術を発動。ダレンは詠唱《えいしょう》中の護衛として残り、ジュードは私を助けに空間の中へ突っ込んできた、というのが彼ら側の顛末《てんまつ》だそうだ。

「口喧嘩《くちげんか》？　それはまた……君は大人しい外見の割に、結構元気だよな」

「むしろ、私が大人しいのは外見だけですよ？　中身は自他ともに認める戦闘脳ですし」

「あー……確かにな」

昨日の戦いを思い出したのであろうダレンは、言葉を濁《にご》して頭を掻《か》く。戦闘脳も脳筋も私にとっては褒《ほ》め言葉だから、いくらでも言ってくれていいんだけどね。

「しかし、君たちに喧嘩《けんか》をするようなネタあったか？　今日が初対面だと思ったんだが。まさか彼は本当に悪魔崇拝者《すうはいしゃ》で、宗教的な違いから喧嘩《けんか》になったとか？」

「そういう話なら聞き流せたんですけどね。初対面なのに、いきなり『偽者』と言われまして」

「……なんだそりゃ？」

ダレンの驚く声に合わせて、ウィリアムも「ええっ!?」と肩を震わせる。コーヒーをすすっていたジュードも、静かに目を細めた。

「私にもよくわからないんですけどね。どうもあの人、どこかから私を監視していたみたいです」

そのまま、カールに言われたことを簡単に説明してみる。

彼がメイスをふり回さない『別のアンジェラ』を知っていて、そちらが本物だと思っていること。私は彼女をどこかへ誘拐し、なり代わった偽者だと思われていること。

魂がどうとかいう話は割愛《かつあい》したけど、それ以外は粗方《あらかた》まとめてみた。……思い返すとムカついてくるから、早いとこ忘れてしまいたいわ。

「……又聞《またぎ》きのオレが言うのもなんだけどさ。ウィル君のお師匠さん、頭大丈夫か？」

「や、やっぱりそういう意見になりますよね……」

できるだけ客観的に話したつもりだけど、ダレンとウィリアムは呆れた表情で首を横にふっている。彼らは私の味方をしてくれるようだ。……少しホッとしたわ。

「オレは予知とかそういうのに詳しくないけど、自分が見た未来と違うから偽者だなんて、あまりにも極端すぎるだろう。そりゃ『女騎士』って言われて出てきたのがディアナ姐《ねえ》さんとか、そこまでの差ならさすがにビビるけど」

「ダレンさん、私の女神様を貶《けな》すような発言は、宣戦布告とみなしますが？」

「貶《けな》してない！　貶《けな》してないから!!」

　ダレンがディアナ様を引き合いに出すものだから、うっかりフォークをケーキに思い切り突き刺してしまったわ。

　そりゃ女騎士と言われて、今のディアナ様をすぐに想像するのは難しいだろうけどさ。あんなにも雄々《おお》しい筋肉の女神様が現れるなんて、宝くじ一等ぐらいの奇跡だものね！

「そ、そうですよね……ぼくも『癒《いや》しの聖女様』と聞いていたアンジェラさんが、鋼鉄メイスをふり回す勇者だとは思いませんでしたが。だからといって、否定したり偽者だと思ったりするようなことはないです。予想と違うことなんて、世の中沢山あるじゃないですか」

　ウィリアムが、私のほうをまっすぐに見ながら力説してくれている。

　彼本人もまた、長身できれいな顔立ちなのに、中身は謝り癖のある残念男子だしね。この部隊の中だと、ジュードも外見とのギャップが激しいだろう。

何せキツめの顔立ちの色気担当イケメンなのに、話し方は穏やかな僕口調。そのくせ、剣を持たせれば殺戮《さつりく》兵器。「属性統一しろよ！」とツッコみたくなるのは私だけじゃないはずだ。むしろ、私よりもよほどギャップの宝庫じゃない、こいつ。

ダレンは……外見通りなので割愛《かつあい》しよう。軽そうな外見のキャラに限って苦労人属性を持っているのは、乙女ゲームあるあるだ。

いずれにしても、自分の予想と違うからといって、偽者扱いするのはやはり極端だということだ。カールが正気を失ってると断言はできないけど、それでも私が糾弾《きゅうだん》されるのはおかしい、というのが二人の共通見解らしい。

（やっぱり私は反論してもよかったのよね。いや、ダメって言われてもするけどさ）

そうよ、外見に似合わない戦い方をしたっていいじゃない。そのことでよそ様に迷惑をかけているわけでもないし、むしろ世界の平和のために戦っているんだもの。

自分の正当性を確認したら安心したわ。息をつけば、ジュードがゆったりと頭を撫でてくれた。

「まあなんだ、偉い魔術師様には何かオレたちの知らない事情があるのかもしれないけどな。でも、アンジェラちゃんの誘拐未遂を考えると、やっぱり殿下に報告すべき案件だよ。……場合によっては、師匠が捕まることになるかもしれないが、ウィル君は構わないか？」

「もちろんです！　むしろ、ぼくからもお願いします。確かにお師匠様は、ぼくをここまで育てて下さった恩師です。ですが、悪いことをしたのなら擁護《ようご》はしません！　アンジェラさん、本当に、本当にすみませんでした！」

「気にしないで。何度も言ってるけど、ウィリアムさんが謝ることじゃないしね」

「そうだぞ。ウィル君は悪くない」

謝罪系男子がまた頭を下げ始めてしまったので、ダレンと二人で止めておく。

むしろウィリアムは、師匠と敵対してまで私を助けてくれたのだから、恩に着せてもいいぐらいなのに。

――しかし、ギャップが原因かもしれない、か。

「……ねえ、ジュード。意見を聞いてもいい？」

「うん、何？」

「もしも、私がこの大人しい外見通りにふるまっていたなら、カールは私のことを偽者とは呼ばなかったのかしら？」

真剣に問いかけてみれば、ジュードの顔が少しだけ曇《くも》った。

……実のところ、やろうと思えばできるのだ。鋼鉄メイスをふり回してはいるけれど、この部隊の癒《いや》し手でもある私。その点はゲームのアンジェラと変わらない。

お淑《しと》やかな癒《いや》しの聖女様を演じることぐらいできるとも。『導師カールハインツの前でだけは大人しくしていろ』と言われれば、それぐらいのことは朝飯前だ。

長くは続かないだろうけど、それで今日の誘拐まがいな出来事を回避できたのなら、多少の演技は喜んでこなしたわ。

「…………」

ジュードは無言のまま、じっと私を見つめている。

やがて、優しい苦笑を浮かべた幼馴染《おさななじみ》は、小さく首を横にふった。

……答えは否《いな》。演じたところで、偽者呼ばわりは避けられなかったということだ。

「やっぱりどこから監視されているかわからないままじゃ、ちょっと演技をしてもダメかあ」

「えっと、そういうことではなくて。君は『今』のアンジェラだから。性格が違っていても、あの人は君を偽者扱いしたと思うよ」

「それは、カールが言っていた『魂が別人』っていうのと関係あるの？」

「……それは」

ジュードは再び口を閉じて、静かに目を伏せた。……何かを知っているようだけど、それを答えるつもりはないということか。

「当事者の私に言えないことなの？」

「僕も確証があるわけじゃないから、ごめん。自信を持って言えることは、僕は君の味方で、あの人が何をしてきても、必ず君を守るってことだけだよ」

「――そう」

どこか寂しげに笑いながら、それ以上は何も話してくれない。

導師カールハインツと彼が知る『私』についての謎。これはやはり、ゲームのアンジェラ編に手をつけなかった私に対するペナルティなのかもしれない。苦手でも、一度ぐらいはやっておけばよかった。

不明瞭《ふめいりょう》なモヤモヤだけが、胸に残る。こうしてこの世界に転生してしまった以上、後悔してももう遅いのだけどね。

「はあ、すっきりしないな。全部の問題が、殴って解決できたらいいのに」

戦いのない王都の午後は、穏やかに……しかし、どこか不安を残しながらすぎていく。

＊＊＊

「あ。せっかく国立図書館に行ったのに、魔法書を見るの忘れちゃったわ」

腹ごしらえを済ませ、少しばかり気持ちも回復した私だったのだけど。城へ戻る途中で残念なことを思い出してしまった。

カールから離れることばかり考えていたから、下の階に寄るのを忘れてしまったのだ。恐らく王国随一の品ぞろえだっただろうに、もったいないことをしてしまったわ。

これから旅に出ることを考えれば、少しでも戦う手段は増やしておくべきなのに。

思わずがっくりと肩を落とすと、前を歩いていたダレンとウィリアムが足を止め、苦笑を浮かべながらふり返った。

「す、すみません、アンジェラさん。ぼくもそこまで気が回らなくて」

「オレも早くあの部屋を出なきゃとばかり思ってた。そういや、図書館に入る前にウキウキしてるって言ってたものな。ごめんな、アンジェラちゃん」

「いえ、そもそもの原因は私とあの導師ですし。気を遣わせてごめんなさい」

あの少年導師が私に絡んでこなければ、なんの問題もなかったんだけどね！　彼に呼ばれていたとはいえ時間指定はされてなかったのだし、先に図書館を覗いてから行けばよかったわ。

「ねえ、アンジェラ。今更だけど、『魔法』と『魔術』って何が違うの？」

「……うん？」

うなだれる私の頭を撫でながら、隣のジュードがこてんと首をかしげる。そういえば、その辺りの解説とかしたことなかったか。

ジュードは魔力を全然持っていないし、魔術の素養もないから必要ないと思っていたわ。

「いや、もし同じものなら、あのエルフの賢者さんから本を借りたらいいんじゃないかと思ったんだけど」

「残念だけど、私の『魔法』と彼らの『魔術』は似て非なるものなのよ。……解説は専門家にお願いしてもいいかしら？」

「えっ!?　ぼくですか!?」

顔を前方に向ければ、指名されたウィリアムがびくりと肩を震わせる。手順や詠唱《えいしょう》をすっ飛ばして感覚だけで魔法を使う私よりは、ちゃんとマニュアル通りにしている彼のほうが解説役に適任だろう。

「えーと、ぼくたちの中で『魔法』が使えるのはアンジェラさんだけです。『魔術』は訓練をすれば使えるようになる〝技術〟ですが、『魔法』は〝奇跡〟のような特別な力なので」

「奇跡……？　君がぽいぽい使っていたのは、そんなにすごい力だったの？」

「まあね」

珍しく目をまんまるにして驚くジュードに、胸を張ってみせる。奇跡の力で鋼鉄メイスをふり回しているのかって？　ええ、その通りだけど何か？

とにかく、『魔術』は知識と魔力さえあれば誰にでも使える技術だけど、『魔法』を使うには魔力と素養の他にもう一つ必要なものがある。――神様の加護だ。

本人の生まれや努力などとは全く関係なく、神様に選ばれた者だけが使える特別な能力。ゆえに『神聖魔法』なんて仰々《ぎょうぎょう》しく呼ばれるのである。

言ってしまえばチートみたいなものだけど、別に転生者の私だからこそというわけでもなく、魔法が使える人は皆同じだからね。

余談だが、知識を得るための技術書である『魔術書』に対して、『魔法書』には神話や民話のような神様にまつわる話が多く載っている。もちろんメインは魔法の種類や使い方だけど、信仰心を深める役割も果たしているので、読み物としてもそれなりに楽しめるのが特徴だ。

「じゅ、呪文もよく聞くと全然違いますよ。力の証明や世界への宣言を『力ある言葉』にする魔術に対して、魔法のための呪文は『神へ捧《ささ》げる祈り』であり『讃美歌《さんびか》』ですから。その呪文の省略を許されるアンジェラさんは、本当に類稀《たぐいまれ》な寵愛《ちょうあい》を受けていると思います」

「へえ……色々と優遇されているとは思っていたけど、アンジェラちゃんって本当にすごいんだな」

「とはいえ、その分私にも制約はありますからね」

　ダレンもずいぶんと驚いてくれたので、さすがに恥ずかしくなってきたわ。

　私が神様に優遇されていることは間違いない。けど、だからこそ〝神様の意思には逆らえない〟という欠点もある。

「私は主《しゅ》の民を傷つけることはできないの。誰かを攻撃したり、能力を下げたりするようなことはね。それから、主《しゅ》が『敵だ』と示したものとは、私は必ず敵対する。私の意思とは関係なく、ね」

　今のところ神様が敵と示しているのは、世界の敵でもある魔物だから困ることはないけど。よく考えてみたらちょっと怖い話だ。もし何かが狂ってしまったら、私は心を捨てることになるかもしれないのだから。

もっとも、神様は世界を救うことを最優先としているし、私も恩があるから裏切るつもりはないわよ。……今のところは、ね。

「そ、それでも、神聖魔法での回復は魔術のそれとは比べ物にならない効果がありますから。やっぱりアンジェラさんはすごいと思いますよ！」

「はは、ありがとう、ウィリアムさん」

ほんの少しだけ不安を覗かせたら、慌ててウィリアムがフォローを入れてくれた。面倒な謝り癖はあるけど、同時に自分以外の者に対する気遣いがとてもできる子だ。

魔術師としても有能なのだし、もう少し自分に自信を持ってくれると、攻略対象として相応《ふさわ》しい男になれると思うのよね。私が攻略する予定はないけど。

「神聖魔法の話で思い出したよ。アンジェラちゃんは王都に来てからずっと王城にいるけど、教会に顔を出さなくても大丈夫なのかい？　聖女なんだろ？」

「…………はい？」

魔法と魔術の話が終わったと思えば、ダレンがどこか心配そうな様子で訊《たず》ねてきた。

……はて？　私が『聖女』というのはどういうことだろう。ゲームの時は確かに、そう呼ばれる存在だったと思うけど。

「すみません、聖女っていうのは一体なんのことですか？　まさか、地元の町でのあだ名が王都にまで伝わってきたってことはないですよね？」

「は？　君こそ何を言ってるんだ？　故郷でも聖女として扱われてたんだよな？」

ダレンは信じられないものを見るような顔で質問に質問を返してくる。

そう言われても、私は全く身に覚えがない。ジュードのほうを見てみたら、彼も私と同じようにきょとんとしている。

「そういえば、殿下もアンジェラのことを聖女って呼んでたね。回復魔法が使えるからかな？」

「いやいやいや、君たちは何を言ってるんだ⁉　神聖教会から結構前に発表があっただろう？　〝アンジェラちゃんを当代の聖女と認めた〟って！」

「いえ、そんなの初耳ですけど」

そもそも、聖女がちゃんとした役職だったというのを今初めて知ったわよ。任命された覚えももちろんない。住んでいた町の皆が、私をあだ名でそう呼んでいただけだもの。

「いつの間にそんなことになっていたのかしら。……はっ⁉　もしかしてあの導師が言っていたのは、本当に同姓同名の別人だったとか⁉」

「いや、オレが知ってる聖女は、君で間違いないと思うよ。どうなってるんだ？」

首をかしげる私に、ダレンも本当に困った様子だ。多分嘘はついていないだろう。

「僕も初めて聞いたんですけど、お二人はどういう役職かご存じですか？」

「詳しくは知らないけど、確か教会の特権階級だよ。大司教よりも上になるはずだ」

「えっと、過去にも二人しか任命されていない役職ですね。教皇聖下《せいか》と同等の身分であり、神聖教会の象徴たる存在だと本で読みました。う、受け売りですみません」

おお、意外とすごそうだぞ、聖女様。まあ実際のところ、神様からたっぷり加護をもらっているし、信者からしたら特別に見えるでしょうよ。本人はその話、全く聞いてないけど。

「でも私、教会に預かってもらっていただけで、ちゃんと聖職者として登録されているわけじゃないのよね、ジュード？」

「うん。君は教会預かりなだけで、ハイクラウズ伯爵令嬢のままのはずだよ。本当に聖職者になっていたら、この部隊に入ることはできなかったと思う」

ついでに言うと、結婚もできなくなってしまうので、そこは両親が止めにくるはずだ。

第一、あくまで保護してもらっていただけの私が、教会のトップである教皇と同じ立場になるなんて、なんだかおかしな話だわ。

「権力的なキナ臭さを感じるわね……」

「だから君の耳に入る前に、町の教会の皆が止めてくれたんじゃないかな。あそこの職員さんたち、君のことを大事にしてくれていたから」

確かに、七歳から十六歳までの多感な時期を預かってくれた教会の皆は、屋敷の使用人たちに負けず劣らずの過保護ぶりを発揮していた。

やはり、わざと私にその話を聞かせないようにしてくれたのかもしれない。

「……つまり、アンジェラちゃん本人は、聖女に任命されたことを知らないんだな？」

「聞いてないですし、ちゃんとした聖職者になるつもりもないですよ。今の私は、この部隊の皆と一緒に魔物を殲滅《せんめつ》すると決めていますから！」

「可愛い顔で物騒なこと言うなあ。わかった、この件も一緒に殿下に報告しておくよ。王家と教会の間に確執《かくしつ》があるとも聞かないし、まあ上手《うま》く取り計らってくれるだろう」

やや引かれてしまっているけど、とりあえず聖女の件もダレンがなんとかしてくれるみたいだ。いきなりの話にちょっと驚いたけど、持つべきものは頼りになる仲間ね。

「……よかった。アンジェラが正式に聖女になるって言ったら、どうしようかと思った」

「なんで？　まさか、結婚できなくなるからとか？」

「まあ、その……望みはなくても、可能性は残しておきたいじゃないか」

ジュードはジュードで、ちょっと違う理由で安心しているみたいだ。不自然に遠くを見る顔は、耳まで赤くなっている。なんというか、本当にギャップの宝庫ね、この男。

「……望みはなくもないんだけどねぇ」

「えっ⁉」

私はジュードと〝そういう関係になりたくない〟なんて一度も言ったことないんだけど。ま、本人が遠慮してるみたいだから、この件はそっとしておこうか。

「さ、帰りましょうか！」

いつの間にか空は美しい茜色《あかねいろ》に染まり始めている。面倒なこともあったけど、今日のバタバタはこれでおしまいだ。また明日からは、新たな戦いの日々が始まるだろう。

石畳に一歩を踏み出せば、仲間たちは思い思いの笑みを返してくれる。

様々な想いを胸に、私たちは城への帰り道を歩き出すのだった。

＊＊＊

その晩、おかしな夢を見た。

「……なにこれ」

気が付くと……というのも夢だからおかしいけど、私は上から下まで真っ白な世界に立っていた。

昼間のカールの魔術を思い出しているのかと思ったが、あれとは少し違うらしい。

王都までの旅路……その一日目の宿で見た夢と同じだ。真っ白で何もない世界の夢。

（あの時もすぐに『これは夢だ』とわかったしね。確か、朝起きたら『隠密《おんみつ》』の魔法が与えられていたのだけど。この夢は神様が見せているものなのかしら？）

だとしたら、これこそ本当の〝天啓〟なのかもしれない。

見渡す限り真っ白で何もない世界の中、私はたった一人でぽつんとそこに立っている。

前の夢では、若い女の影を見たと思う。

「なんだか謎解きっぽい夢だったから、無理矢理起きたのよね。今回は何かしらね」

視界はただ白く、人影もないみたいだ。

一通り見回してみて……ふと、あることに気が付いた。私が動く度に、視界の端《はし》でひらひらと白い布が揺れている。

「……ふむ、今回は私の服装が違うのね。丈も長いし、ドレスかしら」

足首まである裾《すそ》には、白地に金糸で精緻《せいち》な刺繍《ししゅう》が入っている。肌触りも良いし、ずいぶんと高価な生地が使われているみたいだ。ただ、ドレスと呼ぶにはちょっと地味だし、フリルもレースもついていない。

さらには、頭を覆《おお》うようにベールがかかっている。ウェディング用の豪奢《ごうしゃ》なものではなく、私が普段つけている修道女のベールに似た地味なもののようだ。

「露出もドレスにしては少ないし。もしかして、この白い服って……」

ぺたぺたと自分の体を触ってみて、ようやく一つの予想が浮かんだ。

かつてゲームで見た、アンジェラ専用の上級装備品――『聖女礼装』ではないだろうか。

「ゲームの時のアンジェラの格好をしているなんて、ちょっと変な感じ」

体は本人のものだからコスプレってわけではないけど、今日正《まさ》に聖女と呼ばれたばかりなので、なんだか不思議な感じだ。いつもは黒い修道服だから余計にね。

――と、そこまで考えたところで、誰かが近付いてくる足音が聞こえてきた。

足取りはしっかりとしており、カシャカシャと硬質な音が混じっている。ディアナ様の足音に似ているので、多分金属の防具をつけているのだろう。

「まさか、あまりの恋しさからディアナ様が夢に!? ……って、あれ?」

期待に胸を弾ませながら足音のほうを見て、思わず目を見開いてしまった。

全身を覆《おお》う真っ黒な鎧《よろい》に、背負っているのは巨大な西洋両手剣《ツヴァイヘンダー》。

髪は黒く、長すぎる前髪が顔を半分まで隠している。露出はかなり少ないけれど、覗く肌は褐色《かっしょく》で――その色合いから予測できる人物を、私は一人しか知らない。

「ジュード……？」

思わず呟《つぶや》いた私に、彼は少しだけ顔をこちらへ向けて頭を下げた。

間違いない、ジュード・オルグレン――それも、ゲーム版の彼だ。

（こ、こんなに堅っ苦しい装備だったの⁉）

私の知っているジュードは、基本的に軽装だ。せいぜい革の防具を少しつける程度で、防御よりも身軽さを重視している。舞うように戦う技量系剣士の彼には、ぴったりの選択だ。

しかし、こちらの重装備ジュードもまた、正しいといえば正しい。武器が背中のあれなら、ディアナ様と同じく一撃が重たいタイプの剣士なのだろう。『騎士』によく見られる戦い方だ。

（同一人物なのに、戦い方が全然違うのね……）

現実のジュードは元騎士の叔父さんに剣を教わっていたけれど、ゲーム版のジュードは他の人から剣を習ったのだろうか。

前世でジュードを攻略していればその辺りもわかったのだろうけど、残念ながら彼とはゴリ押しダンジョンを走り抜けた記憶ぐらいしかないのよね。

「ジュード、で合ってるわよね？」

とりあえず、頭を下げたままのジュードをもう一度呼んでみる。これは私の夢だし、彼が出てきたことにも意味があるはずだと考えて、

「……お嬢様、あまり私を呼ばないで下さい」

「はい？」

返ってきた冷たい答えに、思考が停止してしまった。

私から決して離れず、いつも飼い犬のように従順についてきてくれたジュードが、呼ばれることを拒絶しただと!?

「ど、どうして呼んではいけないの？」

なんとか声を絞り出せば、鎧《よろい》ジュードはようやく顔を上げて、首を横にふった。

「昔とは違うのです。聖女たる貴女が私のような者と親しくしているのは、あまりよくない」

「いや、私聖女じゃないし。だいたい、私のような者って何？　貴方は私の幼馴染《おさななじみ》でしょう？」

彼らしからぬ発言に、思わず声が荒くなってしまう。

よしんば私が聖女になることを選択していたとしても、一緒に育ってきた過去は変わらない。私と彼はずっと幼馴染《おさななじみ》のはずなのに。

キッと睨《にら》んでも、前髪の向こうの黒眼は凪《な》いだまま。私が近付くことを拒絶している。

「貴女のことは私が、必ずお守りします。私は貴女の盾であり剣……それだけの者です。どうか、情けなどかけられませぬよう」

「意味がわからないわ、ジュード。私は貴方にそんなことを望んでいない！　今日の帰りだって、結婚できる可能性なんて話をしたばかりじゃない！」

「……すみません、お嬢様」

声を荒らげて否定しても、鎧《よろい》ジュードは謝るばかり。そこには明確な拒絶の意思があり、壁があり、近付くことができない。

だいたい、『お嬢様』って何よ？　そう呼ぶなって約束したのに！

（まさか、私がこの聖女礼装を着ているから？　じゃあ今のこの関係は、ゲームの時のアンジェラとジュードの関係だっていうの？）

「あ、ちょっと！　待ちなさいよ、ジュード!!」

私が悩んでいる間に、彼は踵《きびす》を返して歩き始めてしまった。ほぼ鋼《はがね》しか見えない後ろ姿は、私の幼馴染《おさななじみ》のジュードと同じ人間とはとても思えない。

「ジュード……」

追いかけたいのに体が上手《うま》く動かず、彼はあっという間に見えなくなってしまう。前に見た夢で若い女の影を追えなかった時と同じみたいね。

……しかし、さっきの冷めた関係がゲームでの二人だとしたら、なんて寂しすぎる幼馴染《おさななじみ》だろうか。二人の主人公にそれぞれ用意された専用攻略対象は、激しい戦いの中での心の寄りどころみたいなものなのに。

私がプレイしたディアナ編も恋愛シナリオは微妙だったと思うけど、アンジェラ編はさらに難しすぎないか。幼馴染《おさななじみ》すらあんなに冷たくて、どうやって恋をするんだろう。

「恋愛面の攻略を捨てて戦闘に走った私は、もしかして大正解だったんじゃないかしら」

そうこう考えているうちに、背後からまた〝聞き慣れた声〟が聞こえてきた。

「聖女様、あまり彼を苦しめるものじゃないですよ」

「そうだよ聖女殿。大人になれば関係は変わるものだ。わかってあげてくれ」

「……うん？」

ふり返ってみれば、そこにいるのは見慣れたイケメンたち。私の仲間である部隊の四人が、冷たい目で私のほうを見つめている。

「……貴方たちも、ゲーム版なの？」

「気安く話しかけるな、人間」

「うぐっ!?」

確認のために訊《たず》ねてみれば、返事一つで大ダメージを受けた。そういや、エルフのノアは人間が嫌いっていう設定のキャラだったわね。現実の彼が優しいから忘れていたわよ。

私が返答に困っていると、彼らは侮蔑《ぶべつ》と無関心が半々ずつといった目で私を一瞥《いちべつ》し、そのまま歩き去ってしまった。……冷たすぎるだろう、攻略対象ども!?

「……もしかしてこれ、私がアンジェラ編をプレイしていないから、どんなものかを神様が教えてくれているのかしら？　だとしたらひどくない!?　どこが乙女ゲームの攻略対象なのよ、あいつら!!」

いつも私を助けてくれる神様のことだ。きっと私が昼間に後悔していたから、善意で教えてくれたのだろう。知識を与えてくれることには大いに感謝したいけど……内容が最低だわ!!

「あんな態度をとられたら、どこをどうやっても恋愛になんてならないわよ。信じられない」

前世の私がずっとプレイしていたディアナ編は、王国の騎士団からのスタートだった。

今回の部隊に参加していない赤髪の騎士とは同僚で、ダレンとも面識あり。王子様にも顔を覚えてもらっていたし、専用攻略対象である幼馴染《おさななじみ》とも円満な関係だった。

恋をするにしても、自然な距離感から始められたのに……これがアンジェラ編ならひどすぎる。こんな部隊で命をかけて戦えなんて、私なら絶対に無理。恋愛なんてもっと無理だわ。

「心の寄りどころのジュードにまで拒絶されるし、なんて部隊よ。現実の彼らがキャラと同じじゃなくてよかった。もしそうなら絶対殴ってたわ」

文句とため息を吐き出して、額《ひたい》を押さえる。残念ながら、まだ夢は終わらないみたいだ。

一体あと何人分、嫌な姿を見なければいけないのかと身構えて――

「アンジェラ」

声変わり前の少年の声に、びくっと肩が震えた。正《まさ》に今日聞いたばかりの、忌々《いまいま》しい声だ。

「導師カールハインツ……！」

慌ててふり返ると、やはり薄桃色の髪の少年がこちらを見つめていた。

しかし、その表情は昼に見たものとは違い、とても穏やかだ。金色の目には私を気遣う感情がはっきりと宿っている。

「大丈夫だ、アンジェラ。そんなに気負わなくていい」

苦笑を浮かべた少年が、ゆっくりと近付いてくる。両手を広げて、害意はないと示しながら。

「そんなに頑張らなくていいんだ。俺がついてる」

かけられる声は少年のそれなのに、とても落ち着いていて、なんとも耳に心地よい。

ゆっくりゆっくりこちらへ近付いた彼が、小さな手をそっと頬へと伸ばしてくる。

「誰もお前に失望したりしない。俺がついている。だから、頑張らないでくれ、アンジェラ」

「貴方……」

そろそろと触れる手のひらは温かくて、彼が心から私を心配していることがよく伝わってくる。まるで、いつものジュードに触れられた時のような安心感だ。

（もしかして、これがカールが私に執着する理由？　彼はゲームのアンジェラ編を『予知』していたってこと？）

転生者でもないのに、そんなことがありえるのか。この世界にゲームは存在しないのに。

アンジェラは脳筋の私であり、ゆえに聖女にはならなかった。けれど、ジュードとも仲間たちとも仲良くできているのがこの世界だ。かつて地球に生きていた私以外には、ゲームのことなんて知る由《よし》もないはず。

（……いや、唯一神様だけは、現実とゲームの両方を知っている。もし神様がカールにゲームのアンジェラ編を見せたのなら、その意図は何？）

ゲームの『アンジェラ』への執着さえなければ、彼は仲間になってくれたかもしれないのに。

「あ」

色々考えていたら、いつの間にかカールの姿は消えていた。頬に温《ぬく》もりだけが残っていて、ほんの少しの寂しさを覚える。

「ああもう、神様の考えることなんて、私にわかるわけないじゃない」

視界は依然真っ白。天井と床の境界はなく、どうしてここに私がいるのかもわからない。お腹に力を入れても、前回のようには起きられないみたいだ。やはりこの夢は、神様からの何かしらのメッセージなのだろう。

「寝ているはずなのに疲れたわ……神様、次はもっとわかりやすくお願いします」

そういえば、前回の夢の時はうなされていたらしいのよね。でもあの時と違って傍《そば》にジュードはいないし、またうなされていたとしても起こしてもらえる確率は低そうだわ。再びため息をこぼして、ぐるりと周囲を見回す。まだ会うべき人間がいるのなら、あとは誰だろうと考えていれば——

「アンジェラ」

疑問に答えるかのように、私を呼ぶ声が聞こえた。……男性ではない。ハスキーだけど、明らかに女性の声だ。

「……まさか」

頭を、ゆっくりと声のほうへ向ける。

現実のあの人は男性よりもはるかに低くて男らしい声だし、誰よりも長身でたくましい体をしていた。ということは――

「アンジェラ」

再び私を呼ぶのは、やはりどう聞いても女性の声だ。身長も女性にしては高いほうだけれど、百七十センチに届かないぐらいだろう。

花の模様が彫られた鎧《よろい》に、その上を流れる赤い髪。腰に提《さ》げているのは、斧ではなく剣だった。

「……貴女は」

視界の中心に騎士がいる。ぱっと見ただけで誰にでもわかる、〝女性の騎士〟だ。

筋肉は特筆するほど多くないし、鎧《よろい》を押し上げることもない。騎士団で捜せば他にも何人か見つかりそうな、ごくごく一般的な女騎士が、私を見つめている。

――彼女は『ディアナ』だ。かつてゲームで、私が使っていた主人公……なのだけど！

「……私の敬愛するディアナ様は、こんなに平凡な筋肉じゃなあああああああい!!」

夢だとわかってなお、叫ばずにはいられなかった。

現実のディアナ様は、誰よりも雄々《おお》しく、凛々《りり》しく、勇《いさ》ましい！　漢《おとこ》よりもなお漢《おとこ》らしく、鋼《はがね》の筋肉を持つ猛者《もさ》！　私の憧れの戦女神《いくさめがみ》様なのだ!!

「すまない、かつて共に戦ったメスゴリラよ！　私の心はもう、この世界のディアナ様へ捧《ささ》げてしまったのよ!!　そんな平凡な筋肉では、もうときめけないの!!」

「え、ええ……？」

「さよならゲームの世界！　起きなさい私!!　現実では、あの素晴らしいディアナ様が待っているのよ――!!」

渾身《こんしん》の力を込めて自分に呼びかける。

途端に、白い世界は淡く、溶けるように消えていく。

――かすかに聞こえた誰かの笑い声は、どこまでも優しく、慈愛に満ちていた。

STAGE８　脳筋聖女の一時の休息

「………………自己嫌悪だわ」

カーテンの隙間《すきま》から差し込むわずかな光の下、ゆっくりとクリアになっていく深紅《しんく》の天蓋《てんがい》を見上げて、私は深いため息をついた。

ああ、なんてこった。変な夢から抜け出せたのはいいけれど、目覚めの動機が最悪じゃない。

「これじゃ私、カールを悪く言えないわ……」

もう一度目を閉じれば、あの姿がはっきりと蘇《よみがえ》る。かつて共に戦った主人公の姿だ。

ゲーム版のディアナは、それほど筋肉質ではなかった。そりゃ、アンジェラと比べれば引き締まった体をしていたけど、現実に存在する女神様とは比ぶべくもない。

だからといってなんの罪もない彼女を、私は夢とはいえ否定してしまった。〝圧倒的に筋肉が足りないから〟と。

自分の理想と違うディアナを否定するのは、メイスをふり回す私を〝聖女らしくない〟と糾弾《きゅうだん》したカールと同じだ。言われてすごく嫌だったのに、私も同じことをしてしまった。

「私、最低だわ。無意識でなんてことを……はああ」

夢でよかったと思うべきか。自分の最低な一面を知って、反省するべきか。

……ああ、ごめんなさい、ゲームのディアナ。かつての私は確かに貴女を愛していた。

でも、現実のディアナ様があまりにも素晴らしくて……って、これじゃ浮気の言い訳みたいだわ。

「……頭が痛い」

強引に夢から目覚めたせいだろうか。体もだるくて、なんだか風邪のひき始めのような気分だ。

たかが夢、されど神様が見せた夢。きっと体にも影響が出ているのだろう。

「アンジェラ、大丈夫？」

「え？」

……唸《うな》る私の横から、とても聞き慣れた声が聞こえた。彼の声は好きだけど、ここで聞くはずがないのに。

恐る恐る顔を横へ向ければ、大きなベッドの横に突《つ》っ伏《ぷ》すように座っていた彼と目が合った。

「……ジュード？　ここで何してるの？」

夢で見た彼とは違う、前髪も適度な長さの私の幼馴染《おさななじみ》だ。部屋が薄暗いせいで表情まではわからないけど、彼を見間違えるはずがない。

私が布団の海を泳いで端《はし》まで辿《たど》りつけば、彼はひどく疲れた顔で床に座り込んだ。

「どうしたの？　何かあったの？」

「何かあったのはアンジェラのほうだろう？　ずっと苦しそうにうなされて……大丈夫？」

やはり今回もうなされていたらしい。乱れた髪が張りついていた私の額《ひたい》を、彼の大きな手が払った。

「ええと、夢見が悪かったのよ。騒がしくしてごめんなさい」

「僕こそごめん。起こしに来たんだけど、いつの間にか寝ちゃったみたいだ。おかしいな、ここに来るまで意識はハッキリしていたはずなのに」

「ああ……」

やはりただの夢ではなく、特別な力が働いていたようだ。殺戮《さつりく》兵器たるジュードの意識を落としたとなれば、それも超常現象……神様が何かした可能性が高いと見てよさそうね。

言葉を濁《にご》す私を追及することなく、ジュードは私の頬や髪、手に触れるとほっと息を吐く。過保護だとは思うけど、安眠を妨害してしまったのは申し訳なかったわね。

「ここの客間、壁は厚いと思っていたんだけど、よっぽどうるさかったのね。ごめんなさい」

私たちが借りている部屋は『特別な客間』と言われただけあって、寝室の壁がかなり厚く防音仕様になっている。それこそ、よほど注意していないと扉一枚隔《へだ》てた隣の部屋の音すら聞こえない。

……そうだわ、初日にノアが訪ねてきた時も、ノックをしてくれるまで気配に気付かなかった。たった一枚の壁と扉なのに、その防音性は完璧といえるだろう。

「…………もしかして私、大声で叫んでた？」

「いや、普通の寝言の声量だったよ？」

「嘘よ、それなら聞こえるはずがないわ。隣の部屋の音すら聞こえないのに、この分厚《ぶあつ》い壁を越えて外にまで聞こえたとでも？」

「僕がアンジェラの声を聞き逃すわけないじゃないか」

にこりと柔らかく微笑む幼馴染《おさななじみ》に、背中を冷たい汗が伝《つた》った。ど、どんな地獄耳をしてるの、ジュード。普通に人間の域を超えてて怖いわよ。

「ま、まあ、耳が良いのは置いといて。鍵はどうしたの？　合鍵があるとは聞いてないけど？」

ジュードの客間も同じ仕様だ。何より、廊下へ繋がる扉はしっかりと施錠《せじょう》して寝たはず。

「……それはその、ごめん。夜が明けたらちゃんと謝りに行くよ」

鍵について聞いた途端に、ジュードの視線があらぬ方向へ逃げた。

まさかと思って彼の足元を覗いてみれば……こっそりと愛剣が横たわっている。

「…………斬ったの？　壊したの⁉」

「と、扉は無事だよ？　こう、隙間《すきま》に刃を突っ込んですぱん、と」

「鉄製の鍵を簡単に斬らないでくれる⁉」

扉のほうは材質が木だから壊せると思うけど、まさか鍵のほうを斬ったとは。どうなってるのよ、こいつの剣。いや、ジュードの腕がおかしいのか。

「アンジェラが苦しんでると思ったら、いてもたってもいられなくて……ごめんなさい」

「心配してくれるのは嬉しいけど！　あのねジュード、ここ王城だから。器物破損だけで首が飛ぶような場所だからね⁉　弁償するにしても、絶対に払えないだろうし……どうしよう」

「もちろん正直に話すよ。弁償額はちょっと考えたくないけど……ほら、必要経費は王族持ちって言われてるし、なんとかならないかな？」

「壊した鍵の修理代なんて不要経費に決まってるでしょ、バカなの⁉」

我慢できずに頭に拳骨《げんこつ》を落としたら、いい音と同時に私の手のほうにダメージがきた。おのれ石頭め、チートなしで前衛ができる男はこれだからもう！

色々と考えていたのに、ジュードのおバカのせいですっかり消し飛んでしまったわ。

「ああ、頭痛い……」

「えっ大丈夫？　まだ時間も早いし、もう一回寝たほうがいいよ？」

「誰のせいで頭が痛いと思ってるのよ！」

拳骨《げんこつ》はダメだったので、今度は彼の頬を引っ張ってみる。「いたいよアンジェラ」なんて言いつつも顔はにやけているので、多分これも効いていないだろう。

「……私のジュードは、なんでこんな風に育っちゃったのかしら」

「私のジュード⁉　アンジェラ、僕のことをそんな風に想ってくれてたの……？」

「いいからさっさと出ていけ、このおバカ！」

夢の中で見た鎧《よろい》ジュードの態度もどうかと思ったけど、この頭のネジが外れてしまった幼馴染《おさななじみ》よりはいくらかマシだったのかもしれない。主に周囲への被害的な意味で。

立ち上がったヤンデレ予備軍のほうの彼は「すぐそこにいるからいつでも呼んで」と告げると、にこにこしながら寝室から出ていった。

しかし、すぐそこにいると言っていたので、自分の客間ではなく隣の部屋へ移動しただけらしい。

（自分が鍵を壊したから朝まで見張るってことなんでしょうけど、余計に心配だわ）

カーテンの向こうはわずかに明るくなっているものの、まだだいぶ早い時間のようだ。

今から動くのもどうかと思うし、これなら二度寝が一番建設的かしらね。

考えることを諦《あきら》めて布団に入れば、本格的に頭が痛くなってきてしまった。

（……もう変な夢を見ないといいんだけど）

布団はふかふかだけど、ベッドが大きすぎるせいか少し肌寒い。上掛けを引き寄せながら、そっと目を閉じる。

――結局その後、あの夢の続きを見ることはなかったのだけど。

髪を撫でる温かな手と、誰かの視線がくすぐったくて、思うようには眠れなかった。

＊＊＊

それから数時間後。お城の人たちに事情を話して取り次いでもらった結果、我らが部隊長たる王子様は、ジュードのおバカな行為を寛大な心で許して下さった。

というのも、ノアが昨日の夜に不思議な力を感知しており、私たちの謝罪よりも先に『何かあるかもしれないから、警戒しろ』という報告がいっていたようなのだ。

彼が感知したものが神様の力だったのかはわからないけど、私がうなされたのは関係があるのかもしれないと判断され、ジュードの行動もお咎《とが》めなしという結果に落ち着いた。

幸いなことに、壊れたのは鍵の部分だけだったので、修理にもさほど時間はかからないそうだ。ジュードが扉ごと斬ってなくて本当によかった。

「弁償にならなくて助かった……」

「全くだわ。賢者ノア様に足を向けて寝られないわよ、ジュード」

「反省してます」

なんて言いつつも、着替えを済ませた彼はのんびりとコーヒーをすすっている。それも、何故か私の客間でだ。

現在、私は扉の修理業者さん待ち。一応邪魔にならないように、私の荷物をジュードの客間へ移動させてもらったのだけど、ジュード本人がこの部屋にいる必要はないはずだ。

……本当に反省しているのかしらね、この男は。

「なんでここにいるのって顔してるから答えるけど、僕がアンジェラと一緒にいるのはいつものことじゃないか。この日常を変えるつもりはないよ？」

「なんでこんな日常を受け入れていたのかしら、私……」

「今更だね。……とまあ、冗談は置いといて。君が修理の準備をしている間に今日の予定について報《しら》せがあったから、それを話すためにいるんだ。だから怒らないで」

「そういうことは先に言いなさいよ」

眉をひそめる私にジュードはなお微笑んでから、コーヒーのカップをそっとテーブルに戻した。

「魔物討伐の予定は今日もないみたいだよ。昨日の導師の件で、殿下とウィリアムさんが話し合いをするみたい。ダレンさんは普通に仕事。賢者さんはわからないけど、僕は騎士団の訓練に加わってくれって頼まれてる。ディアナさんも警邏《けいら》任務から戻ったら加わるらしいけど……」

「私も行く！」

「……そう言うと思ったよ」

ジュードの口から出た女神様の名に、私は身を乗り出して宣言する。彼は振動でずれたカップを直すと、ぽんと私の頭を撫でた。

「前にも言ったけど、君が来ても見学しかさせないよ。それでもいい？」

「もちろんよ。ディアナ様の勇姿《ゆうし》を見逃してたまるものですか！」

「そこは嘘でも、僕の名前を挙げてほしいところなんだけど…………ん？」

騎士団の訓練といえば、汗が輝く筋肉同士のぶつかり合いだろう。むさい男どもに興味はないけど、そこにディアナ様が加わるというなら話は別だ。

自分が参加できないのは非常に残念だけど、きっと見ているだけでも勉強になる！

そんなの参加するに決まっているじゃない!!

「――アンジェラ。君、熱があるじゃないか！」

「へ？」

意気込んでいたところで、突然ジュードから鋭い声が上がった。

確かに、朝から頭痛がするなあとは思っていたけど。変な夢やジュードの奇行のせいじゃなくて、熱があったからなのかしら。

「……って、うわあ⁉　ちょっと待って、何するのジュード！」

私が考えている間に、ジュードはひょいっと私の体を抱き上げ、風のような速さで自分の客間へと運んだ。そのまま私をベッドへ下ろし、移動させていた荷物の中から寝間《ねま》着《き》を放り投げてくる。

「あっちの部屋にはこれから業者が来るから、僕のベッドを使って。あとは水差しと頭を冷やすものと……お城の人に頼んでくるから、アンジェラは着替えて寝てるんだよ。いい？」

「ジュード待ってよ！　そんなに慌てなくても大丈夫だってば」

つい先ほどまでは落ち着いていたのに、今のジュードは顔色が悪く、しきりに視線をさ迷わせている。

一方の私は、なんとなくだるい気はするものの、朝食の時に食欲はあったし意識もはっきりしている。この程度の体調不良なら、休む必要もないはずだ。

「きっと微熱よ、大したことないわ。訓練の見学にだって行けるわよ」

「ダメだ‼」

ジュードは声を張り上げて否定した。彼がこんな大声を出すことは、戦場以外では滅《めっ》多《た》にないのに。

「……大きな声を出してごめん。でも、ダメだよアンジェラ。今は元気だけど、昔は本当に体が弱かったんだから。死にかけたことだってあるじゃないか」

「あれは……でもほら、実家を出てからはずっと元気じゃない」

「それでも、ダメだ」

ベッドへ近寄った彼が、ぐっと私の両肩を掴《つか》む。それほど力は込められていないのに、ふりほどけない威圧感がある。

「僕は絶対に連れていかない。お願いだから、寝ていてアンジェラ」

「ジュード……」

彼の黒眼がまっすぐ私を見つめてくる。睨《にら》むような強い眼差しと否定の言葉に、夢で見た鎧《よろい》姿のジュードが重なる気がした。……私を拒絶した彼の姿が。

「……わかったわ、大人しく寝る。……今の貴方とは話さないほうがよさそうだもの」

素直に言うことを聞くのが面白くなくて、返事と共にごろんとベッドに横たわる。

私のと同じ仕様の客間なので、こちらのベッドももちろんふかふかだ。顔を伏せてみたら、感触がとても心地よい。

「…………ごめん。誰か、女の人に来てもらえるように頼んでおくから」

拗《す》ねたような私の態度に、ジュードはいくらか迷った後、静かに部屋を出ていった。

着替えは済ませていたし、きっとそのまま騎士団の訓練へ行くのだろう。お城の人を呼んでくれるそうだし、客間の修理の件はその人にお願いすることにした。

（……何をやってるのかしらね、私）

ゲームの鎧《よろい》ジュードと、私の幼馴染《おさななじみ》は別人なのに、何故重ねてしまったのか。ついさっきまで、いつも通り平和にすごせていたのに。

「今日は討伐がなくてよかった。あ、脱がないと皺《しわ》になっちゃう」

のそのそと身を起こせば、修道服のスカートがくしゃくしゃになってしまっている。せっかく着替えたばかりだけど、外出できないのなら畳《たた》んでおかないとね。

「……さむい」

それほど厚い生地でもないのに、脱いだら途端に寒気が襲ってきた。慌てて寝間着《ねまき》に袖《そで》を通すも、冷たい生地が肌に触れると、ますます寒く感じる。これは熱が上がるサインかもしれない。

（寝てろって言ったジュードが正しいわ。なんで反発しちゃったのかしら）

そりゃまあ、敬愛するディアナ様の勇姿《ゆうし》を見たかったのが一番の理由なんだけど。

「さっきの彼は夢の彼とは違うわ。ジュードは私を拒絶したわけじゃない。ただ心配してくれただけなのに……何をやってるのかしら私」

考えようとすれば、ズキンと額《ひたい》の奥が痛む。今日は戦う予定もないみたいだし、変なショタに絡まれる予定もない。ここは大人しく、一日休ませてもらうことにしよう。

（きっと私は働きすぎだったんだわ）

町を出てから王都につくまでの十日間はずっと戦いっぱなし。やっとのことで旅を終えれば、城でいきなり【誘う影《いざな》】とのボス戦。その後は【ヤツカハギ】と【アラクネ】を退《しりぞ》けて、変な導師に偽者扱いされて……まだゲームでいえば序盤なのに、イベントが多すぎるわね。

「これじゃ熱も出るわよ。よし、寝よう寝よう」

再びのそのそと移動して、ベッドの中へ体を滑《すべ》り込ませる。高級布団はふかふかだけど、ベッドが大きすぎてまだ少し寒い。身を丸めながら、すっぽりと頭まで潜《もぐ》っていく。

「…………このベッド、ジュードの匂いがする」

そこまで潜《もぐ》り込んで、ここが自分の寝室ではなかったと思い出した。決して汗臭いとかそういうわけではなく、むしろいい匂いだ。残り香、というのが正しいだろうか。

（なんとなく落ち着かないような、でも安心するような……）

不思議な心地だけど、気分は悪くない。寝やすいように体勢を整えれば、だんだんとまぶたが重くなってくる。やっぱり、思ったよりも具合が悪かったのかもしれない。

「……ごめんね、ジュード」

誰にも届かない謝罪を呟《つぶや》いて、私は睡魔《すいま》に身を任せた。

＊＊＊

「……おい、撲殺《ぼくさつ》聖女……アンジェラ、生きているか？」

「――ん？」

ぼんやりと歪《ゆが》んだ視界の向こうで、誰かが私を呼んでいる。

ああ、困ったな。頭が重くて、返事をするのも億劫《おっくう》だ。あちこちの関節が軋《きし》んで、少し顔を動かすだけで痛みが走る。

誰が私を呼んでいるんだろう？　そもそも、私はいつの間に眠って……？

「なるほど、かなり熱が高いな。水ではぬるいだろう、受け取れ」

「だれ………つっめたあああッ!?」

夢と現《うつつ》の間でぼんやりしていたのも束の間、突然額《ひたい》に触れた恐ろしく冷たい何かに、一瞬で覚醒《かくせい》させられてしまった。なんだ敵襲か!?　寝込みを襲うとか卑怯《ひきょう》だぞ!!

「それだけ声が出るなら、大丈夫そうだな」

「いきなり何するのよ、殺す気⁉　――――って、あら。珍しい人が」

あまりの冷たさに飛び起きれば、視界に入ってきた色は白銀。それも、眩《まぶ》しくて目が痛くなりそうなほど美人だ。

「ノア、どうしたの？　まさかのお見舞い？」

「そんなところだ。あの黒い男から、お前が体調を崩していると聞いてな」

ベッドのすぐ横にいたのは、我が部隊の賢者様ことノアだった。他の人ならわかるけど、まさか彼がわざわざ来てくれるとは思ってもみなかったわ。

「運悪く城の侍医《じい》が街へ出てしまっているから、代わりに俺が様子を見に来たんだ。医者ではないが、薬には詳しいから安心しろ」

「なるほど。お医者さんの代わりまでできるなんて、さすがね」

ノアに薬学の知識があったとは初耳だわ。ゲームの時にかかるのは病気じゃなくて毒や呪いだったし、何もかもアイテムで解決できてたからね。

まあ、元々エルフは森の奥深くに住んでいる種族だ。人間よりも植物に詳しいのは当然だろう。

その知識を人間に使おうとしてくれるのは、きっと彼ぐらいだと思うけど。

（――それにしても、ずいぶん眠っていたみたいね）

視線を巡らせれば、半分だけ開けられたカーテンの向こうはすっかり明るくなり、日も高い位置に見える。ちょっと休むだけのつもりだったのに、結構本気で寝入っていたみたいだ。

ジュードのベッドじゃ落ち着かないと思っていたけど、あっさり睡眠欲に負ける辺り私らしいわ。

「ッ⁉　冷た……！」

ふと動かした手に冷たい塊《かたまり》が触れて、慌てて引っ込める。厚手のハンカチに包まれたそれは、私が飛び起きた拍子に頭から落ちたようだ。

一体何が入っているのかと開いてみれば――中には板のような形の氷がごろんと入っていた。

「こ、これはまた、豪快な氷嚢《ひょうのう》ね……」

「ここまでの高熱とは聞いていなかったから、準備がなくてな。そこの水差しの中身を借りた」

ノアが視線で示した先には、中身が半分以上減った水差しが置いてある。その水を魔術で凍らせたのだろう。即席で氷が作れるとか便利なものね。

「ほら、ないよりはマシだろう。乗せておけ。溶けきる前に換えてやるから」

じっと氷を眺めていれば、彼は少しだけ恥ずかしそうにしながら、それをまた頭に乗せようとしてきた。作った本人も、豪快すぎることは自覚しているのだろう。

「ひいっ、冷たい冷たい！　無理にくっつけないで!!」

魔術製なおかげか、氷はびっくりするほど冷たい。しかし、驚く一方で心地よく感じてもいるので、結構な高熱があるみたいだ。ここに運ばれた時には、微熱程度にしか感じなかったのに。

「……解熱剤《げねつざい》ならあるぞ。飲むか？」

「遠慮しておくわ。私、小さい頃に沢山薬を飲んでいたから効きにくいのよ。今日は魔物討伐もないらしいし、ゆっくり休んで自然に治すわ」

「そうか。一応強い薬も用意できるから、辛くなったらいつでも声をかけるといい」

大人しく布団に入ると、ノアの手が氷嚢《ひょうのう》を避けながら髪を梳《す》いてくれる。

顔立ちこそ中性的な美人だけど、やはり彼も男の人であるようだ。その手は筋や節が目立ち、私のものとは違う。

（意外と手のひら大きい。でも、すごく優しい）

そっと顔を窺《うかが》えば、眼鏡の奥の銀眼も穏やかに私を見つめている。仲間を心配して、

気遣ってくれる優しい眼差し。夢で見たゲーム版のノアとは大違いだ。

――しかし、ノアの種族を考えると、『現実の彼のほうがおかしい』と思うところもある。ファンタジーではもう定番種族のエルフだけど、この世界の彼らは人間を嫌っているはずだから。

深い森の中に集落を作って、妖精たちと共に暮らす美しい種族。耳がとがっている以外は人間とほぼ同じ体のつくりで、自然を愛し、破壊や争いを嫌う者が多い。

あとは、長寿だ。この国の人間は平均寿命が七十歳くらいだけど、エルフの寿命は三百から五百歳。しかも、体は最適な年齢で老いを止めて、その状態のまま生涯を送ることになるらしい。ノアも二十代に見えるけど、実はとんでもなく年上なのかもしれない。

……ただ残念ながら、エルフ族は不老であるがゆえに狙われることになってしまった。いつまでも美しい彼らを、人間が〝芸術品〟として欲してしまったのだ。

エルフの誘拐事件は数多く起こっており、そのうちのほとんどが愛玩《あいがん》奴隷《どれい》として売買されていたと聞く。もちろん人身売買は重罪だ。最近では聞かなくなったものの、エルフが人間を嫌うのは当然といえるだろう。

(だからこそ、ゲーム版の人間嫌いのノアのほうが普通だと思うのよね)

むしろよく人間の部隊に加わってくれたものだ。いや、それだけでなく、どうして彼は具合の悪い私を気遣ってくれるのだろう。

「……言いたいことがあるのなら遠慮するな。俺に何か用なのか？」

「あ、ごめんなさい。今するような話じゃないと思うんだけど、ちょっと気になって」

じっと眺めていたせいか、ノアが居心地悪そうに眉をひそめた。それでも、氷嚢《ひょうのう》に添える手は優しいままだ。

「聞くだけ聞いてやる。なんだ？」

「なんで人間の私に優しくしてくれるのかなーと思って。貴方は人間が憎くないの？」

「確かに、病床《びょうしょう》で出すような話題ではないな」

案の定、ノアは呆れた様子でため息をついた。今聞くようなことではないけど、熱に浮かされているからこそできる失言もあるのだ。

ごめんと伝える代わりに苦笑を浮かべれば、触れていた手がトンと軽く私の頭を小突《こづ》いた。

「まあ、いいだろう。気になるのなら話してやる。辛くなったらそのまま眠るといい」

てっきり怒られるかと思いきや、ノアは肩をすくめただけで私を咎《とが》めたりはしなかった。

ベッドサイドの椅子に腰かけたまま、氷嚢《ひょうのう》を気にしつつもゆっくりと話し始める。

「先に断っておくが、俺は別に人間が好きなわけではない。だが、エルフとしては変わり者であることも自覚している。自分の研究成果を公開している時点で、エルフらしからぬ存在だからな」

「ああ、言われてみればそうね」

彼の賢者という呼称はそこからきているものだ。自分の研究を隠し通す魔術師も多い中で、ノアは率先《そっせん》してそれらを公開し、世に伝えてくれている。

だから皆は彼を『月の賢者』と敬意を持って呼び、その貴重な知識を尊《たっと》ぶ。長寿ゆえの気まぐれだとか異端だとか言われているけれど、ノア自身も変わっているという自覚はあるようだ。

「せっかく得た知識を独り占めしても仕方ないだろう。魔術は世のために使われるべきだ。それに、魔術師協会に恩を売っておくのも悪くない」

「意外と強《したた》かねえ、賢者サマ……けほっ」

「当然だろう」

意外な発言にちょっと笑ったら、うっかりむせてしまった。すかさずノアが、水の入ったグラスを口元に添えてくれる。……本当に面倒見がいいわね、この人。

「辛かったら眠っていい。無理をするな」

「重ね重ねすみません。やっぱり貴方、優しいわね」

「病人に厳しく当たるほど鬼ではないぞ。……ただ、そうだな。エルドレッドが集めた人間なら、信用できると思っているのも事実だ」

ノアが告げた意外な名前に、私は目を瞬《またた》かせる。そういえば、彼と王子様はずいぶんと親しげな様子だった。ゲームの時はそんなことはなかったので、やはりそこに何かがあるのだろう。

聞きたい、と目で訴えれば、彼はまた優しい笑みを浮かべながら、私の頭を軽く撫でた。

「俺は王都に来てそろそろ半年になる。近衛《このえ》騎士を除けば、この部隊の隊員一号だな」

「半年!?　そ、そんなに早くからここに来ていたの!?」

「ああ。……いや、故郷からの道のりを加えれば、さらに一月《ひとつき》前からだな。全くあの男、俺を迎えに来るのなら、転移魔術の一つでも用意して然《しか》るべきだろうに」

言葉こそ不満げだけれど、その表情は柔らかく、喉《のど》からはくつくつと笑い声すら聞こえている。一月《ひとつき》かかったということは、ノアは私のいた町よりもはるかに遠いところから来たということだ。十日でも辛い道のりだったのに、その三倍とは恐ろしい。

「……あれ？　今の話だと、まさかエルドレッド殿下が直々《じきじき》にお迎えに来たってこと？」

「そうだ。しかもあの男は、供もつけずに我が集落へ来たぞ。正真正銘《しょうしんしょうめい》、たった一人でだ」

「はあ⁉」

続いた言葉に、思わず声が裏返ってしまった。

彼はちゃんと王位継承権を持つ王族だ。城の中にいても護衛をつけるべき存在だというのに、片道一月《ひとつき》かかる道のりを一人で旅してきたですって⁉

「なんて無謀な」

「同感だ。当然、親兄弟の反対を押し切っての強行だったらしいがな。城に戻って早々、あちこちから叱られるあいつは見物だったぞ」

当時を思い出しているのか、目を閉じて笑うノアの顔はとても楽しそうだ。元の美貌とも相まって、うっかり見惚《みと》れてしまうぐらいに。

「集落に来た時のやつはひどい有様《ありさま》だった。身なりもボロボロだったし、人間嫌いの同胞たちですら心配したほどだ。だが、その目は死んでいなかったし、王族としての気高さも失っていなかった」

ゆっくりと開かれたまぶたの下の銀色が輝く。眼鏡のレンズを隔《へだ》ててなお見えるのは、喜びだろうか？

「それなのに、あの男は俺たちに頭を下げた。己《おのれ》がヒトの王の血筋だと明かした上で、頼むから力を貸してくれと。訪ねても姿すら見せなかった異種族に、膝《ひざ》をついて真摯《しんし》に希《こいねが》った。——絆《ほだ》されたというのもおかしいが、この男になら力を貸したいと思った。

ゆえに今、俺はここに居るわけだな」

「そんなことが……」

王族が膝《ひざ》をつくなんて、どれほどの重みがあるのか。きっと王子様は、その意味をわかった上でそうしたのだろう。そうまでして、エルフ族の知識を欲した。そしてノアは、それに応《こた》えてくれた。

（主人公の私が知らないところで、ずいぶん大きなドラマが展開しているなあ）

私自身も結構ハードな人生を送ってきたつもりだけど、他のメンバーもそれぞれ大変な日々を経てここに集まっているのだろう。

一緒に戦ってきたジュード然《しか》り、女の身であそこまで豪傑ぶりを極めたディアナ様然《しか》り。その道のりは、決して平坦ではなかったはずだ。

「あの男、見てくれはぽやぽやしているが、行動力と判断力は確かだ。俺も一目《いちもく》置いているし、やつに選ばれたお前たちのことも認めている。お前に特別優しくしたつもりはないが、これで答えになったか？」

「充分すぎるわ。お世話をしてもらった身としては、後で殿下にもお礼を申し上げないと」

「それはやめておけ。つけ上がらせると面倒だぞ。それよりお前は、幼馴染《おさななじみ》の黒いのをどうにかしてやれ。少し前に俺が見かけた時は、死体のような顔をしていたからな」

「あー……」

きれいな笑みからなんともいえない表情に変わったノアに、そういえばジュードにキツいことを言ってしまったと思い出した。今も彼のベッドを占領しているのだし、ちゃんと謝らないとね。

「痴話喧嘩《ちわげんか》に干渉する気はないが、あれもまた仲間だからな。だが、今はもう少し寝ておくといい。意外と平気そうに見えるが、かなり熱が高いぞ」

「あはは……色々とごめんなさい。話が聞けて嬉しかったわ」

寝ろ、と再び頭をぽんぽんされたら、途端にまた眠気が襲ってきた。さっきまでずっと眠っていたのに、まだ足りないのかしら。美しい白銀が、ぼんやりと霞《かす》んでいく。

「心配せずとも、隣への扉は開けたままだし、侍女も控えさせている。氷嚢《ひょうのう》もちゃんとしたものに換えてやるから、今はゆっくり休んでおけ」

布団が温かくて、何も考えられなくなる。ああ、ダメだ。眠い――

「……ノア、ありがとう」

最後に告げたお礼は、ちゃんと言葉になっていただろうか。

＊　＊　＊

――次に目が覚めたのはさらに数時間後、午後のおやつの時間をすぎた頃だった。

「あんなに寝たのに、よくまだ眠れたわね私」

豪奢《ごうしゃ》な深紅《しんく》の天蓋《てんがい》を見上げて、ゆっくりと息を吐き出す。頭を動かせば、ちゃぷんと水音がする。いつの間にか、枕の代わりにタオルに包まれた革袋が置かれていた。

「ちゃんとした氷嚢《ひょうのう》だわ。ノアは約束を守ってくれたのね」

どうやら私が眠っている間に差し替えてくれたらしい。指で押してみれば、溶けた氷水の感触が返ってくる。おかげで熱もだいぶ下がっていた。

「……もういないか」

上体を起こして部屋を見回してみるが、他に人の気配はない。代わりに、ベッドサイドの机には粉薬の包みが二つ置いてある。ご丁寧にも、用法の添え書き付きで。

ゲームの時はツンしかなかったノアだけど、この世界では面倒見の良いお兄さんのようだ。私を偽者と糾弾《きゅうだん》するような人もいる中、優しい人になってくれたのはとてもありがたいわ。

「次に会ったらお礼をしなくちゃね。何か返せるものがあるといいんだけど」

あいにくと女子力は戦場に置き忘れてきてしまったので、菓子だの刺繍《ししゅう》だのといったお礼は用意できない。代わりに何ができるか、王子様にでも相談してみよう。

「……よし、今なら動けそうね」

ベッドから下りて、背筋を伸ばす。まだ少しだるいけど、だいぶ楽になったみたいだ。風邪というよりは疲れからくる発熱だったようだし、休んだ分は回復したのだろう。

関節もちゃんと曲がることを確認してから、隣室へ繋がる扉をゆっくり開く。鍵の業者さんも、そろそろ作業を終えているとありがたいのだけどね。


ジュードの客間を出て、自分の客間へ戻ろうとした私だけど、残念ながら鍵の修理はまだしばらく時間がかかるらしい。控えていた侍女さんの話によると、もう斬られなくて済むように対策をしてくれているそうだ。

お見舞いに来てくれたノアも、少し前に帰ってしまっていた。ただ、警備の騎士が廊下で黒い影を見かけたらしいので、もしかしたらジュードが様子を見に来ていたのかもしれない。

（……ジュードに謝らないとね）

彼の客間で、侍女さんに用意してもらった白湯《さゆ》をちびちびと飲みながら、黒い影の話に苦笑する。理不尽な対応をしてしまったのに、ベッドを貸してくれて、様子も気にしてくれているなんて。ジュードは本当に甘いわ。

「……なるべく早く謝りたいな」

窓の外の空には、もう赤が混じり始めている。日が暮れてから外に出るのは、体調的にも体面的にもよろしくないだろう。

彼が鍛錬《たんれん》を終えて戻ってくるまで待ってもいいけど、夜になって熱が上がったらまた心配されるし、日をまたいだら謝りづらくなってしまう。

「すみません、動けるうちに外へ出たいのですが、騎士団の鍛錬場《たんれんじょう》はどこかご存じですか？」

驚く侍女さんに頼み込んで、外へ出られるように上着を貸してもらい、歩くこと十数分。詰め所から少し離れた、無骨な印象のだだっ広いグラウンドへ案内されて、私は思わず言葉を失ってしまった。

学校の校庭と闘技場を足して二で割ったらこんな感じか。いや、どちらかといえば、観客席のない野球ドームのほうが近いかもしれない。それも、超特大の。

（鍛練場《たんれんじょう》、広い……っ！）

砂と汗の匂いが立ち込めるそこは、とにかく広い。そりゃあ剣だの槍だのをふるう場所なのだから、それなりのスペースは必要だろうけど。端《はし》から端《はし》まで、二百メートルぐらいはありそうだ。

しかも、鍛練《たんれん》をしている集団は一つではなくいくつもある。このうちのどれかにジュードがいるのだろうけど、捜すだけで夜になってしまいそうだ。

「……さすがにここまで広いとは想定外だわ。騎士団を侮《あなど》ってたかも」

平時ならまだしも、具合の悪い私がここで人捜しをするのは自殺行為に近い。それで明日以降も体調が戻らなかったら、ノアをはじめ部隊の仲間に申し訳ないし。

「せっかく来たけど、大人しく客間で待ったほうがよさそうね」

残念に思いつつ、歩いてきた道を戻ろうとして——ふと、隅《すみ》っこに妙なものを見つけてしまった。

……黒いキノコだ。人間の子どもぐらいの背丈の、かなり大きなキノコが地面から生えている。近くに木があるわけでもないのに、なんで鍛練場《たんれんじょう》にこんなものが生えているのだろう。

「……しかもコレ、ちょっと大きすぎないかしら」

場所もさることながら、ファンタジー世界のキノコにしてもサイズが大きすぎる。

もしかして、魔物が入ってきたのではと不安になったけれど――――あれ？

「………………キノコじゃないっ！　あれジュードだ!!」

よくよく眺めたら、それはキノコではなく、私の幼馴染《おさななじみ》だった。

どんな見間違いだよ、と自分に驚きつつも、キノコ改めジュードのもとへ駆け寄ってみる。

（な、何これ!?　人間、ここまでじっとりできるものなの!?）

何故か体育座りをしているジュードには、普段の爽《さわ》やかさはどこにも見当たらない。

じめーっとした重たい雰囲気で、放っておいたら本当にキノコかカビでも生えてきそうだ。

心なしか周囲の地面も黒ずんで見えるし、これは見間違えても仕方ないわね。

「……鍛練《たんれん》しないの？　ジュード」

あまり刺激しないように、いつも通りを装《よそお》って声をかけてみる。

途端に、キノコがびくっと飛び上がった。よかった、本当に地面に生えているわけではなさそうだ。根っこが生えてしまっていたら、扱いに悩むところだったわ。

「……アンジェラ？　え、本物？」

恐る恐る、といった様子でキノコから頭が生えてくる。

黒いカサ……もとい、髪が滑《すべ》り落ちれば、私のよく知るきれいな顔が現れた。こっそりと安堵《あんど》の息をこぼしてから、私もジュードの隣に腰を下ろす。

「どうしてアンジェラがこんなところに？　具合は大丈夫なの？」

「うん、だいぶ熱が下がったから、貴方に会いに来たのよ」

黒い瞳がまん丸に見開かれる。こういう表情をすると可愛いな、なんてうっかりときめいてしまったけれど、もちろん目的は忘れていない。

……ジュードをキノコにしてしまったのは、多分私だ。早く人間に戻してあげなくては。

「今朝はごめんなさい、ジュード。貴方は悪くないのに、嫌なことを言ってしまって」

「嫌なことなんて……アンジェラがディアナさんを崇拝《すうはい》しているって知ってたのに、見学に行くのを止めた僕が悪かったんだよ。僕こそごめん」

「崇拝《すうはい》……いや、その通りだけど。今朝はジュードが正しかったわ。あの後、熱が上がったもの。でも貴方が止めてくれたおかげでしっかり休めたわ。ありがとう」

徐々にキノコではなくなってきたジュードが、こちらに手を伸ばしてくる。大きな手のひらが私の額《ひたい》にそっと触れた途端、彼の眉間《みけん》に皺《しわ》が寄った。

「……まだ熱があるじゃないか」

「かもね。でも、なるべく早く貴方に謝りたかったのよ。ごめんなさい」

「そんなの、いいのに」

口ではそう言いつつも、ジュードのまとう空気はだいぶ柔らかくなっている。じめじめ感も消えて、もう少しでいつもの爽《さわ》やかな彼に戻りそうだ。

そっと距離を縮めてから、彼の肩に頭を預ける。砂っぽくて汗臭い場所だけれど、ジュードからはベッドと同じいい匂いがした。

「……体が辛いの？」

「ううん、平気。でも、ジュードの傍《そば》にいると安心する」

「君はなんというか……僕の喜ばせ方を、本当によく知ってるよね」

こつん、と軽い音がして、彼が私の頭に自分の頭を乗せたのがわかった。

こんな砂っぽい場所にいたはずなのに、ジュードの髪はさらさらと滑《すべ》り、私の髪と混じっていく。こういうさりげなくきれいなところ、羨《うらや》ましい限りだわ。

「……恥ずかしい話だけど、アンジェラに『話したくない』って言われただけで、どうしたらいいかわからなくなったんだ。せっかく騎士団の鍛練《たんれん》に誘ってもらったのに、まともに動けなかった。戦うぐらいしか、僕には特技がないのに」

「ジュード……」

「女々しく、君のことばっかり考えて。格好悪いね、僕。ごめん」

頭を押しつければ、少し高い位置から優しい声がふってくる。

彼は多分、ヤンデレ予備軍だ。でも、そんな彼に依存している私も、人のことは言えないわよね。

「そんなことないわ。私も、貴方に拒絶されたら泣きたくなるもの。それなのに、ひどいこと言ってごめんなさい」

「もちろん許すよ。でも、できればもう言わないでほしいな。僕と話したくなくなったら、ちゃんと僕を捨ててほしい」

「私が貴方を捨てるわけないでしょ！　貴方が私をいらないと思わない限りは、絶対にないわよ」

「そっか。じゃあ、これからも隣にいられるね……よかった」

頭を寄せ合いながら、交わす言葉は妙に重たい。でも、この不安定さと互いへの執着が心地よくもある。……熱に浮かされていると言ったら、言い訳になるかしらね。

「……うん？」

ふと視線を動かせば、少し離れたところで鍛練《たんれん》していた集団が、私たちを食い入るように見つめていた。訓練用の木剣《ぼっけん》を担《かつ》いだ男たちの中には、呆れ顔のダレンも交じっている。ということは、あの集団がジュードの参加していたグループだろうか。

「ジュード、あの人たちが一緒の組なの？」

「うん、僕が戻るのを待っててくれたみたいだね。やる気も補充できたし、少しだけ参加してくるよ。ディアナさんはいないけど、アンジェラはどうする？」

「それなら、ここで見学してるわ」

立ち上がったジュードには、もうキノコの名残《なごり》はない。軽く砂を払って木剣《ぼっけん》を手に取れば、すっかりいつも通りの彼だ。ほんのりと殺戮《さつりく》兵器の顔が覗いているし、やる気も充分だろう。

「行ってくるね、アンジェラ」

「うん、行ってらっしゃい」

去っていく背を見送れば、彼が合流した途端に私との仲を揶揄《やゆ》する声が聞こえてきた。ジュードもまんざらでもなさそうなところが、ちょっとくすぐったい。

（……でも、よかった。元の関係に戻れて）

もしジュードに拒絶されたら、私もキノコになるところだったわ。それこそ、夢で見たあの鎧《よろい》ジュードのような態度をとられたら、きっと耐えられない。

ディアナ様がいないのは残念だけど、それよりも貴方と仲違《なかたが》いしたのが辛かったと言ったら、彼は笑ってくれるだろうか。

（なんだか顔が熱いな。また熱が上がったのかしら）

上着で頬を押さえていれば、彼が合流した集団から高らかな打ち合いの音が響き始めた。

「……おい、撲殺《ぼくさつ》聖女。この俺の厚意を無下《むげ》にするとはいい度胸だな」

「ああ、どこの美人さんかと思ったらノアか。物騒な呼び方しないでよ」

鍛練《たんれん》風景をぼんやりと眺めることしばらく。なんか重いなーと思って頭上を確認すれば、そこには白銀の美丈夫《びじょうふ》ノアが佇《たたず》んでいた。

頭が重かったのは、どうも彼の外套《がいとう》が乗っていたからのようだ。

むっつりと不機嫌そうな表情を浮かべていても、その顔立ちは相変わらず大変美しい。攻略対象の中でも、屈指《くっし》の容姿を誇るだけはあるわね。目の保養をさせてくれてありがとう。

「そうだ、氷嚢《ひょうのう》ありがとね。おかげで熱も下がって楽になったわ」

「そういう台詞《せりふ》は完治してから言え。わざわざ強めの薬も出しておいてやったのに、また無理をして」

「わぷ」

立ち上がって昼間のお礼を告げれば、それを遮《さえぎ》るように大きめの布がかぶさってきた。白地に不思議な刺繍《ししゅう》が入ったそれは、エルフ族特有の魔力を帯びた外套《がいとう》だ。ゲームの時には、人間が触っただけで嫌がっていたのに。

「着てろ」

「いいの？　ここ鍛練場《たんれんじょう》だし、汚れるわよ？」

「服は洗えばいい。だが、お前の体調不良は洗濯では治らないだろう」

たまたま私の頭に乗っていたわけではなく、彼が意図的に乗せていたようだ。私では引きずってしまう丈なのだけど、汚れることも気にせず肩の上からくるむようにかけ直してくれる。

「……ああ、あったかい。ぬくぬく」

「やはりそう感じるか。言っておくが、今は別に寒くないぞ。その寒気は熱が上がる兆候だ、このバカ者」

「……ごめんなさい」

ジュードのものとはまた違う、花のような柔らかな匂いが鼻をくすぐる。

ここへ来る時にちゃんと上着を借りてきたのに、その上から外套《がいとう》をかけてようやく温まった。ノアの言う通り、熱が上がる兆候だ。せっかく回復していたのに、やってしまったわ。

「でも、早くジュードに謝りたかったのよ」

「俺もそうしろとは言ったが、こんな屋外に出て体調を悪化させろとは言っていないぞ」

「ですよね。反省はしてる」

視線を前に向ければ、ちょうど例の集団が打ち合いを終えたところのようだ。わいわいとにぎやかに話す中には、つい先ほどまでキノコだったジュードも普通に馴染《なじ》んでいる。

「仲直りができたのなら、よかったな」

「うん。貴方のおかげよ、ありがとう」

沈みかけた赤い日が、銀糸のようなノアの髪を染めていく。夕焼けの中に立つノアは、本当にきれいだ。きらきらと反射する光が眩《まぶ》しいぐらいに。

(体調を崩してしまったのは想定外だったけど、仲間の優しさに気付けたのはよかったわね)

現実の彼は、まとう銀色から想像するような冷たい性格ではなく、この夕日のような温かい人物だ。今日たまたま体調を崩すことがなければ、もしかしたらノアにも夢の印象を重ねてしまったかもしれない。

　思わず頬をゆるませたら、彼もまた、眼鏡の奥の瞳を和《やわ》らげてくれる。ああ、とても優しい雰囲気だ。外套《がいとう》を借りていることも相まって、胸がぽかぽかと温かい。

「……礼は受け取っておこう。ただ、あまり親しくすると、お前の幼馴染《おさななじみ》が妬《や》くか？」

「それは、貴方の態度次第だと思います」

　そんな、穏やかなふれあいをしたのも束の間。

　急に腕を引っ張られたかと思えば、ぽすん、と硬い胸に受け止められた。

「……お疲れ様ジュード。鍛練《たんれん》は楽しめた？」

「うん、ありがとう」

　顔を上げてみれば、当然のように視界に入ってくるのはノアとは正反対の色合いだ。頬を押しつけられた胸元からは、いつもと違う砂と汗の匂いがする。

「賢者様、こんなところへ来るなんて珍しいですね」

　鍛練《たんれん》を終えたダレンも駆けつけてくれたようだ。私を見て困ったような顔を作りつつも、さりげなーく周囲の雰囲気を察してくれる彼は、さすがの苦労人属性ね。

「こいつが安静に寝ていてくれたら、俺もこんな砂っぽい場所へ来る必要はなかったんだがな。己《おのれ》の体調よりも、幼馴染《おさななじみ》との仲直りを優先したらしいぞ」

「僕との？」

ノアは『私がジュードのために来た』ということを強調しながら、薄着になった肩をすくめてみせる。ジュードは過保護な態度をゆるめて、きょとんと目を見開いた。

「ごめんアンジェラ。具合が悪いのだから、すぐ部屋に戻ってもらえばよかったね」

「見学したいって言ったのは私だもの。気にしないで」

「でも……あ、やっぱり熱が上がってる」

私の額《ひたい》に触れたジュードが眉をひそめる。触ってすぐわかるほどの熱があるらしい。

「解熱剤《げねつざい》は用意してある。お前からも飲むようにすすめてくれないか？」

「そうですね。賢者様、色々とご迷惑をおかけしてすみません。アンジェラ、部屋に戻ろう」

「はーい」

身を預けたまま了承すると、ジュードは当たり前のように私の体を抱き上げた。

一瞬だけ驚いたものの、それよりもだるさのほうが強くて、抵抗する気も起こらない。

呆れた顔のノアとダレンに会釈《えしゃく》をして、そのままの体勢で客間へと運ばれていく。

「……アンジェラ。その外套《がいとう》、部屋に戻ったらすぐに脱いでね。洗濯してもらうから」

「気にしすぎじゃない？　ノアは汚れても構わないって言ってくれたけど」

「ちゃんと触ったらわかるだろうけど、これかなり上等な外套《がいとう》だから、汚したままはまずいよ。それに……アンジェラから他の男の匂いがするの、僕が嫌だ」

「犬みたい」

私にだけ聞こえるように囁《ささや》かれた言葉。その独占欲に甘さを感じてしまったのも、きっと熱のせいね。

＊＊＊

さて、何故かノアとダレンも引き連れて、四人で客間へ戻ってきた私たちなのだけれど、客間の前に立つ人影を見て、ほぼ全員同時に足を止めてしまった。

「おお、アンジェラ殿！　無事で何よりだ！」

「ディアナ様!!　お会いしとうございました!!」

「大昔の人間か、お前たちは」

私の部屋の前に立っていたのは、昨日のお昼から一日半ぶりに会えたディアナ様であった。

呆れ声でツッコんだノアはスルーさせてもらい、ジュードを急《せ》かしていそいそと近寄っていく。鎧《よろい》を押し上げる肩や胸、巨木のようながっしりとした腕は、やはりいつ見ても素晴らしい。

「体調を崩していると聞いたのだが、大事ないか？」

「もちろんです！　ディアナ様のお顔を見たら、すっかり元気になりました!!」

「いや、アンジェラまだ普通に熱があるからね。寝ないとダメだよ？」

勇《いさ》ましいご尊顔《そんがん》に憂《うれ》いの色が見えた気がして、慌てて元気な姿を見せようとするもの の、すぐにジュードに窘《たしな》められてしまった。体が弱いとこういう時に厄介だわ、もう！

「姐《ねえ》さん遅かったですね。今日は警邏《けいら》任務と聞いてましたが、何かありました？」

「うむ、それについてはまた後ほどな。アンジェラ殿にと思って、街でリンゴをもらってきたのだ。具合が悪い時には、こうした果実が良いというからな」

ダレンとノアも合流すると、ディアナ様は脇に抱えていた小さな（※ディアナ様の腕比）木箱を取り出し、蓋《ふた》を開けて見せてくれた。

中には真っ赤に熟《う》れた瑞々《みずみず》しいリンゴがぎっしりと詰まっている。

「なんてお優しい……やっぱり貴女は筋肉の女神様なんですね！　一生ついていきます!!」

「リンゴと筋肉は関係ない気がするんだが、気のせいか？」

「賢者様、多分ツッコんだら負けです」

男どもがこそこそと何か言っているけれど、気にしない気にしない。

ご自分の仕事で忙しいのに、私のためにわざわざリンゴを買ってきてくれたのだ。その優しさを女神と称《たた》えるのは当然だろう。

誰よりも優《すぐ》れた戦闘力に、慈愛の心も併せ持つなんて。ああ、やっぱりディアナ様は私の人生の目標だ。彼女こそ神だわ！

感動する私の耳に、またもや聞き慣れた声が届く。

「あれ、もしかして全員そろっているのかい？　これは呼びに行く手間が省《はぶ》けたな」

「あ」

皆でふり返ってみれば、金色の柔らかな美貌を持つ男性がゆっくりと廊下を歩いてきていた。その後ろには、おどおどと震える黒い影も見える。

「エルドレッドと……後ろはウィリアムか？　なんでお前たちがここに？」

「リンゴ用の果物ナイフを持ってきた天からの使者だよ。……というのは冗談だけど、色々と話したいことがあってね。ジュード殿、私たちもお邪魔させてもらっていいかな？」

「それはもちろん」

私を抱き上げる腕に、少しだけ力がこもる。今日はこれで終わりかと思いきや、何やらまだ続きがあったみたいね。

しゃりしゃりと、果物をかじる音が部屋の中に響く。

女神のディアナ様が買ってきてくれただけあり、リンゴはどれもたっぷりと蜜のつまった美味《おい》しいものだったのだけど、まさかここで果物パーティーをすることになるとは誰も思わなかっただろう。

現在地はジュードが借りている客間の一室。討伐部隊の七名全員が、ここに勢ぞろいしている。広い客間ではあるけど、男が五人も集まったらさすがに狭いわね。もちろんディアナ様は別だけど。

「すみませんアンジェラさん、お邪魔してしまって……具合はいかがですか？」

「さっき薬を飲んだから、だいぶ良くなっているわ。心配してくれてありがとう」

備《そな》え付けのソファの隅《すみ》に座ったローブの塊《かたまり》……もといウィリアムが、私の答えにほっとしたように息を吐く。本当は横になっていたいのだけど、王子様の来訪中に寝ているわけにもいかず、私も皆と一緒のテーブルについているのだ。

遠慮がちにちまちまとリンゴをかじるウィリアムは小動物のようで、弱った体の癒《いや》しだわ。実は立つと身長が百八十センチもあるのだけど、それを感じさせない愛らしさだ。

ちなみに、全員分のリンゴを黙々《もくもく》と剥《む》いてくれているのはダレンである。ゲームで器用さを表すＤＥＸ値がトップだった彼は、現実でもそれを遺憾《いかん》なく発揮してくれているようだ。

時折皆にチラチラと視線を送っているけれど、全員スルーしている辺り、彼のポジションはやはり苦労人で確定ね。

「ご馳走様《ちそうさま》、美味《おい》しいリンゴだったね。ディアナはこういう良い品を探してくるのが上手で、羨《うらや》ましいよ」

「市井《しせい》で良い品が手に入るということは、民の生活が安定しているということ。全ては陛下の治世の賜物《たまもの》でしょうな。……して、殿下は我の報告を聞きに来て下さったということでよろしいか？」

「話が早くて助かるよ。具合の悪いアンジェラ殿には申し訳ないが、付き合ってもらえるかい？」

しばしの雑談を終えた後、それまで寛《くつろ》いでいた王子様が急に真面目な雰囲気に変わった。もしや彼と離れていた間に、何かあったのだろうか。

周囲を窺《うかが》えば、ディアナ様とウィリアムまで真剣な表情になっている。……いや、どうやら事情を知らないのは、私とジュードだけのようだ。

「……何か、あったんですね」

「まあ先に結果だけ伝えるとね、導師カールハインツが姿を消したんだよ」

「……はい？」

てっきりまた強い魔物が出たのかと身構えていれば、王子様が告げた名前は、意外な人物のものだった。いや、昨日の今日だから意外というわけでもないんだけど。

「あの人と何かあったんですか？」

「あったも何も、昨日の君との一件は、充分『事件』だからね？　彼は君を誘拐しようとしていたのだから」

要領を得ない私の反応に、他のメンバーはやや困ったような様子だ。

確かに、無事に帰ってきたから『嫌な思いをした』程度で済んでいるけど、あのまま異空間で何かされていた可能性もあった。

しかし、カールは王子様が直々《じきじき》に部隊に誘った人物だ。導師として魔術師協会でも名が知れているし、弟子のウィリアムもこちらにいる。

私との間で多少のいざこざがあっても、それほど問題になるとは思っていなかったのよね。

……それとも、カールが『要注意人物』になる理由が、昨日の一件以外にもあるのかしら。

「意外そうだね。君はもっと彼に対して怒っていると思っていたのだけど」

「怒るというか、好ましくない人だとは思っていますよ。でも、敵対するほどではないですね」

「もちろん私も、彼と敵対したいわけではないけど……そうだね、ディアナの報告を聞く前に、こちらの状況を説明したほうがよさそうかな」

王子様は苦笑を浮かべながら、腕を組んで息を吐き出した。

私も姿勢を正すと、隣にいたジュードが心配するように肩を抱き寄せてくれる。

「元々ね、彼の動きは気にかけていたんだよ。部外者に害が及ばないようにという名目で、危険な書物を管理させていたから。彼の手元にあれば安全だけど、同時に彼はそれを読み解き、扱える人物でもあるからね。王家としては危険視せざるをえなかったのさ」

そういえば、私たちが訪問した時も彼は読書を楽しんでいたわね。王家としては、元々警戒している存在でもあったのか。本人は敵ではないと明言してくれたけど。

「彼が私の誘いに応じてくれたなら、疑わなくてもよかったのだけどね。納得できる理由もなく、また魔術師協会に勤めているわけでもないのに断られてしまったものだから、念のためうちの諜報員《ちょうほういん》を図書館に忍ばせてあったんだよ。ダレンの部下にあたる者たちだね」

ダレンに視線を送れば、ちょっと自慢げな笑みで首肯《しゅこう》される。チャラい雰囲気なのに、仕事もできる男らしい。もっとも、カールは姿を消したという話だから、その部下たちは撒《ま》かれてしまったようだけど。

「君の誘拐未遂も踏まえて監視を強化させていたのだけど、今朝になって彼が突然失踪《しっそう》した。さすがに放置はできないから、ディアナに任務と並行して捜してもらっていたんだ」

「……私が眠りこけている間に、そんなことがあったんですね」

いきなり最高戦力のディアナ様を投入するとは、カールはよほど警戒されていたみたいだ。

しかし、私が休んでいる間に事態が動いていたなんて、主人公としては反省しなくちゃいけないわね。敬愛するディアナ様の手まで煩《わずら》わせていたとなれば、なおさら。

思わず俯《うつむ》いてしまったら、すぐ近くにいたジュードと……何故か反対側に寄ってきてくれたノアに頭を撫でられた。

「……ノア？　どうしたの？」

「俺が触るのは嫌なのか？」

「そうじゃないけど、ちょっと意外だったから」

なんだか今日の彼は、妙に私を甘やかしてくれる気がする。私が病人だからかしら？

「ふふ、君たちが仲良くなってくれたみたいで嬉しいよ。昨夜感知された『不思議な力』

が、アンジェラ殿の体調不良とも関係あるんじゃないかと、ノアはずっと心配していたからね」

「……余計なことを言うな」

視線を戻せば、王子様がニヤニヤと笑っている。そういえば、ジュードの鍵の一件がお咎《とが》めなしだったのも、ノアが妙な力を感知していたからだった。

多分神様の仕業《しわざ》だとは思うけど、私が体調を崩し、同時にカールが失踪《しっそう》したとなれば、彼を犯人として疑うのは当然かもしれない。本当にカールが何かした可能性もないとは言い切れないしね。

「俺のことはいいだろう。それで、導師は見つかったのか？」

こほん、と咳払《せきばら》いしつつ離れていったのは、ノアなりの照れ隠しだろうか。やや強引に、彼はディアナ様のほうへ向き直る。

男性陣は今のやりとりでちょっと笑っていたけど、ディアナ様は表情を引き締めたままだ。男よりはるかに鋭い緑眼を細めて、私を見つめている。

「ディアナ様は、あの人に会ったのですか？」

「うむ。街を出る直前のあやつを見つけた。わずかながら、話をすることもできたのだが……」

鋭い緑眼がまぶたに隠される。ディアナ様は残念そうに首を横にふってから、静かに続けた。

「あやつは、『本物のアンジェラ』殿を捜しに行くそうだ」

……なるほど。まだ本物のアンジェラがどこかに隠されていると信じているわけだ。

きっと私が夢で見たような、白い聖女礼装を着たアンジェラを。

「アンジェラ殿、こんなことは聞きたくないのだが……そなたが偽者だというのはなんの話だ?」

「導師カールハインツの、予知という名の妄想でしょうね。残念ながら、アンジェラは私です。彼が望むような聖女様らしいアンジェラは、この世界には存在しませんよ」

五歳の時に前世の記憶を取り戻さなければ、存在していたかもしれないけどね。

それにしても、カールは一体何をもって、ゲームのアンジェラを信じているのだろう。

つくづく謎の多い男だわ。

「やはり、そうなのだな。しかし、なんというか……あやつは『本物の存在』を確信しているような口ぶりでな。元々我とは相性が悪い相手でもあったのだが、つい取り逃がしてしまったのだ。申し訳ない」

しょんぼりと顔を俯《うつむ》かせたディアナ様に、王子様が苦笑を浮かべながら「気にするな」

と返している。

元々、彼はえげつない魔術に特化した魔術師だ。いかにディアナ様が最強とはいえ、無傷で捕らえられるような相手でもないだろう。無事に戻ってきてくれてよかった。

「ディアナ、彼がどこへ向かったのかはわかるかい？」

「西の方角です。供などはつけず、単身で街を出ていくところは確認できたのですが、恐らく魔術で足取りを消したのでしょう。ねばってはみましたが、追跡はかないませんでした」

「西、か。なるほど……やはり私たちの動きは、神が見ているのかもしれないね。方角がわかっただけでも充分だ。よくやってくれたね、ディアナ」

どこか悔しそうなディアナ様を軽く慰《なぐさ》めると、王子様は腕を組み直して考え込む。

その目には、先ほどとはまた違う感情が宿っている。きりっとした意思の強い眼差しだ。

「どういうことです、殿下？　我が主《しゅ》が、何か？」

「私も神の思《おぼ》し召しというやつを信じてみようかと思ってね」

口の端《はし》を持ち上げる彼に、一同そろって疑問符を浮かべる。ノアが「もったいぶるな」と眉をひそめた。

「我々の部隊の記念すべき第一の訪問先が、西の方角にある村に決まったんだよ。ここから馬を使って三日ぐらいのところだ。実はつい最近、急に被害報告が多く上がってきた不思議な村でね」

……なるほど。突然のカールの失踪《しっそう》に、最近になって急に魔物の被害が増えた村。その方角まで一致しているとなれば、無関係ではなさそうだ。

いや、はっきり言ってしまえば、『イベントフラグ』の可能性が高い。カールももしかしたら、何かが起こると察してそこへ向かったのかもしれない。

(王都からほど近い村で起こる、ゲーム序盤のイベントか……一つ覚えがあるわね)

まだだるい頭を動かしながら、かつての記憶を探る。ダンジョンといえばほとんどは荒れた土地だったけど、村にあるダンジョンなら一つ思い当たる名前がある。

「……キュスターですか？」

「さすがだね、聖女殿。それも神の言葉かい？」

思い出した村の名を伝えてみれば、王子様はそう驚くこともなく頷《うなず》いた。私が口にすることを想定していたのかもしれない。彼はやはり、肝《きも》の据わった男のようだ。

「元々君たちに集まってもらったのは、魔物の被害状況を調査するためだ。導師はついでに捜すぐらいの気持ちで、まずはその西の村へ向かおうと思っている。協力してくれるかい？」

「もちろん」

私とディアナ様がしっかりと頷《うなず》けば、他の皆も特に異論なく同意した。

お互いの強さも確認済みだし、向かう先の村の情報なら私もいくらか覚えている。心配はいらないはずだ……多分。

「懸念《けねん》事項があるとしたら、君の体調だけだよアンジェラ」

「うっ、わかってるわよ。すぐに治すわ！」

せっかく真面目な雰囲気だったのに、隣のジュードから頭を小突《こづ》かれたせいで、すっかり元に戻ってしまった。

体調管理ができなかったのは私の落ち度だもの。ええ、ちゃんと治しますとも！

「出発は明後日《あさって》の予定だ。明日一日使って準備を整えてほしい。アンジェラ殿はとにかく体を休めるんだよ」

優しく窘《たしな》めてくれた王子様にも、しっかりと頷《うなず》いておく。馬で三日程度の近場とはいえ、今日のような体調では討伐にも支障が出るだろう。これからは気をつけないとね。

それから二言《ふたこと》三言《みこと》交わすと、彼らは来た時と同じようにわらわらと客間から去っていった。

残ったのは私とジュードのみ。いや、鍵も直っているはずだし、私も退室したいのだけど。

「今夜はここで寝て。あの人は街を出たっていう話だけど、何があるかわからないから。それに、君が昨夜みたいにうなされていたら、また僕は鍵を壊してしまうかもしれないし」

「私を無視するっていう選択肢はないのね」

「あるわけないだろう」

再び私の体を抱き上げたジュードは、慣れた動きでベッドへと横たえた。私のベッドではなく、本来ジュードが寝るはずのベッドにだ。

「僕はここにいるから、安心して休んで」

「はいはい。もうこの際だから、一緒に寝る？　ここのベッド、広くて大きいし」

「そ、それは……考えておくよ」

かけ布団を整えながら、ぽんぽんと彼の大きな手が髪を滑《すべ》る。話していた時は全然平気だったのに、横になった途端に眠くなってくるから不思議だ。

（いよいよ討伐の旅が始まるんだもの。早く治して頑張らなきゃね）

ぼやけていく視界の中で、ジュードが穏やかに笑っている。彼がいてくれるなら、安心して眠れるだろう。

（キュスター……『墓守《はかも》りの村』か）

浮かんでは消えていく色々な出来事を思いながら、私はそっと目を閉じた。

STAGE9　脳筋聖女と墓守《はかも》りの村

「いやあ、やっぱり私はこうしているのが性《しょう》に合うわ！」

「元気そうで何よりだよ、アンジェラ」

ふり下ろしたメイスが魔物の体を粉砕したのを確認してから、ぶんっと勢いをつけて構え直す。

少し離れたところで戦っていたジュードも、ちょうど倒し終わったようだ。滑《なめ》らかな動きで剣を鞘《さや》に収めると、笑いながらこちらへ歩いてきた。

うんうん、やっぱり私たちはこうでないといけないわよね。物理攻撃で障害を薙《な》ぎ払い、道を切り拓《ひら》く。これこそが、私に与えられた使命なのだろうから。


さて、現在地は王都を出てから馬で二日ほど西へ進んだ街道の外れだ。私が体調を崩していた日に皆で話した通り、初仕事となる調査の目的地、キュスターへ向けて進行している。

あの時はぐったりしていた私だけど、皆の気遣いと看病のかいあって翌日には無事に回復。今はもう人に分けてあげられるぐらい元気になりましたとも。

で、部隊の編成は『お試し戦闘』の時と同じ、二頭立ての馬車一台に護衛役として馬が二頭。ただし、馬車のグレードが格段に上がっており、中はかなり広くて快適な造りになっている。

おかげで荷物も多めに運べるし、王家の用意するものは質が違うわ。ありがとう、お金持ち！

「あれ？　ノア、どうかしたの？」

一通り魔物を倒し終えて馬車へ近付けば、その傍《そば》ではノアが複雑そうな表情でため息をついていた。

道中の魔物には皆で交代しながら対応しているのだけど、今回は彼の番だったらしい。とはいえ、特に苦戦するような敵もいなかったはずだけど。

「いや、別に文句はないが……もったいないと思ってしまうのは、男の性《さが》だ。気にするな」

「もったいない？　高価な素材がとれるような魔物がいたかしら？」

「……すぐにそういう発想が出る時点で、俺が間違っているのはわかっているんだ」

ゆるく首を横にふるノアに、馬車から顔を出した王子様が慰《なぐさ》めるように肩をぽんぽんしている。

どれもその辺で見かける弱い魔物だったのに、一体何がもったいなかったのかしら。

「賢者様も隣で戦ってみれば印象が変わると思いますけどね。戦場のアンジェラは、勇《いさ》ましくてきれいですよ」

「あ、私のことか」

どうやらノアがもったいないと言ったのは、私の外見のことらしい。そういえば、彼と親睦《しんぼく》を深められたのは、体調を崩して大人しくしていたからだったわね。

確かに私は色白で体が細いし、顔もそれなりに美少女だ。ただあいにくと、病弱薄幸キャラは五歳の時に捨ててしまった。メイスをふり回す脳筋が今の私なので、外見とのギャップに関しては諦《あきら》めてもらおう。

「ノア、そもそも我が部隊の主戦力は、女騎士と聖女（仮）とその幼馴染《おさななじみ》だよ？　三分の二が女性だよ？　そういう希望は、早めに捨てたほうが楽になれるって」

「エルドレッド。お前は男として、それを言っていて情けなくないのか？」

「私が彼女たちに勝てるように見えるかい？」

「……悪い、愚問《ぐもん》だったな」

何やら金銀コンビから哀愁漂《あいしゅうただよ》う会話が聞こえてくる。何故か彼らの代わりにウィリアムが謝ってくれたので、気にするなと笑顔を返しておいた。

主戦力だのメスゴリラだのは私にとっては褒《ほ》め言葉だからね。それも、筋肉の女神ディアナ様とワンセットだなんて、最高の賛辞じゃない。

「ああ、早くディアナ様と同じぐらいの速度で、敵を殲滅《せんめつ》できるようになりたいわ！」

「彼女は一撃の範囲がえげつないからねえ。アンジェラもメイスで衝撃波が撃てるようになれば、同じぐらい倒せそうな気がするけど」

「止めろよ幼馴染《おさななじみ》。お前は想い人がそれでいいのか!?」

うっとりしながら希望を語ってみれば、すかさずノアからツッコミが入った。ダレンがいないと彼がツッコミ役に回ってくれるらしい。エルフのくせに、人間のボケにまで反応してくれるなんて、やっぱりノアは変わった人だ。仲間としては面白いので歓迎するけど。

「そういえば、ツッコミ主力のダレンさんはまだ戻らないのかしら？」

「もうそろそろ戻ってくるんじゃないかな」

ダレンは今、護衛役として随行している二頭のうちの片方の馬を駆って、偵察《ていさつ》に行ってくれている。

彼が出発したのはかれこれ五時間も前のこと。こちらも同じ道を進みながら追っているので、もうそろそろ戻ってきてもよいはずなんだけど。

ちなみに、もう一頭の馬はディアナ様の愛馬だ。大きな馬車だから彼女も乗れると思うけど、それを辞して皆を守る盾役を望んで下さったディアナ様は、やはり騎士の中の騎士だと思う。その高潔な精神に、アンジェラは鼻血が出そうです。

「おっと、噂をすれば、かな」

「うむ、そのようだな」

かすかに聞こえた馬の嘶《いなな》きに、隣のジュードとディアナ様が顔を上げた。

草木以外は何もなかった風景の中に、いつの間にか茶色いシルエットが加わっている。

その頭に浮かぶのは灰緑色《かいりょくしょく》。ダレンが無事に戻ってきたようだ。

「こっちも進もうか。アンジェラ、ちゃんと座って」

もはや慣れた手つきで馬車の手綱《たづな》を取ったジュードに従い、私も御者席《ぎょしゃせき》に座る。ダレンがいない時は、馬車の操縦はジュードの担当だ。

馬車の中にいてもいいんだけど、魔物の名前が見える目を持つ身としては、どうしても外にいたくなるのよね。今のところは天候にも恵まれているので、雨に濡れる心配もないし。

「皆お待たせ。ダレン・サイアーズ戻りましたっと」

「お疲れ様です、ダレンさん」

数分も馬車を走らせれば、ダレンの馬と合流することができた。彼は速度を落としつつ方向転換し、そのまま馬車と並ぶようにゆったりと歩き始める。

「何か問題でもありましたか？」

「そうだな、どちらかというと朗報だな」

五時間も単独で使いっぱしりをさせられていたのに、ダレンの表情はいたって元気だ。さすが諜報《ちょうほう》を専門として動いていただけはある。

「お疲れダレン。早速だけど、朗報とは？」

王子様もひょこっと窓から顔を出して会話に参加してきた。

「実はですね、戦闘に苦労してないせいか、予定よりもかなり早く進んでいるみたいなんですよ」

「ふむ、確かにここまでの戦闘はさくさくと済ませてきたけれど」

ちらりと金色の瞳が私たち二人とディアナ様へ向けられる。つい先ほども戦っていたように、魔物に遭遇する回数が少ないわけではなく、群れの規模に応じて交代しながら戦っている。

中でも、すぐ動ける位置にいるディアナ様と、戦いたがりな私は大半の戦闘に参加しているのだ。

時々隠密《おんみつ》の魔法も使ってはいるけど、魔物を調べて討伐するのが任務である以上、倒せるものは倒している。そして、王子様の言う通り、今のところ苦戦した戦闘は一度もない。

「さすがにオレも、ここまで順調にいっているとは思わなかったんですけど」

上機嫌のダレンが、すっと進行方向を指さす。その先には、長閑《のどか》な景色が広がっているだけだけど――

「あと一時間も馬を進めれば、目的の村です」

「はあっ⁉」

ダレンの楽しげな一言に、聞いていた皆が思わず声を上げた。

予定では三日かかるはずだったのだ。現在は二日目の午後。もちろん今日の宿泊予定地も、キュスターとは別の村だったのに。

「まさか、丸一日近く予定が早まってしまうとは……地図を見間違えたかな」

「魔物との戦闘にかかる時間を含めて三日という計算だったんでしょうね。とりあえず、遠目に確認した感じでは、ごく普通の田舎《いなか》の村でしたよ」

「なるほど、ありがとう。実に幸先《さいさき》のいいことだな」

嬉しそうに顔をほころばせた王子様に、私とジュードも笑って返しておく。体力を温存したまま村へ行けるなら、かなり嬉しいアドバンテージだ。

「それじゃあさくさく進んでしまいましょうか。ここからはまた隠密《おんみつ》の魔法を使いますよー！」

「うん、よろしくアンジェラ。中の方々、少し速度上げますよ」

私が魔法を使うと同時に、馬車は少し速めに街道を走り始める。並走する護衛組の馬も心地よさそうだった。

――かくして、私たちの部隊は、日が暮れる前に目的地へ到着することになった。

三角屋根のどこか可愛いデザインの家が並ぶ田舎《いなか》の村、キュスター。この村には似合わない立派すぎる馬車と、王族とその直属部隊という来客に、村長さんは大層驚いていた。それでも快《こころよ》く、そして手厚く私たちを受け入れてくれる。

何もかも予定通り。いや、予定よりも早く辿《たど》りついた目的地に、温かな歓待《かんたい》。

そのせいで私はうっかり忘れてしまっていた。ここが『墓守《はかも》りの村』なんて物騒な異名を持つ村であったことを。

たらしい。

＊＊＊

キュスターの村についてから一夜明けて。ぐっすりと休ませてもらったことだし、初の任務に気合いを入れて身支度したのだけど——朝から早速トラブルが発生してしまったらしい。

というのも……

「被害はない？」

「はい。確かに魔物が出る数は以前より増えておりますが、救援をお願いするほどの被害は出ておりません。小さな村ではございますが、自衛の手も足りております。ご足労いただきました殿下には、本当に申し訳ないのですが……」

村唯一の宿屋で一番上等な部屋へ通された私たちは、隊長の王子様を筆頭に村長と向かい合って話している。

昨夜は温かく迎えてくれた五十代ぐらいの村長なのだけど、私たちがこの村へ来た理由を話すと、ひどく戸惑った様子で今の台詞《せりふ》を口にしたのだ。

相手が王族ということで緊張しているのか、前髪が後退した額《ひたい》には汗がいくつも浮かんでいる。

「……ダレン、どういうことかわかるかい？」

「恐れながら殿下、オレは殿下直属の近衛騎士《このえ》です。殿下が治める土地だというなら調べますが、このような村のことまではさすがに把握しておりません。ですが、殿下のもとへ届く情報は精査されているはずです。デマが入り込む隙《すき》はないと思いますが」

「そうなんだよ。書類も正規のものだったし、嘘の報告とは思えなかったからこそ、ここへ来たんだ。誰かが私に嫌がらせをしたいのなら、もっと遠い僻地《へきち》へ出向かせるだろうし」

王都の主従組はそれぞれ眉間《みけん》に皺《しわ》を寄せながら、うんうん唸《うな》っている。対する村長も困惑の表情のままで俯《うつむ》いてしまった。

（……確かに、ここまでの道のりは危険とは言えなかったわね）

王都からここまでの旅路は、うっかり早く到着してしまうぐらいに平和だった。魔物は出たけど、私たちならば一撃一殺できるぐらいの弱いものばかり。

村の周りは丸太の壁で囲われており、見張りの櫓《やぐら》もある。……逆に言うと〝その程度の備《そな》え〟しかないのだ。

そんな防御で間に合う状況なら、心配は全くいらない。それこそ、私とジュードの住んでいた故郷の町のほうが、よほど魔物の出現率は高かったわ。

……もっとも、それも〝村の外からの脅威〟に限った話だ。

（私がゲームのプレイヤーでなければ、村長の話を信じたのだけど）

残念ながら、私には前世の記憶がある。ゲーム知識に偏《かたよ》ったこの記憶には、戦闘ステージであるキュスターの情報もしっかりと入っていた。——今、村長が嘘をついていることも、わかってしまうのだ。

とはいえ、何故村長が嘘をつく必要があるのかまではわからない。

この村で魔物の被害が出ているのは確かだ。それも、恐らく私たちがどうにかしなければ滅んでしまうほどの、極めて危険な状態のはず。

急に現れた私たちを警戒する気持ちはわかるけど、王子様は王族であることをちゃんと証明したし、パッと見からして強そうなディアナ様も同行しているのだ。

助けてもらえるならラッキーぐらいの気分で救助を求めてしまえばいいのに、どうして嘘なんてつくのだろう。

（私たちに知られると都合が悪いことでもあるの？　なんだろう、特に思い浮かばないけど）

……とにかく、きっと何かが起こっているはずだ。なら、私たちは行動しないとね。

「殿下、少し村の様子を見たいのですが、退室させていただいてもよろしいでしょうか？　被害がないならないで、それは喜ばしいことです。調べればすぐにわかるでしょう」

「アンジェラ殿……そうだな」

唸《うな》って考え込んでいた主従コンビは、私のお願いの意味をすぐ理解してくれたようだ。向かいでびくびくしている村長を眺めてから、ニヤリと小さく笑う。

「では、お願いしてもいいかな？　ここは引き受けよう」

「ありがとうございます。それでは、また後ほど」

恭《うやうや》しく礼をしてから、静かに部屋を出ていく。外見通りの大人しい娘ですよーと、村長にアピールするように。……あ、メイス背負ったままだったわ。ま、いっか。

「さて、行きましょうか」

「もちろん」

扉の閉まる音にふり返れば、予想通りジュードが一緒に部屋を出てきていた。いや、主従コンビ以外は全員こっちにつくようだ。扉の外で見張り役をしていたディアナ様も同行してくれるらしい。

「村長さんの言動は怪しかったけど、アンジェラは心当たりがあるの？」

「残念ながらね。ひとまず外へ出ましょう。話は後で」

そっと隠密《おんみつ》の魔法を展開させれば、皆も察してくれたようだ。人目を避けながら、早歩きで宿を出ていく。やがて外へ出ると、ノアが呆れたように深い息を吐き出した。

「あの村長、嘘をついているのはわかったが、敵なのか？」

「ただの人間だし敵ではないと思うけど、隠しごとをしているのは確かね」

「隠しごと、な……」

ちら、とノアの目が周囲を窺《うかが》う。村の中は閑散《かんさん》としており、ぽつぽつと洗濯物を干す人がいるぐらいだ。朝のまだ冷たい空気に静まり返っている。

……大きな音を出したら、すぐに不審がられてしまうだろう。

「とりあえず、隠密《おんみつ》の魔法は継続してかけておきましょう。それでこの村なんだけど……どこかに大きな墓地があるはずなのよ。それが村長さんの隠しごとに関わっていると思う」

「お墓？　そんなものが、魔物の被害に関係あるの？」

「あるわ、きっとね」

ここはゲームで『墓守《はかも》りの村』と呼ばれていた場所だ。関係ないはずがない。確信を持って答えれば、ジュードは困ったような表情で首をかしげている。

「……死体って魔物の素材になるのだけど、もしかして知らない？」

声量を抑えて訊《たず》ねてみれば、研究熱心なウィリアムが、ハッと目を見開いた。

ゲームの『ラスボス』によって作られる魔物だけど、その材料に生物の死骸《しがい》が使われることは珍しくない。先日戦った【ヤツカハギ】や【アラクネ】のように、元になった生き物がわかりやすい形のものはだいたいそうだ。

そして、この世界は日本と違い、いまだに土葬《どそう》が主流だ。死体の形が残っている以上、なんらかの原因で魔物化が起こってもおかしくはない。

――いや、ぶっちゃけてしまえば、ゲームの時は正《まさ》しくそれがキュスターでの敵だった。

『人間の死体』を素材とした魔物……ゾンビ戦ステージだったのだ、ここ。

（確かこのステージ、ゲームでは二回来ることになるのよね。一度目は序盤のチュートリアル代わりにちょっとだけ戦って。二度目は中盤に、村の奥の墓地で戦うことになったはず）

時期でいうなら、今はまだ序盤だろう。ゲームの時はチュートリアルが済んだら帰ったけど、現実の私たちはゲームの時よりも強いし、何より被害が出るとわかっているのに帰るつもりはない。

「外からの襲撃ではなく、墓の中から魔物が出ているということか？」

やや重たげな声に視線を向けると、ノアが色白の顔をますます白くしながら慄《おのの》いている。頷《うなず》きを返せば、他の皆も「ああ……」と悲しげに声をもらした。

そりゃ、動物や虫ならともかく、人間の死体とは戦いたくないわよねえ。

でも残念ながら、そんな敵との戦いになると思う。村長が隠しごとをするとしたら、これ以外にはないだろうし。……隠したがる理由はわからないけど。

「他でもない、神の加護を受けたアンジェラ殿の言葉だ。恐らく村長の態度と無関係ではあるまい。これからその墓地を探せばよいのだな?」

「はい、ディアナ様。ただし、村の人には聞かないほうがいいかと。村長さんが嘘をついた以上、他の方たちも同じようにするか……警戒されてしまうかもしれませんので。隠密《おんみつ》の魔法はかけてありますが、なるべく慎重に調査をお願いします」

「あいわかった」

神妙な顔で頷《うなず》き合い、私たちは静かに行動を開始する。……できれば、グロテスクなものとは遭遇しませんようにと願いながら、長閑《のどか》な村での墓地探索はこっそりと幕を開けた。


――人目を避けながら墓地を探すこと一時間ほど。

ぎりぎり村内といえる外れの区画にて、私たちは怪しい建物を発見してしまった。特に縁のある私は、その違和感を見過ごせなかったのもある。

「アンジェラ、ここは？」

「教会だったみたいよ。……ハリボテの、ね」

キョロキョロと周囲を見回すジュードに、苦笑を返す。

村の規模に対してかなり大きく、百人ぐらいは軽く収容できそうだが……〝頑丈さは二の次〟で造られた建物のようだ。その証拠に、壁や天井は崩れ落ちているし、ステンドグラスは割れて見る影もない。これではどう見ても廃墟《はいきょ》だ。

本来神聖教会の建物は、災害時の避難所としても使われるため、必ず強度にこだわって建てられる。つまり、強度を度外視しているここは、偽物の教会ということだ。

「アンジェラ殿、これは……」

「……ええ」

ディアナ様が、いち早くそれに気付いて下さったようだ。彼女の視線の先には、崩壊しかけた壁があり――模様とは言いがたい〝茶色いシミ〟があちこちに飛び散っている。

「血痕か」

近くに集まってきた他のメンバーも、すぐにその正体に気付いたようだ。

変色しているが、シミの正体は血。それもちょっと飛んだだけという量ではなく、明らかに致死量の血が、あちこちにべったりとついている。ここで何かあったことは間違いなさそうだ。

……そして、気になることがもう一点。

「アンジェラさん、ここってもしかして……」

今度はウィリアムが気付いてくれた。壊れた長椅子の列を越えた先、本来ならば宣教師たちが立つ壇上の辺りに、沢山の石が積まれている。

壁や天井の瓦礫《がれき》であったり、あるいは煉瓦《れんが》だったりと種類はまちまちだが、重要なのは自然に集まったわけではなく、〝意図してここに積んである〟ことだ。

外からの魔物に対しては丸太の壁で凌《しの》いでいたのに、こんな建物の中に石を積んでバリケードを築いている。どう考えても、普通の事態ではないだろう。

「これ、何かを隠しているね。……あるいは、食い止めているのかな」

「いずれにしろ、教会の中にあるようなものではないだろう」

ジュードやノアも、その異質さに首をかしげる。わかりやすくてありがたいが、このバリケードの先を調べることが恐らく今回の任務だ。

「とりあえず、コレ壊してみるべきよね」

「うむ、そうだな。我も手伝おう」

「待て待て脳筋女子ども！　なんのために人目を避けて動いたと思っている！　防音用の結界を張るから、少し待て!!」

それぞれの武器を構えた私とディアナ様に、慌てたノアから待ったがかかった。

確かに、力ずくで石の塊《かたまり》を壊したら、それなりに大きな音が出そうだわ。隠密《おんみつ》の魔法は、あくまで気配や存在感を隠すものであって、音を消す機能はついてないからね。

どこからか見慣れた杖を取り出したノアが呪文を唱えると、たちまち半透明の立方体が私たちの周りに広がっていく。

見た感じはよくわからないけれど、これで防音になっているらしい。何度見ても魔術というのは不思議な技術だわ。……私の魔法もそう思われているのかしら。

ディアナ様のほうを見れば、準備万端とばかりに斧を構えていた。

「では壊しましょうか。せーのっ!!」

「ぬうん!!」

私のメイスとディアナ様の斧が空《くう》を切り、そのまま轟音《ごうおん》と共に石の塊《かたまり》へ叩きつけられる。

バリケードはまるで割れた風船のように四散し、ガラガラと音を立てて崩れ落ちた。

見た目は頑丈そうだったけど、そうでもなかったのかしらね。

男性陣が「味方でよかった」とか慄《おのの》いているけれど、今更なのでスルーしておこう。

「……あら、これは」

粉っぽい空気が落ち着くのを待ってから覗いてみれば、石のバリケードの先には斜めに取り付けられた入り口らしきものが見える。これは下り階段だろうか。

こちらにも木の板がガチガチに打ち付けてあり、尋常ではない警戒度合だ。

「やっぱり何かを隠してるみたいね。……これも壊さないと」

「待ってアンジェラ、こっちは僕がやるよ」

再びメイスを構えれば、背後で見ていたジュードに止められる。どうやら、私の力では入り口ごと粉砕しかねないと心配されたらしい。

さすがにそこまでの力はない……と思うけど、細かいことが得意なジュードに任せましょうか。

私が下がると、すぐさま曲剣の刃が走り、木の板が砕け散る。そして予想通り、その先には下り用の階段が覗いていた。よく見えないけど、かなり深くまで続いている雰囲気だ。

「アンジェラの予想通りすぎて怖くなってきた。けど、実際にあるんじゃ仕方ないか」

「私だって、ここまで予想通りだと怖いわよ。だけど、これって……」

じっと眺めていたら、キュスターの情報が浮かんできた。ゾンビの印象が強くて忘れていたけど、ここにある墓地は一般的な共同墓地ではなかったのだ。……そう、ここにあるのは、

「地下墓地《カタコンベ》」

私が呟《つぶや》いた単語に、皆がハッとした表情でこちらを見た。

この村が守っていたのは、かなり昔から続く地下墓地だ。宗教や立場的な問題で地上にお墓を作れない人が、ひっそりと隠れるように納められる場所。

ゲームの時には塞《ふさ》がれたりしていなかったから、気付かなかったわ。多分さっき壊したバリケードは、中盤で再訪する前に魔物によって壊されるのでしょうね。

(この物々しい塞《ふさ》ぎ方を見た感じ、もうすでにゾンビ的な魔物が出たってことよね。私たちが何もせずに帰っていたら、ゲームと同じように村がゾンビだらけになるところだったんだ……)

先手が打てることに安堵《あんど》しつつ、耳をすましてみる。今は特に音は聞こえてこない。なんとなく湿った空気が、下から流れてくるだけだ。

「アンジェラが言っていた墓地は、この下にあるの？」

「多分ね。壁の血痕を見るに、すでにここから魔物が出たのも確かだわ。どうする？

せっかく入り口を発見したのだし、行ってみる？」

「僕はもちろん構わないけど」

　ジュードはやっぱり私についてきてくれるらしい。ただ、地下墓地といえば、ものによってはかなり狭い空間だ。長身の彼が一緒で大丈夫だろうか。

　地球のヨーロッパにあった地下墓地は観光客向けに開放されていたぐらいだし、立って歩くことはできそうだけど。

「残念だが、我はこちらで待機させてもらおうか。広さがわからぬ以上、この体では戦力にならぬ可能性もあるからな」

　真っ先に待機を宣言したのは、我が女神様だった。男性よりはるかに高い身長に、武器も大型の斧なのだ。もし地下の空間が狭かったら、身動きすらとれなくなってしまう可能性が高い。

　ジュードですら心配なのだから、今回は待機してもらうのが正解だろう。一緒に戦いたかったけど、ここは我慢ね。

「魔術師組はどうする？　ディアナ様もおっしゃった通り、地下の広さがわからない以上、大技は使えないと思うけど」

「なら俺が同行するか。ウィリアムの魔術は威力こそ高いが、少々範囲が大きいからな。

今は魔力を温存しておいてくれ」

「ううっ……大技ばっかりですみません！」

ディアナ様の意見も踏まえて聞いてみれば、立候補したのはノアだった。確かに、大規模攻撃型のウィリアムよりは、小技も使えるノアのほうが適任だろう。

本当はこういうところに一番合うのはダレンなのだけど、不在では仕方ない。

「先ほどエルドレッドに魔術通信を飛ばしておいたから、合流しにこちらへ向かってくるだろう。下がどうなっているかわからん以上、ここの出入口の確保は頼むぞ」

「もちろんだ、任せられよ」

ドンと胸当てを叩いたディアナ様に、ノアも眼鏡を持ち上げる仕草で返す。退路の確保などすっかり忘れていた私は、二人のやりとりに感心するばかりだ。

「アンジェラのことは、何が出てきても僕が守るからね」

「ありがとう。なるべく生っぽい死体が出ないことを願っててちょうだい」

「……できれば腐ってるものは触りたくないけど、まあ頑張るよ」

こちらはこちらで甘い雰囲気になりきれず、ジュードは苦笑を浮かべている。

あまりにも魔物が多いようだったら、地上へ誘導してから殲滅《せんめつ》することも考えておかないとね。

「この先は何が出るかわからないわ。気合いを入れていきましょう」

「そこは気合いではなく警戒を促《うなが》すところだろうに。……まあ善処はしよう」

ノアのさりげないツッコミに苦笑しつつ、私たちは階段へと足を伸ばす。

この部隊での初めての任務は、地下へとステージを移して続いていく。

＊　＊　＊

「なんかさ、お化け屋敷に来ているみたいよね」

「本物の墓地を歩きながらそんな感想が出てくるとは、お前の豪胆さには恐れ入るな」

教会の廃墟《はいきょ》からずいぶんと長い階段を下り、ようやく辿《たど》りついたそこは、湿った空気が充満する洞窟のような場所だった。

ろくに準備もせずに来たため明かりもなかったのだけど、今回は頼りになる魔術師同伴。

置いてあったランプに火を入れてもらい、探索には十分な光源を得ることができている。私の魔法も、こういう便利な使い方ができるとよかったんだけどなあ。

「ちゃんと警戒はしてるわよ。でも、ここまでなんの気配もないと、ずっと気を張っているのは疲れるじゃない」

ぐるりと見回す周囲は、どこもかしこも岩。前も後ろも同じような雰囲気の細い通路があるのみだ。それも、ここまでずっと一本道なので、角から不意に出てくる敵を警戒する必要すらない。

迷子にならないのはありがたいけど、ずっと気を張っているには少々退屈な道のりだ。生き物はもちろん、魔物らしき気配も全くないし。

ちなみに、幅は成人男性が二人並んで通れる程度。天井の高さは、ジュードの頭の上に少しだけ余裕があるぐらいだ。やはりディアナ様の体格では入れなかったと思われる。

隊列は先頭に動きの速いジュード、真ん中に私、殿《しんがり》がノアだ。何もしないのもアレだったので、一応全員に強化魔法をかけてある。

私が使うのはその名も『神聖魔法』だし、アンデッド系の魔物には聖なる力が効くという定番設定を期待しただけで、今のところはなんの効果も出てないけどね。

「僕としては、アンジェラの頼もしさに喜び半分、寂しさ半分かな」

「きゃあー暗くて不気味ーこわーい、とか言って貴方にくっつけばよかった？　そういうの、実際に戦場でやられたら邪魔でしょう？　私は足手まといにはならないわよ」

そりゃあね、ぷるぷる震える女の子は可愛いけど、こんなメイスを背負ってる私のキャラじゃないわよ。

暗闇効果とか吊り橋効果とか、恋愛的な楽しみもあるだろうけど、そんなのを楽しめるのは平和な世界だけだ。本気で命をかけてるファンタジー世界で、通用するわけないじゃない。

「うん、期待はしてなかったけど。本当にアンジェラってたくましいよね」

「言っていることはもっともだが、その辛辣《しんらつ》な台詞《せりふ》を吐いているのが見た目だけは可憐な少女という現実に、俺は納得をしていいのか悩むな」

「人を外見で判断するのよくないと思いまーす」

縦に並んでいるので二人の顔は見えなかったけど、ノアは明らかに呆れた声だった。

数日前の病弱なイメージはそろそろ撤回してくれないかしらね。メイスをぶん回す脳筋のほうが私の本性なんだから。

とはいえ、女らしさを丸ごと捨てているととられるのも癪《しゃく》だ。

「まあ、くっついていいならくっつくわよ、ジュード。ここちょっと肌寒いもの」

前を行くジュードの上着を少しだけ引っ張ってみれば、頭上からは残念そうな声が落ちてきた。

「歓迎したいところだけど……この先は音の反響の仕方が違う。多分広いところに出るよ」

返されたのはさっきより低い声。同時に聞こえた鞘《さや》の動く音に、私とノアにも緊張が走る。

この通路の先といえば、地下墓地のメインといえる、棺《ひつぎ》を納めている場所だ。

（……気配はなし。魔物の名前もまだ見えないわ）

神様が与えてくれた能力はなかなか便利で、だいたい半径三十メートルぐらいの範囲であれば、視認できてなくても敵ネームは表示される。

それが読める距離かどうかはさておき、『赤い表示が見えれば確実に敵がいる』と身構えることができるのだ。

注意深く通路の先を見るけど、今のところは何も浮かんでいない。

「魔物の気配はないわ。そのまま前進して」

「了解」

ジュードはじりじりと慎重に進んでいく。やがて、通路を抜けた先にあったのは――それまでの通路からは想像できないほど広々とした空間だった。

「すごい……地下にこんな空間があったなんて」

ランプで一部を照らして見ただけでも天井は高く、王城と同じぐらいの規模に感じられる。階段も長かったけれど、どうやら通路もゆるやかな下り坂になっていたようだ。

壁に松明《たいまつ》がいくつか残っていたので、ノアが警戒しながら火をつけてくれる。そうして各所に明かりが点《とも》れば、その全貌がはっきりと見えてきた。

「……これは見事だな」

岩がむき出しの壁とは対照的に、床にはタイルが敷き詰められ、幾何学《きかがく》模様を描いている。面積はそれこそ学校のグラウンドぐらい広いのに、端《はし》から端《はし》まで隙《すき》なくきっちりとだ。

そして、その上にびっしりと並ぶ夥《おびただ》しい数の棺《ひつぎ》。

同じ形の棺《ひつぎ》が等間隔に並べられた様子は、ファンタジー世界なのにSFっぽさを感じてしまう。少なくとも、お墓という印象からはほど遠い。

「ここの墓守《はかも》りの人は、ずいぶん几帳面《きちょうめん》な方《かた》なんだね」

「几帳面《きちょうめん》で済むレベルかしら、これ。整いすぎていて怖いわよ」

ノアがランプを持たなくてもいいようにしてくれたので、ジュードは両手で剣を抜ける体勢に切り替えたようだ。そうやって棺《ひつぎ》を警戒しつつも、今はまだ感心のほうが強いらしい。

(今のところ、魔物の気配はなし。棺《ひつぎ》も、動いた形跡はなしと…………ん？)

恐る恐る棺《ひつぎ》へ近付いてみれば、遠目ではよく見えなかったものが見えてきた。入り口にほど近い棺《ひつぎ》の周囲のタイルが、少し汚れている。

「――ごめん二人とも、魔物はいないけど警戒は解かないで」

「何かあったの?」

つい硬い声が出てしまった私に、ジュードが駆け寄ってくる。無言でその汚れを示せば、彼も察してくれたようだ。

「……また血の跡だね」

「それも、拭《ぬぐ》った跡よ」

血痕だけなら上の廃墟《はいきょ》にもあったけれど、〝掃除をした跡〟となれば話は別だ。魔物が掃除などするわけがない。元が人間であるゾンビとて、もちろんそれは同じだ。

「生きている人間が掃除をしたってことだよね」

「ええ。それも、ちょっと怪我をしたって血じゃないわ」

汚れはタイルだけでなく棺《ひつぎ》の側面にも残っている。死んでもおかしくないほどの失血量だ。

「村長さんが嘘をついたことといい……この村、ちょっと怪しいのかな」

「どうかしらね。私たちに敵意を持っているわけではなさそうだったけど」

いつかの暗殺者みたいに、明確な敵なら人間であっても敵ネームが表示されるはずだ。村長の頭上に名前は出ていなかった。とはいえ、味方というわけでもなさそうだけど。

「おい、お前たち。見つけたものが血痕なら、棺《ひつぎ》を開けてみろ」

二人で考え込んでいると、少し離れた場所にある棺《ひつぎ》の傍《そば》から、ノアの声が聞こえてきた。

あちらも何か見つけたみたいだけど、いきなり『棺《ひつぎ》を開けてみろ』とは難しい要求だ。

「さすがの私でも死体とのご対面は覚悟がいるんだけど。貴方よくサラッと言えるわね」

「伊達《だて》に長生きはしていないからな。死体なら見慣れている。……死体があればの話だがな」

やや呆れながらノアと会話をしていたら、後ろで聞こえる鈍《にぶ》い音。棺《ひつぎ》へ視線を戻せば、ちょうどジュードが蓋《ふた》を持ち上げたところだった。

「…………空っぽ？」

上等な布が敷き詰められたその中に、あるべき死者の姿はなかった。ただ、死者が身につけていたと思《おぼ》しき装飾品の残骸が、寂しく散らばっている。

「墓荒らしの仕業《しわざ》ってわけでもないわよね？」

「それなら残るものは逆だろう。死体のほうがなくなっているのはおかしい。……ああ、こっちはちゃんと入っているな」

「だから、そう簡単に棺《ひつぎ》を開けないでよ！」

私たちが血痕つきの棺《ひつぎ》を一つ検分している間に、ノアはいくつかの蓋《ふた》をずらして中身を確認していた。もうきれいな姿ではないだろうに、よく平気ねあの人。

「アンジェラはどう思う？」

「中身が魔物化して抜け出た可能性が高いと思うわ。ただ、全員ではなく何人かだけっていうのが、よくわからない。どういう条件で魔物化したのかしら……」

一応蓋《ふた》に名前はあるけど、私やジュードの知り合いがいるはずもない。無遠慮に蓋《ふた》を開けているノアも、人間の死体に知り合いはいないだろう。

「考えられるとしたら、比較的新しめの死体とか？」

「いや、それはないな。俺が確認した棺《ひつぎ》は、没年が三十年前のものだった」

「ああ……それはとっくに骨ね」

となると、魔物化したらゾンビではなく、スケルトンのほうか。腐った肉が半端にくっついているゾンビよりは、いくらかマシかしら。

「ちなみに、今見てる棺《ひつぎ》は去年のみたいだよ」

「……結構最近の人もいるのね」

地下墓地というと、どうしても『昔のお墓』という印象があったのだけど、キュスターでは最近亡くなった方もここに安置していたみたいね。

環境にもよるだろうけど、人の死体は一年も経てばミイラを通り越して骨になるはずだ。

じゃあゲームの時に戦ったゾンビは、死んだばかりの村人が素材だったのか。転生して嫌な事実に気付いてしまったわ。

「――ん？」

魔物のことを考えていた私の視界に、ふいに赤色がよぎった。

「っ！　魔物!?」

慌ててメイスを掴《つか》んだ私に、他の二人も素早く反応してくれる。まだ名前は読めないけれど、近くに敵がいるようだ。

「ジュード、私が見ている方向よ。棺《ひつぎ》の陰に何か一体いるわ」

ジュードが剣を抜き、ノアと合図を取りながら、急ぎ足で距離を詰めていく。私もその後に続いた。

棺《ひつぎ》に隠れて視認できない程度なら、多分小型の魔物だ。怖がる必要もないとは思うけど。

「……あ、名前が見えたわ！　【蠢《うごめ》く泥】ね」

「よかった、いつもの弱いやつだね」

棺《ひつぎ》二個分の距離まで近付いたところで見えた名前は、スライムこと泥の魔物の第二進化体。ジュードが素手でも倒せる程度の魔物だ。名前を裏付けるように、棺《ひつぎ》の陰から泥の塊《かたまり》が現れる。

「大丈夫だと思うけど、一応倒しておこうか」

剣など不要とばかりに、ジュードが脚をふり上げる。正《まさ》しく、踏み潰して終わりというその瞬間、

――私はそれと、目が合った。


小さな砂交じりの体の中に、ぽつんと浮かぶまん丸の球体。

美しい青色の虹彩《こうさい》を持つそれを――私は知っている。前にも見たことがある。

同時に、赤い日本語にノイズが走って……それは別の名前へと変わった。

「うそ――ジュード、退《ひ》いて!!」

悲鳴より先にその言葉が出たのは、自分でも奇跡だと思う。

「は？」と声をもらした彼の顔を見ることもなく、大急ぎでその腕を掴《つか》み、すぐさま踵《きびす》を返す。

「ノアも走って!!　逃げるわよ、早く!!」

「お、おい、アンジェラ!?　泥ぐらいなら、なんともないだろう!?」

「あいつ、普通の泥じゃないわ!!　早く早く!!」

私の慌てぶりに異変を感じたのだろう。ノアもランプを掴《つか》むと、すぐに走り始める。

確信はない。だけど、あの名前を見た瞬間から、何故か鳥肌が止まらないのだ。

「よくわからないけど、絶対ここは退《ひ》くべきよ！」

神様がくれた私の第六感が、さっさと外に出ろと訴えてるわ！」

強化魔法をフルで使いながら、とにかく足を前へ前へと動かす。

行きは下り坂だったけど、帰りは全部上り坂だ。憂鬱《ゆううつ》だけど、ここから出るためには階段も全部上り切るしかない！

「……くそ、アンジェラの勘は当たりだ！　全力で走れ!!」

私たちより一歩遅れて走っていたノアから、焦るような声が聞こえてくる。その後ろが騒がしくなっていることには、できれば気付きたくなかった。

「この音……何体とか……わかる？」

「さあな！　俺も、〝棺《ひつぎ》の全数〟なんて数えていない!!」

「嘘だろ……走れ走れ走れ!!」

ああ、なんてこった。あのズラッと並んだ棺《ひつぎ》を見つけた時から、嫌なフラグは立っていたのか！

まるでアクション映画の逃亡シーンのようだ。逃げ一択なんて元廃人プレイヤーとしては悔しいところだけど、今ここで戦っても無傷で済むとは思えない。

「ウィリアムに魔力を温存させて正解だったな。この辺り一帯を消し飛ばすつもりでやらないと、まずいぞ！」

「その前に、まず僕たちが逃げ切らないと!!」

……もう自分を誤魔化《ごまか》すことはできない。

走りながら叫び合う私たちの背後にかかっているBGMは、ゾンビホラーのお約束ともいえる〝人の呻《うめ》き声〟の大合唱だ。本当に死体が動き出すなんて、そんな驚きいらなかったわよ!!

「死体の魔物化か……正《まさ》しく悪夢だね!!」

「なんなのよもう!!　【混沌《こんとん》の下僕《げぼく》】って、一体なんの魔物なの!?」

狭い通路を抜けた先は、ひたすら上り階段だ。一分一秒でも早くと急《せ》いている私は、この時気付いていなかった。

それはお城に到着した日、【誘う影《いざなうかげ》】と戦った時にも目にしていた名前だったと。

＊＊＊

「ただいま戻りました一時撤退いぃ――――ッ!!」

「はいっ!?　下で何があったんですか!?」

やっとのことで上り階段を走り切り、地上の光を見つけた私が真っ先にしたのは、大声での撤退指示だった。背後から迫ってくる音は、もはや耳が痛いほどの轟《とどろ》きになっている。

狭い通路を震わせるそれに、上で待機していた二人も当然気付いているだろう。

が、まさかその音を出しているのが無数の骨だとは思わないでしょうね。私も思いたくないわ！

だが背後を見れば、もはや手が届くほどの近さで、白い骨が蠢《うごめ》いている。

「くそっ……ウィリアム、燃やせッ!!」

「は、はいっ!!」

地上に足をつくと同時に鋭く叫んだノアの声に、ウィリアムは分厚《ぶあつ》い魔術書をめくった。

一拍と置かずに魔術の赤い光が輝き、先頭にいた骨は地上に出る前に業火《ごうか》に包まれる。

『グオオオオオオ!!』

地響きのような断末魔《だんまつま》の叫びを上げながら、骨の集団が崩れていく——しかし、残念ながら魔術一発では止めきれなかったようだ。

「そんな……!?」

崩れて灰になった先頭組を押しのけて、骨の大群は止まることなく湧き出てくる。硬くて軽い奇妙な音が、続々と増えては空気を震わせていた。

「足止めできれば充分だ！　全員外に出ろ、早く!!」

ウィリアムに続いてノアも炎の魔術を放《はな》ちながら、とにかく出口へ向けて走り続ける。

驚いて固まってしまったウィリアムも、すぐにディアナ様が引っ張ってくれたようだ。

砂と瓦礫《がれき》だらけの床を蹴り、とにかく外へ、広い場所へ——!!

「アンジェラちゃん！　これは一体何ごと!?」

「ダレンさん、殿下！」

なんとか廃墟《はいきょ》の外へ飛び出せば、ちょうどいいタイミングでダレンと王子様も合流したようだ。彼らに同行していた村長が、死人のような真っ白な顔で私たちの背後を見つめている。

「怪しい廃墟《はいきょ》を見つけたと連絡をもらったのだけど、これは当たりだったということかい？」

「当たりも当たり、大当たりですよ‼　骨の魔物の大群です‼」

「骨？　……まさか、あの群れがそうなのか⁉」

私の返答に目を見開いた二人は、廃墟《はいきょ》から駆けてくる仲間たちと迫る轟音《ごうおん》に気付いて、すぐにそれぞれの武器を構えた。順応力が高くて助かったわ。説明をしているヒマはなさそうだもの。

（魔物の名前が見えるのは便利だけど、こういう時は勘弁してほしいわね）

皆の背後を見て、思わず額《ひたい》を押さえてしまう。そこには、もはや判別できないほどびっしりと赤い日本語が密集している。つまり、それだけの量が迫ってきているということだ。

多分、浮かんでいるのは【シビト】という文字だろう。漢字に直すとそのまま『死人』な、アンデッド系の魔物だ。

一体一体はそれほど強くないけれど、やつらは復活する性質がある。さっきみたいに丸ごと燃やすか、弱点である頭蓋骨《ずがいこつ》を砕かなければ倒すことができないのだ。

ちゃんと倒さないといつまで経っても減らないし、戦いが長引けばこちらが消耗してしまう。

「ああ、我らの同志が……尊《とうと》き方の従僕《じゅうぼく》が……」

魔物の量に焦る私たちと違い、村長は何やら別のことにショックを受けているらしい。がくりと膝《ひざ》をつくその様子は、魔物に怯《おび》えているというわけではなさそうだ。

あの異様に整った墓地といい、村長の不可思議な態度といい、この村は何か隠しごとがあるみたいだけど……今はまず、骨の大群をどうにかしなきゃよね！

仲間たちは続々と王子様のもとに合流し、すぐにふり返って臨戦態勢に入っている。後衛の二人など、走りながら炎の魔術を唱えっぱなしだ。

「アンジェラ、あの骨の弱点は!?」

「頭よ、頭蓋骨《ずがいこつ》！　斬るだけじゃなくて、確実に砕いて!!」

「了解、これでいいのかなッ！」

一度刃を鞘《さや》に収めたジュードが、近寄ってきた一体の首を居合いで斬り飛ばす。そのまま落ちた頭蓋骨《ずがいこつ》に素早く足を向けると、硬いブーツの靴底で踏み砕いた。

相変わらず、流れるような見事な動きだ。無駄がなさすぎて、いっそ恐ろしいぐらいだわ。

とはいえ、本物の人の骨を砕くのは楽しいわけではないようだ。動きの素晴らしさとは裏腹に、眉間《みけん》には深い皺《しわ》が入っている。

「……うう、あんまりいい気分じゃないね」

「魔物化したのだから仕方ないわよ。こうしないと、私たちがやられるもの」

「そうだね、この数相手に遠慮するわけにもいかないし……ねっ、と！」

しかめっ面《つら》をしつつも、続いて近寄ってきた一体を、今度は柄《つか》の先で砕いている。罪悪感はあるけれど、死んだ人間を気にして生きている人を犠牲にするわけにはいかない。

「せえいっ!!」

ジュードに負けじと、私も近寄ってきた一体をメイスで叩き潰す。打撃武器ならそのまま頭を狙えばいい。がしゃん、と割れ砕ける音を響かせながら、骨はゆっくりと崩れ落ちていく。

「貴方だけに嫌な思いはさせないわ、ジュード。戦う時は私も一緒よ。もし倒した後も骨が残っていたら、埋め直してあげましょう」

「そうだね。アンジェラが埋めてくれたら、きっと彼らも安心して眠れるよ」

軽口でなんとかモチベーションを上げつつ、続々と湧いてくる骨を斬り、殴っては頭を砕いていく。

私たちの会話が聞こえていたのか、ダレンとディアナ様は武器の柄《つか》やブーツの底で、王子様は持っていた片手用の盾をぶつけたりしながら、着々と骨を砕いて数を減らしていく。

少し離れた場所では、ウィリアムが大きめの攻撃魔術をぶちかまし、ノアはそれを援護しながら、数が多めの部分に炎を撃ち込んでいる。もはや戦場の最前線だ。人気《ひとけ》のない村外れでよかった。

(それに、うちの部隊も強いからね！)

地下から逃げてきた時はどうなるかと思ったけど、なんだかんだで皆怯《ひる》むことなく膨大な数の骨と戦えている。

残念ながら、まだまだ赤い文字は大量に残っているが、ここで全部倒せれば村人に被害を出さずに済む。大変だけど、やる価値はある戦いだ。

「せいやあッ!!　……あっ」

メイスが軌道をそれて、【シビト】のあばらの辺りを砕いてしまった。その個体は攻撃などなかったかのように、すぐ元の形へ戻っていく。……やはり、ちゃんと頭を砕かないとダメらしい。

(別に強敵じゃないけど、数が多いと気が滅入《めい》る作業でもあるわね)

元に戻った骨のすぐ後ろには、また違う骨が待機していた。まるで行列のように集まっては、前へ前へと迫ってくる。

今度こそ頭を砕いて倒したが、後続はまだ果てしない量だ。……まとめて片付けられないとなると、あとどれぐらい戦えばいいのだろう。

「オレらが七人がかりで戦って、どれぐらいで終わりますかね」

「どうだろうな。今日中に終わればありがたいが……まあいつかは終わるだろう。ハッ！」

私と同じ疑問を呟《つぶや》いたダレンに、骨を盾で殴りながら王子様が答えた。どちらも声には少し疲れが混じっている。廃墟《はいきょ》のほうに控えている数を見れば、考えるだけでもうんざりするわよね。

しかし、もう始まってしまった以上、退《ひ》くこともできない。ここで食い止めなければ、キュスターの村は壊滅確定なのだから。

（せめて私も攻撃魔法が使えたら、魔術組みたいに何体か一気に燃やせたのに）

つい無いものねだりな考えが浮かんで、慌てて頭をふって追い出す。今でも充分なチートをもらっているのだ。これ以上を望むのは贅沢《ぜいたく》だわ。

慌てず焦らず、一体ずつでも頭を潰せばちゃんと倒せる。むしろ、難しいことを考えなくていいのだから私の得意分野じゃない。ただひたすらに殴るだけの作業なんて、楽勝よ楽勝!!

「……アンジェラ、目が据わってるけど大丈夫?」

「ええ、もちろん絶好調よ。力こそ正義!!」

何故かジュードが心配そうな声をかけてきたので、笑顔で骨を叩き潰して答える。

今の私には味方が六人もいるのだ。勝てる、勝つに決まってる! そう自分に強く言い聞かせながら、再びメイスをふり上げて――

「って、あれ?」

ふり下ろそうとした先から、目標が消えた。

視線を巡らせば、骨たちがうぞうぞと廃墟《はいきょ》のほうへ下がっていくのが見える。私の相手だけではなく、全ての骨が撤退しているようだ。

「……もしや、我らに怖気《おじけ》づいたか?」

「いえ、魔物に感情や思考力はありません。撤退なんて、するはずがないんですけど……」

ほっと一息ついたディアナ様に、不安げなウィリアムが答える。

確かに、魔物には脳という考える機能そのものが入っていない。唯一備《そな》わっている本能は、見つけたものに襲いかかることだけ。

「……嫌な予感がするな」

ノアが下ろしかけた杖を構え直した。他の皆も体勢を整えて、慎重に魔物の出方を待つ。

私の目にも、まだ大量の赤い文字が見えている。戦いは終わっていないはずだけど……

「――まずい、かも」

……どうやら、嫌な予感は当たってしまったようだ。

密集していた敵ネームが、ノイズと共に少しずつ消えていく。【シビト】の文字同士がくっついては消えて、消えて、消えて――やがて、ポンと一つの名前に集約された。

そこには【葬列《そうれつ》の帰還】と表示されている。

「そんな魔物いたかしら……？」

廃人レベルまでやり込んでいたはずの『かつての私』の記憶にも、そんな名前はなかった。

ゲームの時とは状況が違うから、そういうこともあるのかもしれないけど。ただ、ここにきてオリジナルの魔物が生まれるというのは、やはり嫌な予感しかしない。

「……ああ、マジかよ。やばいやばいやばいやばい」

訝《いぶか》しんでいたら、ダレンからずいぶん早口な『やばい』が三連続で聞こえてきた。彼は顔色を真っ青にして双剣を構えている。

「ダレンさん、何か気付いたんですか？」

「よく見てみろってアンジェラちゃん。あれはやばい。オレ、虫は嫌だって言ったのに!!」

虫？　今戦っていたのは骨の魔物で、虫ではなかったはずだ。地下墓地のほうでも、棺《ひつぎ》に虫が湧いているとかそういう悍《おぞ》ましいことはなかったし。

「……本当だ、虫だね。僕も得意じゃないんだけど」

ジュードも虫発言に同意し、剣の構えを変えた。腰を少し落として、えらく真剣な表情だ。

「アンジェラ、動きをよく見て」

ジュードの低い声に応《こた》えるように、一つにまとまった骨たちが蠢《うごめ》く。どうやら、両側面から突き出た手足の骨を上下させることで進むようだ。葬列《そうれつ》……列、縦に長い……虫？

「ああ、百足《むかで》か!!」

骨の塊《かたまり》が長い列のまま動き出して、ようやく気付いた。なるほど、確かにこれは虫っぽいわね。

「感心している場合か！　構えろ!!」

じっくり観察していた私に、ノアの鋭い声が飛んできた。まあ、そんな場合じゃないわよね。列状に固まってしまうと、頭を砕きにくいし……――

「……って、これすごいピンチじゃない‼」

事態にやっと気付いて、変な声が出てしまった。さっきまでも割とピンチだったけど、この展開は考えてなかったわ。しかも、新種の魔物となると情報チートが役に立たない！

「この魔物、間違いなくボスよね⁉　情報なしでいきなり戦えって、私の人生ハードモードすぎませんかね神様ッ⁉」

予期せぬ事態に動揺する部隊と、雄叫《おたけ》びを上げる巨大な魔物。

こんなどうしようもない状態のまま、人生三回目のボス戦は幕を開けてしまったらしい。

「くそっダメだ！　オレの剣じゃ刃が通らない‼」

「くっ……私もダメだな。なんて硬さだ！」

ギャリギャリと耳障《みみざわ》りな音を響かせながら、主従組の武器が火花を散らして弾《はじ》かれる。

【葬列《そうれつ》の帰還】こと骨の集合体は、かすり傷一つ負うことなく彼らの横を通りすぎると、すぐさま方向転換してこちらに向き直った。その動きはまるで、私たちを嘲笑《あざわら》っているかのようだ。

（この魔物、体が大きいのになんて速さよ……‼）

合体したボス魔物【葬列《そうれつ》の帰還】は、姿の恐ろしさもさることながら、登場から早速私たちを翻弄《ほんろう》してくれている。

大量の【シビト】が集まっただけあり、全長二十メートルをゆうに超える巨体だ。にもかかわらず、動くスピードが恐ろしく速くて、目で追うのがやっと。この部隊で一番速いダレンですら、なんとか並走できるレベルだ。

「強化魔法いきます！　ひとまず足を狙って機動力を落としましょう！」

悔しいけど、私の体力では追いかけることが難しいので待ち構えるしかない。一歩下がって魔法を唱えれば、同じく待ち構えるスタンスだったジュードとディアナ様が、武器を掲《かか》げて応《こた》えてくれる。

（……情報がない以上、とにかく戦ってみるしかない！）

残念ながらこれは現実なので、何度か死んで敵の戦闘パターンを確かめることもできない。ゲームの時よりも仲間が強いのは幸いだけど、つくづく転生者には優しくない世界だわ！

「そこだ!!」

「ぬおおおお!!」

私が怒っている間にも、ボス魔物は無数の手足を蠢《うごめ》かせながら迫ってくる。

そこへ光をまとった二人の武器が迅《はし》り、その刃は百足《むかで》もどきの足を勢いよく斬り飛ばした。

「よし、強化魔法をかければ攻撃が効くわね！」

「おっ、さすが聖女サマの魔法！　いけそうだな!!」

ダメージが入ったことを確認して、先ほど弾《はじ》かれてしまった主従組の武器にも強化魔法を付与する。

ダレンと王子様の刃には、たった一度ぶつけただけで傷が入ってしまっている。元は死体なのに、合体した骨はずいぶん丈夫になったみたいだ。あのまま戦い続けたら、二人の武器は折れていただろう。

「私は補佐に徹します！　強化魔法をかけ続けるので、とにかく皆で足を落として!!」

本当は私も戦いたいけど、今回ばかりは〝本来のアンジェラの役目〟に徹するしかなさそうだ。うっかり武器が壊れてしまったら、戦力はガタ落ちだもの。

「引き続き魔術もよろしく！　固まろうが骨は骨よ！　じゃんじゃん燃やしちゃって!!」

「もうやってる！　巻き込まれるなよ!!」

少し離れたところへ声を飛ばせば、応《こた》えるようにノアが叫ぶ。次いで、空気まで焦がすような高い火柱が上がり、皆がいっせいに距離をとった。

「す、すみません、また火力を出しすぎて……」

「構わないわ、燃やせ燃やせ燃やせい！」

もはやウィリアムの謝罪はお約束になってきたが、こっちもノリノリだ。

アンデッド系の魔物に『浄化』の意味を持つ炎はよく効く。今回は前衛の皆を牽制役《けんせいやく》と考えて、メインは攻撃魔術にしたほうがよさそうだ。武器が摩耗《まもう》しきってしまう前に燃やせばいい。

「殿下！」

「ああ、任せてくれ！」

盾持ちの彼に声をかければ、詳しく伝えるまでもなく、後衛の二人をかばうように立ってくれた。

本来守られるべき王族でありながら、役割を理解して動いてくれるのはありがたい。

そんな彼に応《こた》えるべく、私も強化魔法をどんどん重ねがけしていく。

退《ひ》けない――けれど、決して負けてはいない。始まってしまったのなら、全ての敵を屠《ほふ》るのみよ！

「神様、私は絶対に勝ちます！　力を貸して下さい!!」

祈りを力に、願いを強さに。形だけは聖女らしく、組んだ両手にしっかりと魔力を込めた。

＊＊＊

――戦い始めてから、どれぐらい経っただろうか。

戦場となった教会は、もはや廃墟《はいきょ》とすら呼べない瓦礫《がれき》の山に変わり果てている。地下墓地への入り口も、灰と砂ですっかり塞《ふさ》がってしまった。

そこを始点とした【葬列《そうれつ》の帰還】も足のほとんどを削《そ》ぎ落とされて、百足《むかで》というより芋虫のような形に変わっている。焦げてあちこちが灰になり、動く度に崩れ落ちていく。

しかし、それでもなお巨体をぶつけようとしてくるボスに、鈍《にぶ》い剣戟《けんげき》の音が響く。

ゲームと違って体力ゲージがないから確信は持てないけど、もうだいぶ弱っているはずだ。あと何発か殴れば……いや、火の魔術が一発入れば終わるだろうに、なんという執念深さだ。

「し……しぶとい、ですね……っ！」

「全くだ。あれだけ食らって、まだ動けるのか……」

一方、戦い続けたこちらも満身創痍《まんしんそうい》だ。魔術を唱えっぱなしだった後衛組は、さすがに魔力が切れてしまったのだろう。肩を貸し合ってなんとか立っているが、咳《せき》交じりの声には疲労の色が濃い。

その二人を守り続けた王子様も息遣いが荒く、構えた盾はすでに地面についている。愚痴《ぐち》すら出ないのなら、よほど疲れているのだろう。

「もう少し、なのに……！」

百足《むかで》の足を落とし、牽制《けんせい》に勤《いそ》しんでくれていた前衛の皆も、同じような感じだ。三人とも肩で息をしながら、なんとか武器を構えている。大きな怪我はないが服は汚れ、あちこちに血も滲《にじ》んでいた。

あと少し、本当にあと少しで勝てるのに、最後の一手のための力が足りない。

（……だったら、私がやるしかないか！）

きつく組み続けていた手をほどき、足元に下ろしていた相棒へと伸ばす。

……正直なところ、無尽蔵《むじんぞう》だと思っていた私の魔力も底が見えている。戦いの途中で、メイスを背負っていられなくなったぐらいに。

（ふり回せても、多分二、三回が限度ね）

強化魔法なしでは、相棒を持ち上げることもできない貧弱な体だ。それを攻撃のためにふるうとなれば、もちろん負担はもっとかかる。

――普段何気なくやっていることを『負担』だと思う辺り、相当追い込まれているわね。

『グルル……』

低い唸《うな》り声が響き、ボスの目――もとい、二つの虚《うろ》が動いた私を捉《とら》える。

ずりずりと地面の砂を削る音と共に、ボロボロの巨体が私に向けて突進姿勢をとり始めた。あちこち崩れてはいるが、それでも私より何倍も大きな魔物だ。

「ッ、アンジェラ！」

「トドメの一撃はもらうわよ、ジュード」

なるべく元気に見えるように口角を上げて、メイスをまっすぐに構える。

……ああ、私の相棒はこんなに重かったのか。支える両手は、それを持っただけで震えてしまっている。二、三回どころか、これは一発ふったら限界っぽい。

（だったら、この一撃で決めてやるわよ！）

【シビト】に対しても、打撃のほうが効いたのだ。その集合体に効かないはずがない。

「……来い!!」

最後の力と言わんばかりの激しい咆哮《ほうこう》が轟《とどろ》き、巨体がまっすぐに突っ込んでくる。

対する私も腰を落とし、目指すはさよならホームラン！

残りわずかな魔力をありったけ注いで、この巨体を吹っ飛ばすイメージだけを強く思い描く。

「せぇぇぇぇぇぇぇぇいッ!!」

ごう、と風を切る音が響き、ふり抜いたメイスが骨の中央に食い込んでいく。

ゴキ、バキン、と砕ける音が続いて――

「――ッ!?」

…………そのまま、食い込んだ相棒が抜けなくなった。

「ちょ、ちょっと！　嘘でしょうッ!?」

最後の最後にコントを決めなくてもいいのに！　握りしめた手は柄《つか》にくっついたように離れず、がっつりとメイスをくわえ込んだ骨はびくともしない。引き抜こうと力を込めても、強化魔法が切れてしまった今、自分の体より重たいメイスは沈んでいくばかりだ。

……おまけに、【葬列《そうれつ》の帰還】の文字はまだ浮かんでいる。――なんてことだ、今ので倒しきれないなんて！

「くうっ、離せ！　離しなさいよ!!」

スカートがめくれることも忘れて、げしげしと蹴りを入れてみるが、骨はびくともしない。

私に襲いかかることもなく、ただメイスを突っ込まれたままでいる。

「だ、誰か、手を貸してー！」

最後の最後に、なんて格好悪いオチだ！　あまりの事態に、皆もぽかんと呆《ほう》けてしまっている。

うう……格好良くホームランを決めるはずだったのに、どうしてこんな――

「アンジェラ、逃げて!!」

「は？」

情けない光景に、誰もが固まっていたはずだった。

そんな中、響いたジュードの声は鋭く――同時に、びくともしなかった骨が、ゆらりと蠢《うごめ》いた。

「うそ」

――骨の塊《かたまり》の奥に、目があった。影や泥の魔物の中にも見た、得体の知れないあの眼球。

美しい、青の虹彩《こうさい》が、間抜けな私を見つめていて――

「おい、『偽聖女』。そのまま動くな」

悲鳴を堪《こら》えた私の耳に、柔らかな声が届く。

直後に上がったのは、天高く燃え盛る激しい火柱。

ぎりぎり私に届かない位置まで一気に広がると、骨の塊《かたまり》をあっという間に灰に変えていく。

「……もういいぞ、手を離せ。火傷《やけど》をする」

瞬《まばた》きすら忘れた私に、そっと小さな手が触れた。

それまでくっついていたのが嘘のように、両手が柄《つか》から離されて――いつの間にか隣に立っていたその人物と、視線が交わる。

「……導師カールハインツ」

ぽつりとこぼれた呟《つぶや》きに、姿だけは幼い魔術師が、小さく笑った。

＊　＊　＊

乾いた風が、荒野と化した地を吹き抜けていく。巨大な骨の魔物の痕跡を、消し去るように。

（……ぼろぼろになっちゃったわね）

最初から廃墟《はいきょ》だった教会はともかく、すっかり平《たい》らになってしまった周囲の設備は、作り直すのにかなりの時間を要することだろう。

だが、キュスターの村の危機は去り、誰一人死ぬこともなく戦いは終わった。ゲームの時のように、村人がゾンビ化することももうない。

（終わった――――勝ったのね）

静かに散っていく【葬列《そうれつ》の帰還】の灰を見送って、ようやく私は深く息を吐いた。

「……偽者呼ばわりは腹が立つけど、お礼は言わせてもらうわ。助けてくれてありがとう」

それにしても、まさかここで彼に助けられるとは思いもしなかったわ。

私よりも少しだけ背の低い少年を見れば、彼もチラリと金眼を向けてから、すぐに背《そむ》けた。触れていた手ももう離されている。

何を考えているのかはさっぱり窺《うかが》えず、表情も外見年齢に不似合いなほど落ち着いている……国立図書館で最後に見た時と同じだ。

「別にお前を助けたわけじゃない。『アンジェラ』の顔に傷をつけるのが嫌だっただけだ」

「だから、私がアンジェラだって言ってるのに。……いいわ、今は」

……まあ、やっぱり『アンジェラ』と『私』は別もの扱いされているみたいだけどね。

彼の口がおかしな呪文などを唱えていないことを確認してから、私はゆっくりと目を閉じる。これまで大変なイベントばかりをこなしてきたけれど、今回の戦いもなかなかハードだったわ。

何せチートだと疑いもしなかった私の魔力が、完全にすっからかんになってしまったのだ。

じきに回復するだろうけど、今は一つも魔法を使うことができない。外見通りの貧弱な少女と化した私にとって、カールの助っ人は本当にありがたかった。たとえ他意があったとしてもね。

(……かつての廃人プレイヤーがこのザマとはね)

鬼畜だなんだと言いつつも、心のどこかでは『まあ勝てるでしょ』と思っていたんだろう。その結果がこの辛勝《しんしょう》。……いや、カールの助っ人がなければ、負けていたかもしれない。

ちょっとばかり慢心がすぎたわね。ただでさえ『本来のアンジェラ』とは違う戦い方をしているのだから、今後はより一層訓練に励まないと。

「アンジェラ!」

ふと視線を動かせば、砂を削る音を響かせながら、聞き慣れた幼馴染《おさななじみ》の声が近付いてきた。

今回はジュードとずっと離れて戦っていたので、その点は新鮮だったのだけど……あ。

「貴方、怪我してるじゃない！」

肩で息をしながら歩いてきた彼は、片足を引きずっていた。よく見ずともまずい方向に曲がってしまっているそれに、思わず眉をひそめてしまう。

彼が「逃げて」と叫んだのは、走れなかったからだったのか。普段の彼なら、叫ぶ前に助けてくれたはずだ。

「これぐらいなら平気だよ。君こそ、怪我は？」

さりげなくカールとの間に割り込みながら、袖《そで》がボロボロになった腕を伸ばしてくる。

カールは少しだけ呆れたような表情を見せたけど、何も言わずに私から離れていった。

「私は今回、ずっと補佐だけだったもの。怪我なんてするはずないわ。それより足、あんまり動かさないで。魔力が回復したらすぐに治すから、じっとしててよ」

「ん、ありがとう。君が無事なら、よかった」

傷だらけの手が私の頬に触れて、張りついていた灰を払っていく。手の傷も痛むだろうに、黒眼に浮かぶのは穏やかな安堵《あんど》だけだ。全くこの男は、こんな時まで私のことを考えなくてもいいのに。

「……ごめんなアンジェラちゃん。ジュード君の足は、オレをかばったせいなんだ」

動かないようにジュードを止めていれば、さらにその背後からダレンが声をかけてきた。彼もあちこち傷を負ってはいるものの、ジュードよりはいくらか軽傷だ。

しょんぼりと沈んだ顔で、私とジュードに頭を下げている。

「気にしないで下さい。それが最善だっただけですから」

「……確かに、そうね」

さすが、ジュードはかばうべき相手をよくわかっている。双剣使いのダレンはスピードアタッカーだ。速さと手数の多さが売りの彼が足を負傷すれば、戦力は激減してしまう。

一方で技術特化のジュードは、居合いなどのカウンターもできる。ダレンほど動き回らなくても戦えるので、彼の足をかばったのは戦術的には大正解だ。

……もちろん、負傷を『良いこと』なんて言うつもりはないけど。

「情けないな。オレは騎士なのに、攻撃するだけで精一杯だったよ。本当にごめん」

「謝らないで下さい。僕の恋敵《こいがたき》にならないでいてくれる限りは、貴方は仲間ですから」

「うん、こんな時でも釘を刺してくる君のそういうところ、嫌いじゃないぞ！」

笑みの中に黒さを混ぜたジュードを見て、ダレンもへらっと破顔《はがん》した。人をダシに使うのはどうかと思うけど、戦い終わった後にはやはり笑顔が一番だ。苦労してようやく勝ったのだから。

「さて、ふざけるのはこれぐらいにして、皆と合流しましょう。村長さんに確認したいこともあるし」

ぱん、と一回手を叩けばダレンとジュードは笑顔のまま頷《うなず》き、少し離れていたカールのほうに視線を向ける。私も含めて六つの目に見られた少年導師は、小さく肩をすくめてみせた。

「逃げも隠れもしねえよ。俺もお前たちに話すことがあるから来たんだ」

「それならよかったわ。今、貴方と戦う余裕はないもの」

「俺だって、怪我人に追い討ちをかけるような趣味はねえよ。安心しろ」

そうしてカールは、軽い足取りですたすたと行ってしまう。その先にいるのは、ディアナ様に支えられた王子様と、お互いに肩を貸し合っている魔術師二人。そして、いくらか距離をとった場所に、この村の村長が座り込んでいる。……戦いは終わり、今度は話を聞き出すターンだ。

「行こうか、アンジェラ」

ろくに歩けもしないくせに、いつも通り手を差し出すジュードに、私とダレンはまた小さく笑った。

途中でジュードの足を治療しつつ向かった先は、泊まっていた宿ではなく、横に長い形の大きな建物。この村の集会所だった。

いくら外れとはいえ村の中で戦っていたのだから、当然村人たちにも気付かれている。彼らは自主的に避難してくれていたようだ。勇《いさ》んで駆けつけてくるような人がいなくてよかったわ。

私たちが現れたことに数人が警戒したけれど、集まっていたのは子どもや老人がほとんど。不安げに身を寄せ合う彼らは、一緒に現れた村長の無事な姿を見て、ようやく安心できたようだ。

ただまあ、その村長本人はひどい顔色のままなんだけどね。

「ん？　誰かしら」

村人たちの輪から少し離れたところに、初老の男性が座っていた。

他の村人たちとは違い、とても豪奢《ごうしゃ》な身なりだ。不服と苛立《いらだ》ちを隠すことなく顔に出しながら、村人のことも私たちのことも睨《にら》むように見てくる。

「どこかの貴族ですかね？　なんでこんなところに」

「いや、彼は……」

首をかしげるダレンに、目を細めた王子様が言葉を濁《にご》す。不満の色を浮かべていた男の目が、王子様の姿を捉《とら》えた途端に見開かれた。どうやら、お互いを知っているようだ。

「そいつはこの辺りを治める領主だ。関係者だから連れてきた」

飛び交う疑問符に答えたのは、闖入者《ちんにゅうしゃ》であるカールだ。だが王子様も頷《うなず》いているので、本当にそうらしい。導師とはいえ、勝手に貴族を連れてきて咎《とが》められないのかしらね。

「とりあえず、一つずつ話を整理していこうか。導師カールハインツ、貴方と貴方の連れてきた彼についても順に聞いていくが、構わないかい？」

「ああ」

部隊の七人とカール、村長と領主らしき男が集会所の中央に通されて、その周りを取り囲むように村人たちが陣取る。戦いは終わったのに、なんとも暗い雰囲気だ。

「まずは村長、お聞かせいただけますね？『魔物の被害はない』と貴方が嘘をおっしゃった理由と、この村のことを」

――墓守《はかも》りの村キュスターについて、村長がついた嘘は嘘ではなかった。というより、彼らにとって死者が動くのは〝魔物化する〟のとは違うらしい。

人が地下に墓地を作る理由は、地表に土地が足りないか……表だって弔《とむら》うことができないかの二種類だ。この村は後者で、ここは〝異教徒〟の墓場であったらしい。

基本的にこのウィッシュボーン王国は、神聖教会が崇《あが》める神様――私にチートをくれている神様と同じ――の一神教なんだけど、ごくわずかに他の神を崇《あが》める人たちもいる。

キュスターの村が崇《あが》めているのは、いわゆる『邪神』だったようだ。

彼らの信仰において、人としての死は『終わり』ではなく『眠り』であり、地下に築かれたあの巨大な墓地は、そうした者たちのための休眠場らしい。

いつか世界に終焉《しゅうえん》をもたらす神が目覚めた時、その信徒たる彼らの死体もまた目覚め、従者として神と共に世界を滅ぼしにいくのだと。……発想がまともじゃないが、そういうものなのだと。

とにかく、彼らは動く死体を魔物ではなく『時間を間違えて起きてしまったうっかりさん』だと捉《とら》えていたそうだ。それなら〝魔物の被害はない〟と答えるだろうし、たとえ村人に命を落とすほどの被害が出ても、死についての考え方が普通と違う彼らは届け出たりはしないだろう。

（なんというか、発想がやばいわね）

村長や村人たちは真剣に話しているけど、明らかに異常だ。私たちが見た棺《ひつぎ》の血痕も、

『うっかりさんの後始末』なんて軽い気持ちで掃除をしてたのなら、恐ろしい話だわ。今回の戦いで死体のほとんどは灰になったけど、今後はもう少しこの村を監視しておいたほうがいいかもしれない。

ともあれ、村長が嘘をついた理由はわかった。でもそれなら、どうして入り口が塞《ふさ》がれていたのだろう。

神聖教会の建物をカモフラージュに使うのはいいとして、階段の入り口を塞《ふさ》いでいたのは彼らの主張と矛盾《むじゅん》する。死ぬことが恐怖ではないというのなら、うっかりな死体が動いて襲ってくるのも止めないと思うけど。

（……いや違う。このキュスターで被害が増えたのは〝最近〟なのよね）

最近になって被害が突然増えたから、私たちは調査に来たのだ。カールの不審な動きと重なったせいでもあるけど、本題は村の被害を調べるほう。

同じ疑問に気付いたらしいノアが、王子様と交代して村長の前に出る。王子様とダレンは、階段の入り口が塞《ふさ》がれていたのを見ていないからね。

「村長、ここ最近その『うっかり者』が増えたから、地下墓地への入り口を塞《ふさ》いでいたのか？」

「ええ、おっしゃる通りです。ここ最近、従者たちが目覚める数が急に増えまして……

尊《とう》きお方の目覚めが近いのかとも思いましたが、残念ながらその兆候はなく。墓守《はかも》りの我らが全滅してしまう前に、致し方なく入り口を塞《ふさ》いでおりました」

「うっかり者が増えただけで、お前たちの神に動きはなかったのだな」

「はい、さようでございます」

つまり、邪神は眠ったままなのに、うっかり者……動く死体だけが増えていると。だとしたら、結果的に普通の魔物の案件だ。私たちの部隊が来たのは正しかったみたいだけど――

「そりゃそうだ。これは、人為的《じんいてき》に引き起こされた〝魔物化〟だからな」

ノアと村長の会話に、やや苛立《いらだ》ったような声が割り込む。声の主はカールだ。

「……は？」

途端に少年導師へ視線が集中するけれど、彼はそしらぬ顔でくいっと首を動かした。……その先にいるのは、あの豪奢《ごうしゃ》な装《よそお》いの男。

「……領主だと言ったな。人間の貴族が、意図的に魔物化を起こしたと？」

割り込まれたノアは少しだけ眉をひそめたけど、それより話の内容のほうが気になったようだ。

「俺も信じたくなかったんだがな。オイ」

カールが村長と共に領主のほうへ体を向けると——途端に、領主の派手なクラヴァットの下から、丸いものが飛び出してきた。

「あ、おばけちゃん！」

出てきたのは図書館でも見たカールの使い魔もどきだ。風船のような体を宙に浮かべたまま、カールではなく私に向かって飛んでくる。『ひさしぶりー』と言わんばかりの、嬉しそうな笑みを浮かべて。

「やだ、可愛い……この子、私にくれるの⁉」

「やらねえよ！　そいつが持っているもののほうを見ろ」

なんだ、くれないのか。そろそろ可愛いマスコットキャラが欲しいと思ったのだけど。

気を取り直して、おばけちゃんが持っているものとやらに注目する。この子の手でも持てるぐらいの、小さなガラス瓶だ。中には砂っぽい黒い液体が入っている。

「……あ」

じっと目をこらしたら、小さな瓶の上に赤い日本語が浮かび上がってきた。

「敵性反応がある。名前は【混沌《こんとん》の下僕《げぼく》】。……これ、地下墓地で見たものと同じだわ」

「アンジェラ、それって……！」

一緒に地下へ下りていたジュードとノアも反応した。パッと見はただの泥だし、魔物の中でも一番弱い種類。だけどこれは、何か別のもののように感じられる。

「これは何？　地下で見たものも、ただの【蠢《うごめ》く泥】に擬態《ぎたい》していたわ。こんな小さなものが魔物なの？」

「詳しくは俺もまだ調査中だ。だが、お前が敵性反応を感じたということは、間違いないだろう。――これは、〝魔物を生み出す魔物〟だ」

「……は？」

カールの告げた言葉に、その場にいた全ての人間が言葉を失った。

――そう、『ゲームの知識』を持つ私も含めて、全員がだ。

前世では、このゲームを隅々《すみずみ》までやり込んでいた自信がある。プレイヤーキャラがディアナ固定ではあったけれど、それをアンジェラに変えたとしても世界の設定が変わるようなことはなかったはずだ。

（……どういう、こと？）

この世界の魔物は、基本的に『ゲームのラスボス』が全て管理していた。何もないところから発生するタイプも、今回のように死体や植物、虫などを素材とするタイプも両方そうだったはずだ。

魔物が魔物を生み出すなんて、そんな話は聞いたことがない。

「……それだけハッキリ言うということは、確証があるのだね。導師カールハインツ」

ただただ困惑の空気が満ちる中、真っ先に口を開いたのは王子様だった。

その声は明らかに震えていて、無理矢理絞り出したというのが痛いほど伝わってくる。

「俺だって信じたくはない。だが、実際にこの目で見た以上、事実としか答えられないな。『魔物を生み出す魔物』だけならまだ救いはあるが、それを動かしていたのは間違いなくこの領主だ」

答えたカールもまた声に感情が強く滲《にじ》んでいる。困惑と……多分怒りだろう。領主へ向けられた視線はひどく冷たく、そして鋭い。

「ハドリー伯爵、確認させてもらっても？　貴殿はこの男の言うような行為を本当にしていたのかい？　魔物を作る魔物を使い……己《おの》が領民に危害を加えたのか？」

カールの言葉に促《うなが》されるように、王子様も領主のほうへ顔を向けた。

金色をまとう優しげな美丈夫《びじょうふ》の顔には、切実な表情が浮かんでいるが――

「エルドレッド殿下、これらは我が領民などではございません。偉大なる主《しゅ》に反意を抱く、人の皮をかぶった悪魔です。聞いたでしょう？　彼奴《きゃつ》らは破滅をもたらす恐ろしい邪神を崇拝《すうはい》しているのですよ。国にとっても害悪でしかない異教徒を、どうして見過ごせましょうか。この地を治める者として、彼奴《きゃつ》らを排除するのはわたくしの義務でございますよ」

ハドリーと呼ばれた領主は、どこか歪《いびつ》な形の笑みをもって王子様に答えた。はきはきした声はよく通り、集会所に響き渡っていく。

……ああ、なるほど。この村もどうかと思うけど、治める人間は逆のほうに傾倒《けいとう》していたのか。

そう、地球の歴史にも深い爪痕を残していた〝異端迫害派〟——この国は治世が安定しているから、あまり激しい宗教対立はないと思っていたんだけど。いるところにはいたのね。

「……つまり、キュスターの民を害したことは認めるのだな?」

「ただの害虫駆除です。何が問題だというのですか? 彼奴《きゃつ》ら自身、死を容認しているのです。死に方なんて些細《ささい》なことは気にもしない連中ですよ」

もはや開き直ったのだろうか。胸を張って答えた領主に、王子様はゆっくりと顔を俯《うつむ》かせた。

この国では国教以外の信仰を禁止していないし、邪神信仰もまた罪ではない。それで被害が出るならともかく、村人たちは変な墓を作っていただけで、まだどこにも迷惑はかけていないのだ。

異端信仰という理由だけで殺害すれば、当然『殺人』という犯罪になる。

しかも、それを行《おこな》ったのが彼らを治める立場の人間で、その方法が『魔物をけしかける』というものだったなんて。

（領主であるハドリーのほうが、よほど狂ってるわ）

「……ダレン、ディアナ。その男を拘束しろ」

俯《うつむ》いたままの王子様の口から、低い声がこぼれる。

「はっ！」

ディアナ様が領主の体を床に転がし、ダレンが衣服のベルトを解いて、そのまま拘束具として使って彼を縛り上げた。

領主は床に転がされても抵抗もせず、その口角は不気味に上がったままだ。

「あ……」

領主の頭上に、【混沌《こんとん》の下僕《げぼく》】の表示が見えた。……敵性存在だと、神様が伝えてきている。

「エルドレッド殿下、彼にも敵性反応が見えました」

「だろうね。ディアナ、意識を落とせ。民のいる場で、その男の声はもう聞きたくない」

「御意《ぎょい》」

一応王子様に報告すれば、彼は吐き捨てるように指示を出す。同時に鈍《にぶ》い音が響き、そのまま領主は動かなくなった。……後にはただ、沈んだ空気と、言葉を失った村人たちが残る。

（……なんて気分の悪い状況かしらね）

せっかくあの強敵に勝ったのに、得られたものがこの後味の悪さだなんて。

私たちは魔物の被害を抑えるためにこの村へ来たのに。皆のために戦ったはずなのに。

思わずため息をこぼせば、隣にいたジュードがぎゅっと肩を抱き寄せてくれた。触れる温かさが、今はとてもありがたい。

「参りましたね……殿下、これからどうしますか？」

「どうもこうもない。被害を出していた魔物は倒せたし、その元凶が人間だなんて馬鹿げた情報も得られたんだ。初の任務としては、成果は上々すぎるよ。頭が痛いぐらいにね」

疲れの滲《にじ》む声でダレンが訊《たず》ねると、王子様も同じような様子で首を横にふる。確かに、成果だけを見れば大金星《だいきんぼし》だ。世界平和のための大きな一歩を踏み出せたといえる。気分は最悪だけど。

「導師カールハインツ、貴方の話はもっと詳しく聞きたいが、さすがに場所を移したい。もうしばらく付き合ってもらえるかい？」

「当然だ、そのために来たんだからな。全部聞いてもらうまでは、こっちも帰るに帰れん」

今のわずかな時間でひどく憔悴《しょうすい》してしまった王子様に、カールがしっかりと首肯《しゅこう》する。気遣っているようにも見えるのは、多分気のせいではないだろう。

それから王子様は村人たちのほうへ向き直ると、深々と頭を下げた。

「……村長、そしてキュスターの皆。此度《こたび》のことは、本当にすまなかった。この国を治める王族の一人として、謝罪をさせてもらう。貴方がたの神がこの国に牙を剥《む》かない限りは、私は敵ではないし、この村に住まう者も皆、私たちが守るべき大切な民だ。どうか、それは忘れないでほしい」

「そ、そんな殿下！　我らのような者にもったいないお言葉です。どうか頭を上げて下さいませ！」

王族が頭を下げるというまさかの事態に、村長たちのほうも慌てて膝《ひざ》をつき始める。

そりゃそうだ。本来は一生会うこともなかったかもしれない、雲の上の存在なのだから。

だが、王子様本人はそうするのが当然だというように頭を下げたままでいる。端《はた》から見ていたノアが、呆れたようにため息をついた。

「エルドレッド、為政者《いせいしゃ》が簡単に頭を下げるな。その価値を知れ馬鹿。お前たちも、そんなに畏《かしこ》まる必要はない。今回の件は騎士団へ報《しら》せを出してある。二、三日もすれば正式な調査部隊が派遣されてくるだろう。色々思うところもあるだろうが、この地が平和になったことも事実だ。それは理解してくれ」

「それはもちろんでございます！　多くの従者を失ったことは痛手ではありますが、我らがこうして生き永らえたのは皆様のおかげです。我らにとって死は終わりではありませんが、だからといって、理由もなく殺されたいとは思っておりません」

「それを聞いて安心した」

身振り手振りを加えて話す村長に、ノアは苦笑を浮かべながら王子様の頭を無理矢理上げさせる。ぐきっと妙な音がしたけれど、聞かなかったことにしておこう。

「元凶が片付いたのだから、長居は無用だな。地下墓地とその周辺については、調査部隊が状況を確認し次第、すぐに修繕の手配をしよう。あの墓地も、我々に対して害がなければそのままにさせておくから、心配しなくていい。エルドレッド、馬車はどこだ」

「……なんだか、ノアのほうが部隊長に向いている気がしてきたな」

「俺が冷静でいられるのは、エルフだからだ。ヒトの王族であるお前が動揺しても、今回は仕方ないだろう。それより、先ほどの話が気になる。早く村を出るぞ」

あ、なるほど。妙にテキパキ動くと思ったら、ノアは知識欲で動いていたのか。

まあ私としても、聞いたことのない魔物の話はすごく気になる。これまで何度か見た

【混沌《こんとん》の下僕《げぼく》】も、あの不気味な眼球のことも、わかるなら詳しく知りたい。

やがて静まり返っていた集会所に、人々の喧騒《けんそう》が戻ってくる。村長の顔色もいくらか回復しているし、この村は元凶の領主さえいなくなればきっと大丈夫だろう……多分。

その領主はディアナ様が担《かつ》ぎ上げ、村人たちに気を配りながらゆっくりと集会所を後にする。

馬車と馬は宿に預けてあったはずだ。休憩なしで旅立つのは辛いけど、かといって長居をしたい場所でもない。幸いにも滞在期間が短かったので、荷物はほとんど載せたままだ。それぞれ疲れた体に鞭《むち》を打ちながら、さあ出発しようといったところで、

「おいお前たち、この辺りにまとまれ」

少年導師がまた妙なことを言い始めた。

彼は華奢《きゃしゃ》な腕に大きめの枝を持って、馬車と馬の周りに円を描いている。

今度は一体何をするのかと、皆それとなく警戒しながら眺めていたのだけど――

《転送開始》

「つな!?」

円を描き終わり、彼もその中へ入った瞬間に変化は起きた。

長閑《のどか》で静かなキュスターの景色がかき消えて、それを上書きするように浮かび上がる

のは、無骨な石造りの建物群。周囲に見えていたものが、一瞬で変わっていた。

「ここは……まさか、騎士団の門の前か!?」

ダレンの上げた驚きの声に、馬車に乗っていた皆も慌てて外へ飛び出した。

「さすがに殺人犯を連れて馬車旅なんぞしたくなかったからな。街を出る前にここに『帰還点』を仕込んでおいたんだよ。便利だろう？　感謝してくれてても構わんぞ」

確かに見覚えのある建物だ。周囲を歩いている人たちも、ジュードやダレンとよく似た制服を着ているし、間違いないだろう。私たちはもうキュスターの村ではなく、王都にある騎士団の施設内にいた。

（瞬間移動ができるってこと……!?）

まさか現実で転送《ワープ》を体験できるとは思ってなかった。『帰還点』とやらから察するに、どこへ行っても一瞬でここに帰ってこられるということだろう。

なんて素晴らしい！　この魔術があれば、旅が片道だけで済むじゃない！

「感謝するわ、導師様。だからこの魔術、ぜひ貴方の弟子にも教えてあげてくれない？」

「お前のためにやったわけじゃねえよ。教えるのは構わんが、使えるかどうかは難しいところだな」

「……貴方、私に対してだけは辛辣《しんらつ》よね」

感謝しろと言ったくせにこれだよ。嫌われてるのは知ってるから、別に構わないけど。しかし、ウィリアムでも使えるかわからないような高等魔術なのか。すっごく便利だけど、カールを仲間にできないと使うのは難しそうね……残念だ。

「エルドレッド殿下！　いつお戻りになったのですか⁉」

騎士たちが慌てた様子で駆けつけてくる。

「ええと、ついさっきだよ。出先から魔術で飛ばしてもらえたみたいだ。すまないが、この男を牢へ連れていってくれるか？　殺人容疑と、魔物の大量発生に関わっている可能性がある。くれぐれも警備は厳重に」

「は……か、かしこまりました！」

騎士たちは、王子様から拘束された領主を預けられるや否《いな》や、すぐに人手を増やして連行していった。領主本人は強そうには見えなかったし、彼の身柄はこれでしっかりと確保できただろう。

……しかし、長旅を覚悟していたせいだろうか。一段落ついた途端にドッと疲れてしまったわ。

「アンジェラ、大丈夫？　顔色がよくないよ」

「ずっと戦ってた貴方に心配されるなんて、私もまだまだね。……でもごめん。安心したら、疲れが出たみたい」

相変わらず私のことばかり心配するジュードに苦笑を返しつつ、誤魔化《ごまか》せないだるさにため息をつく。今日は魔力切れも起こしてしまったし、この貧弱な体には結構応《こた》えたようだ。

「あー……確かに、オレも疲れたな。腹も減ったし」

「そういえば、何も食べてなかったですね」

ふと見上げた空は、すっかり茜色《あかねいろ》に染まっている。朝食はキュスターの宿でとらせてもらったけど、以降は墓地探しからのボス戦突入で、その間は何も食べていなかった。

私はともかく、動きっぱなしだった前衛組は人一倍お腹も空いているだろう。

そこでカールが口を開く。

「容疑者は確保できたんだ。まずは食事と風呂、睡眠をとったほうがいいかもな。俺も話をするまで逃げるつもりはない。部屋を貸してもらえるとありがたいが、別に牢でも構わんぞ?」

「……聞きたいことは多いが、しっかり睡眠をとって頭がはっきりした状態で聞くべきかもしれんな」

肩をすくめて提案したカールに、話を聞きたがっていたノアも眼鏡を押さえながら同意している。多分、知識欲よりも疲労が勝ったのだろう。

他の皆も同じような雰囲気で、互いを労《いたわ》りつつも、声からはどんどん元気が失われている。

「導師カールハインツ、客間を用意するよ。一応監視はつけさせてもらうが、構わないね？」

「もちろんだ。重い話になるだろうから、英気を養《やしな》ってから聞いてくれ」

「では、明日の朝に皆のところへ使いを出すよ。各自、今夜はゆっくり休んでくれ。……遅くなったが、まずは初勝利だ。お疲れ様、そして協力ありがとう」

疲れきった王子様の声に、ゆるゆるとした返事が続く。

本来ならここで盛り上がりたいところだけど、キュスターはあの有様《ありさま》だったし、知りえた情報も喜べないものだったからね。

「部屋まで抱いて運ぼうか、アンジェラ」

「ついさっきまで足の骨が折れてたくせに、何を言ってるのよ。私は大丈夫だから、貴方こそ自分を労《いたわ》ってよ。ね？」

皆がくたくたの雰囲気を漂《ただよ》わせている中、ジュードだけはいまだしゃっきりと背筋を伸ばして歩いている。今日の戦いでは一番動いていただろうに、よくまだ体力が残っているものだ。

私の背に腕を回して支えながら、周囲へ巡らせる視線は鋭い。……まるで、まだ戦場にいるかのような警戒度合だ。

「……大丈夫よ、ジュード。〝大丈夫〟」

「…………うん」

ぽんぽんと胸の辺りを叩いてみるものの、表情は険しいまま。全く、幼馴染《おさななじみ》が過保護で困るわ。


その後はあっという間に日が落ちた。皆で王城へと戻る。

空腹感もあったけど、それよりもお風呂とお布団が恋しくてたまらない。

食事は軽く済ませて、汗と汚れをしっかりと流した後は、すぐさまベッドへGO。王城の無駄に大きくてふかふかすぎるお布団も、疲れた体には最高のご褒美《ほうび》だわ。

強力な睡魔《すいま》の誘いに身を任せ、沈むように眠りについて――――どれぐらい経っただろうか。

「…………やっぱり来たか。導師カールハインツ」

「なんだ、あまり驚いてないな」

「来るだろうと思ってたからね」

刺すような冷たい気配に目を開ければ、私の体に覆《おお》いかぶさるように人影が一つ。

まだ性を感じさせない華奢《きゃしゃ》な体。伸ばされた細い腕は、しっかりと手のひらを広げて——私の首を掴《つか》んでいる。

「絶対に違うと確信した上で、言っておくわね。夜這《よば》いだなんて、導師様ったら大胆。きゃっ★」

「ここまで感情のこもっていない『きゃっ』は、長い人生でも初めて聞いたな。まあ、俺の外見年齢を考えた上で夜這《よば》いをしに来たと思っているなら、頭の医者にかかったほうがいいぞ？」

「導師様、女の子に恥をかかせるなんて割と最低」

「最低上等だよ、偽者が」

窓から差し込む月明かりだけが光源といえる暗い部屋に、私たち二人の声が響く。

シチュエーションとしてはなかなか良いのに、会話の内容は極めて残念だ。やはり私に乙女ゲームの素養はなかったみたいだわ。……どう見ても『少年』な彼とどうこうするのは、色んな意味でアウトな気もするけどね。

「暗殺しに来たっていうなら、もう少し真面目にやりなさいよ。貴方のその小さな片手で、私の首が絞まるとでもお思い？　せめて両手で絞めたらどうなの？」

ふざけた会話をしつつも、彼の片手はいまだ私の首を掴《つか》んだままだ。

といっても、手のひらが触れているだけで力はこもっていない。今言った通り、少年の片手で殺されるほど私も弱くはないしね。

あえてふり払ったりはせず、彼の金眼を見つめれば、カールはばつが悪そうに視線をそらした。

「別に殺すつもりはねえよ。それとも、お前は俺に殺されるような心当たりがあるのか？」

「あるわけないじゃない。ただ、貴方が先に手を出してくれれば、正当防衛になるからね。鋼鉄メイスで殴っても怒られない理由が欲しいだけよ」

「そんなことを言われて、はいそうですかと手を出すかよ。お前こそ殺す気じゃねえか」

失礼な、あくまで正当防衛だっての。第一、回復魔法を使える私がみすみす人を殺すわけないじゃない。

「……興《きょう》が削《そ》がれたな」

人の上で深いため息をこぼしたカールは、私の首からそっと手を離した。殺意があったにしろなかったにしろ、魔術特化の彼は普段の私と変わらないぐらいの力しかない。

首を絞めたところでダメージなんてたかが知れているし――そもそもできないだろうけどね。

「仕方ないわね。勝手に乙女の寝室に忍び込んだ貴方に、一つ忠告よ」

「あ？」

覆《おお》いかぶさっていたものがなくなったので、私も上半身を起こして〝彼〟を見つめる。

とても静かに、けれど鋭く、的確に動いてくれた〝彼〟を。

「顔、あまり動かさないほうがいいわ」

「――ッ!!」

私の忠告を受け、カールの顔が驚きに染まった。

……カールは強キャラだと思っていたのだけど、魔術に関すること以外はダメなのかもしれない。彼が入ってきた時には〝すでに居た〟のに、気付かなかったみたいね。

――後頭部に、刃物が突きつけられているなんて。

「……ジュード・オルグレン！」

向かい合っている私からはバレバレなジュードは、全く音を立てることなく愛剣を構えて立っている。

暗くて表情は見えないけど、笑ってはいないのは確かだ。

「……導師カールハインツ。貴方には今日アンジェラを助けてもらいましたから、一度目は見逃がします。ですが、彼女に危害を加えるというのなら、次はありません」

「はっ、それはどうも。相変わらず、お前はアンジェラの犬なのか」

「なんとでも」

低い声での罵《のの》りにも、ジュードが動じた様子はない。

ただただ静かに刃を突きつけていて――やがて、カールのほうが降参とばかりに手を上げると、ようやく剣を下ろした。

「様子を見に来ただけだ。最初から危害を加えるつもりはねえよ」

「そうなの？　じゃあ、昼間もわざわざ私を助けに来てくれたってこと？　情報を持ってきてくれただけにしては、ずいぶんいいタイミングだったけど」

「……お前を助けたのは、本当にただの偶然だ。他意はない。俺の目的地は村じゃなく、あの領主の屋敷だったしな」

ああ、そっちだったのか。向かった方角が一緒だったから、てっきり理由も同じだと思っていたわ。結果として、同じ魔物を倒すことになったようだけど。

「詳しいことは明日、全員がいる時にちゃんと話してやる。だが、今夜もその後も、俺はお前を害するつもりはない。……寝ているところを起こしたことは謝っておく。じゃあな」

「あ」

少し早口で告げると、カールの姿は闇に溶けるように消えてしまった。

魔術って本当に便利でいいわね。私も魔法で瞬間移動とかできたらよかったのに。

「なんだったのかしらね、あの人。……とにかく、ありがとねジュード。いつから私のセ○ムをしてくれていたのかしら？」

「せ○む？　よくわからないけど、彼がアンジェラに近付こうとしてるのは僕もわかっていたから、少し前から隠れていたよ。怪我はない？　何もされてない？」

「大丈夫よ」

カチンと剣を収める音が響き、ジュードがベッドへ近付いてくる。さっきまでの剣呑《けんのん》な様子とは違い、いつも通りの穏やかな顔だ。

彼はカールが触れていた首に手を伸ばすと、本当に傷がないことを確認して、小さく息をついた。

「……あの時、ダレンさんをかばって足を怪我したのは間違いだったのかな。僕が君を守れてさえいれば、彼に借りを作ることもなかったたし、今この場で彼を刺し殺すこともできたのに」

「ちょっとちょっと、物騒な発言はやめてよ」

いつも通りの口調で恐ろしいことを言う幼馴染《おさななじみ》に、鳥肌が立った。私を想ってくれるのはありがたいけど、病《や》むのはやめてほしい。彼の場合、本当に刺しかねない。

「ダレンさんを助けてくれたのは、戦術的に見てとてもありがたかったし、貴方の行動は間違っていないわよ。さっきの導師だって、最初から敵意は感じなかったし、殺す必要性は全くないわ。お願いだから、つまらない理由で手を汚さないで」

「僕は…………いや、ごめん。なんでもない」

首に触れた手に私も手を添えれば、ジュードはびくっとしてすぐに離れていった。暗くてよく見えないけど、彼が驚いているように見えるのは気のせいではなさそうだ。

「ジュード？」

「……ごめん、なんでもないよ。僕まで睡眠の邪魔をしてごめんね。ゆっくり休んで、アンジェラ」

「こら、待ちなさいってば」

なんとなく。本当になんとなくだけど。今の彼をこのまま自室へ帰してしまうのはダメな気がして、手を伸ばして上着を掴《つか》む。するとジュードの体が、また少しだけ震えた。

（……こんな様子のジュードを、前にも見たことがあるわね）

　十年一緒にいて色んな面を見てきたけど、基本的に彼は穏やかに笑っていることが多く、戦場以外ではあまり感情を露《あら》わにすることがない。

けど、今の彼はもどかしそうに眉を下げている。以前にも、こういうことがあったはず。

「……何を拗《す》ねているの、貴方」

「拗《す》ねてなんかいないよ？」

「じゃあ、悔しがっているのかしら？　何年か前にもあったわよね、こういうの」

　思い出した。確か、【寄生種】と初めて戦った時だ。あの日のジュードも、私を守れなかったことでずっと悔しそうにしていた。

　今の様子はそれと少し違うけど、似ている気がする。ジュードも否定しないということは、多分当たりなのだろう。

「何度も言っているけどね、ジュード。私は貴方に守ってもらいたいとは思っていないわよ。私が望むのは、貴方の隣で戦うことだもの。もちろん、今日みたいな敵が相手なら難しいかもしれない。でも、それを責めるつもりは全くないわ」

「――――僕が嫌なんだよ、アンジェラ」

　なるべく優しく諭《さと》したつもりだったけど、ジュードから返ってきた声は、地を這《は》うように低い。

はっとして顔をよく見れば、やはり彼の表情は思い切り歪《ゆが》んでいた。

「僕は君のために生きているんだ、アンジェラ。君を守るためだけに、ここにいる。それができない僕には、なんの価値もないよ」

「ちょっと、自分のこととはいえ、私の幼馴染《おさななじみ》を貶《けな》さないでくれる？　何よ価値がないって」

続いた声はひどく投げやりで、思わず私もムッとしてしまった。

発言が重いのはもう置いておくけど、価値がないってなんだ。私なんかいなくたって、ジュードのきれいな容姿も、素晴らしい剣技も、優しい心も、何一つ変わらないのに。

「私は貴方に、そんなひどいことを望んだ覚えはないわよ」

「君が望んでいなくとも、僕はずっとそうやって生きてきたんだ。……君の役に立てない僕に、優しい言葉なんてかけないで、アンジェラ」

「ジュード！」

さらなる後ろ向きな発言に、今が夜だというのも忘れて大きな声を出してしまった。どうしてそんなことを言うのよ？　私は一度だって、そんなことを望んでいないのに！

「ジュード、私は…………きゃっ⁉」

ぐるん、と視界が回ったかと思えば、次の瞬間には赤い天蓋《てんがい》と――美しい男の顔が見える。近すぎてボヤけてしまうほど、視界いっぱいに。

「……ジュー、ド？」

そういうことに疎《うと》い私でもわかる。……私は今、彼に押し倒されている。

それも、さっきのカールとは違い、ジュードの黒眼には明らかな熱がこもっていた。

決して『様子を見に来た』なんて言葉では誤魔化《ごまか》せない、激しい熱が。

「――対価だって思わないと、自惚《うぬぼ》れてしまうんだよ、アンジェラ。誰よりも君の傍《そば》にいるための対価。この命をかけて、君のために戦うからこそ、僕は隣にいるのを許されているんだって」

するりと、大きな手のひらが頬を撫でる。――ひどく、熱い。

ジュードの手も、吐息も、視線すらも熱くて、焦げてしまいそうだ。

「そう思っていないと、我慢できない。優しい言葉なんてかけられたら、こうやっておかしくなってしまうんだ。――アンジェラ、僕は君が好きだ。いつだって、君に触れたくてたまらない。他の男になんて触らせたくない。対価だと思うから、今まで耐えられたんだ。……ねえ、ちゃんと僕を叱って。でないと――僕はこのまま、ひどいことをしてしまうから」

静かな部屋に、シーツのこすれる音が響く。

お互いの顔全体が見られるギリギリまで近付いたジュードは、熱っぽい囁《ささや》きを落としたまま、じっと私の返事を待っているようだ。

……ここで無理矢理にでも手を出してこない辺り、理性的だと褒《ほ》めるべきか、意気地《いくじ》なしと怒るべきか。どっちかしらね。

「……ムードを壊すことを承知の上で、確認してもいい？」

「ん、なに？」

うっとりと目を細めて、ジュードが微笑む。

撒《ま》き散らされる色気はもはや暴力だ。……これはやっぱりそういうことなんだと思うけど、一応確認しないとね、一応。大事なことだから。

「貴方の言う『ひどいこと』ってのは、普通にえっちなことしたいっていう意味よね？　剣を使って刻みたいとか暴力をふるいたいとか、そういう『ひどいこと』じゃないわよね？」

……空気が固まるというのは、正《まさ》しくこういう状況なのかもしれない。

「うん、そういう質問がくるとは思わなかったな！」

人の上に陣取ったままの彼は、か細い呻《うめ》き声をもらすと、両手で顔を覆《おお》ってしまった。

おかげで自由になれちゃったけどいいのかしら。

「だっているじゃない、そういう性癖《せいへき》の人。貴方も戦場だと結構ガラッと人が変わるし、加虐嗜好《かぎゃくしこう》があったらさすがに嫌だなあと思って」

「君、僕のことをどういう目で見てるの!?　というか、さっきちゃんと言ったよね！普通に、君が好きだから触れたいんだ!!」

「なるほど。ごく普通に私を抱きたいのね？」

「抱き……っ!?　女の子がはっきり言わないで!?」

「乙女か」

本当に乙女なのは私なんだけど。一体なんなのかしらね、この子は。

彼は私に体重がかからないように配慮しながらも、顔色を青くしたり赤くしたりと天井を仰《あお》いで悶《もだ》えている。ついさっきの威勢はどうした。

「だ、抱きたいとは……思ってるけど。いきなりそこまで飛躍《ひやく》しなくても、僕は少しずつ……」

「いいわよ」

「――――え？」

ジュードの動きが、ぴたっと止まった。何よ、そういう返答を求めていたのかと思ったんだけど、これも違うの？

「暴力とかじゃなくて、普通に触れたいんでしょ？　後の責任をとってくれるなら、いいわよ。私を抱いても」

「……自分の言ってること、わかってるの？」

「もちろん」

そもそも、先に私を押し倒したのはジュードのほうじゃないか。そういうことを望んでいると、焼け焦げそうなほどの熱視線で訴えてきたくせに。

距離をとろうと腰を浮かせた彼に、私のほうから手を触れれば、びくっと思い切りその肩が震えた。

「ちょっと、ジュードが怯《おび》えてどうするのよ。私が悪いことをしてるみたいじゃない」

「いや、これはダメだろう⁉　アンジェラ、頼むから煽《あお》らないで。本当に手を出しちゃうから」

「出していいと本人が言っているのよ。それとも、私の言うことが信じられない？」

彼のすべすべの頬に指を這《は》わせれば、月明かりだけでもわかるほど真っ赤に染まった。……反応が可愛いなあなんて思ってしまうのは、仕方ないわよね。

「私は昔からずっと、貴方の存在にとても救われているわ。その私が、貴方に我慢を強《し》いるなんて、恩を仇《あだ》で返すようなものじゃない。嫌よ、そんなの」

「それは違う！ 僕が君の傍《そば》にいたくて、勝手に動いていたんだ。恩だなんて思われても困る……」

「――その言葉、そっくりそのまま返すわ」

むにっと頬をつまめば、ジュードは黒眼をまん丸にしてまた固まった。

――正直に言おう。私、実は結構イラッとしている。ジュードが口にした言葉に、怒っているのだ。

「何が『対価』よ。傍《そば》にいるためには命をかけなきゃいけないですって？ ジュードは私のことを、そんな傲慢《ごうまん》な女だと思ってたの？」

そう、ついさっきのジュードの台詞《せりふ》。私はそんなことを一度も言ったことないのに、彼の中ではずいぶん嫌な女像が確立されているらしい。……冗談じゃないわよ。

「あ、あれは言葉のあやというか……そうとでも思い込んでいないと、我慢できなくなるから」

「でも、貴方の中の『アンジェラ』は、そういうことを言うような人間なんでしょ？ 私、そんなひどいことは死んでも言わないからね？」

ジュードが体を離そうとしたので、私も上半身を起こして両腕で彼を捕まえる。その体はとても熱く、鼓動は破裂しそうなほどに速い。

「アンジェラ……ダメだ。お願いだから、離れて」

「嫌よ。貴方がさっきの発言を撤回して、我慢をやめるまで離さない」

「僕が我慢をやめたら、一番困るのはアンジェラだよ？」

「それでも」

ジュードの服を掴《つか》めば、彼の頭が私の肩の辺りに埋められた。そのまま唇が耳に、頬に、首筋に触れて、熱い吐息を吹きかけていく。なんだか背筋がぞくぞくした。

「……それでも、私はジュードに我慢なんてさせたくないわ。貴方はわかってない。教会預かりになって家族に会えない私が、『絶対に裏切らない』と言ってくれた貴方の存在に、どれほど救われていたか」

ジュードの動きが、また止まった。

……彼は本当にわかっていないのだろうか。たった七歳で親元を離された私にとって、いつでも味方でいてくれる彼の存在がどれほど救いであったか。

知識チートはある。魔力だってある。バリバリ戦って、世界を平和にしてやろうという決意は、昔も今も変わらない。

それでも、私は一人で生きていけるほど心が強くなかった。隣にジュードがいてくれるという安心感があったからこそ、今の私がいるのだ。

私は彼に依存している自覚がある。隣にずっといてほしいし、離れたくない。いつだって、彼の隣に立つのは私なのだと声を大にして言いたい。

——同じことを彼も望んでくれるのなら、それはとても嬉しくて幸せなこと。なのに、彼にだけ我慢をさせるなんておかしいじゃないか。

「私が欲しいのなら、いくらでもあげる。だからこれからも、ずっと味方でいて。ずっと私の隣にいて。貴方の言葉を借りるなら、これは『対価』よ。私がジュードの隣に立っているための対価。そうでしょう?」

「アンジェラ、もう黙って。お願いだから……本当に、自惚《うぬぼ》れてしまうから」

「自惚《うぬぼ》れろと言っているのよ。他ならぬ、この私がね」

「ああもう……本当に、君には勝てない」

はあ、と。ひときわ深い吐息が首筋に触れて——私の体がまた傾《かし》いだ。

「……っ!?」

受け身をとる前に、柔らかな布団に押しつけられる。さっきは真上から覗き込む体勢だったジュードが、少し横にずれた体勢で私をしっかりと抱き締めていた。

「…………しないの？」

「ん、今夜は、しない。こんな幸せな記憶を、色事で上書きしたくないから」

彼の顔は依然、私の首筋辺りに埋められたまま。小さく喉《のど》を震わせながら、頭を何度もこちらへすり寄せてくる。行動は猫みたいで可愛いのに、私の名前を囁《ささや》く声は低くて甘くて、そのギャップに頭がくらくらした。

（……部屋が暗くてよかった。私の顔、多分真っ赤になってるし）

まあ、抱き締めている彼には私の心臓が大暴走中なのもバレバレだろうけどね。

「ねえジュード、本当に我慢できなくなったら言ってね？　翌日の予定も考えないといけないから」

「じゃあしばらくは難しいかな。今日、怪しい情報がわかったばかりだし」

「……そうだったわね。もしするとしたら、初めてだけど頑張れるかしら」

「大丈夫、何もしないよ。これからもずっと、君の隣にいられるのなら」

「もちろん。たとえ貴方が戦わなくなっても、私の隣は貴方専用だもの」

「……君は僕を殺すのが本当に上手だね」

仕返しとばかりに、彼の唇が音を鳴らして頬に触れた。

『恋愛』と一つにまとめてしまえば同じものだけど、『恋』と『愛』は結構違うものだと思う。『恋』はあくまで恋だ。その病気のような感情は、そうとしか呼べないものだから。

だが、『愛』は色々とある。家族に向けるものも愛だし、友達に向けるものも愛。あるいは、不特定多数の誰かに向ける優しさ、時に哀《あわ》れみを含めたそれもまた愛だ。

――では、私がジュードに向ける感情は、なんなのだろうか。

＊　＊　＊

(……きれいな顔ね)

目を覚ますと、吐息が触れるような超至近距離で彼が眠っていた。

昨夜、カールを警戒して現れた彼と色々話して――和解というか、一つ絆《きずな》を育《はぐく》んだことは確かなのだけど。

あの後すぐに、彼は爆睡《ばくすい》してしまったのだ。さすがにキスぐらいはするかなーと思っていたので拍子抜けだった。告白までしておいてこれだよ、もう！

しかし、無理もない。キュスターでの戦いに、もっとも貢献してくれたのは彼だ。その後にセ○ム活動までしていたのだから、いくら殺戮《さつりく》兵器なジュードでも体が限界だったのだろう。

男性は命の危機に瀕《ひん》すると性的な欲求が高まるらしいし。昨日のジュードの行動も、疲れがピークに達していたせいかもしれない。

それはいいんだ。今私をがっしりと抱き込んで、心地よさそうに眠っている彼に文句はない。……この可愛い寝顔を写真で残しておけないことは、少し残念だけど。

（私のこの感情は、なんなのかしらね）

好き嫌いで言えば、当然ジュードのことは好きだ。かけがえのない存在だし、昨日彼と話したことに嘘はない。性的な意味で抱かれるのも、相手が彼なら全く嫌だとは思わない。

別に貞操観念《ていそうかんねん》がゆるいとかそういうわけではなく、貴族の娘は『親が決めた相手に嫁《とつ》ぐのが当たり前』。七歳までしかいなかったとはいえ、私も実家でそういう教育を受けている。

見知らぬ誰かと結婚していたかもしれないのだから、相手がジュードに変わるなら大歓迎ということだ。ただそれは、〝どっちがマシか〟という発想であって、ジュードを選んだとは言いがたい。

（彼が言った『好き』は……恋、なのかしら）

そもそも、彼は私のどこが良いのだろう。そりゃ顔は結構きれいだと思うけど、世界で一番の美少女とはとても言えない。脳筋な思考や戦闘力も、女としての魅力と言えるだろうか。

「……わからん。私の何がよかったの、貴方」

ぷに、と頬をつついてみれば、彼は少しだけくすぐったそうにしてから、また規則正しい寝息を再開する。……理由なんて本人じゃないとわからないわよね。

(戦いが終わる頃には、その答えも出るかしらね)

それより、彼の気持ち良さそうな寝顔を見たら、私もまた眠くなってきたわ。目を閉じてしまえば、ぬくぬくのとても幸せな空間。彼の寝息につられて、私も目を閉じたところで――

『ぽいん、ぽいん』と、不思議な音が耳に届いた。

「……なんの音?」

ずいぶんと軽い音だ。何かが弾んでいる、のだろうか。発生源はかなり近い。

(確認したいけど、ジュードが抱き締めているせいで頭が動かないわ。このバカ力め!)

なんとか視線だけでも周囲に巡らせてみれば、彼の肩の辺りにそれっぽいものが見える。微妙に透けた、丸い形の……あれ?

「………もしかして、おばけちゃん？」

ボールのような丸々としたフォルムは、間違いないだろう。カールの使い魔もどきの可愛いあの子が、楽しそうにぽんぽんと跳ねている。

私の呼びかけに気付くと、ぱっと笑って応《こた》えてくれた。やっぱりすごく可愛いわこの子。

『おい、偽聖女。ゆうべはお楽しみか？』

――私のときめきをぶち壊すように、可愛い可愛いおばけちゃんから聞こえたのは、カールの最低な一言だった。

「中身おっさんなの貴方？　普通に最低」

『……ただの冗談だろうが』

「冗談でも最低よ。そんな台詞《せりふ》を仲介させられたおばけちゃんに謝って。それができないなら、この子は私がもらいます」

『なんでお前はうちの使い魔にそこまで執着するんだ？』

可愛いからに決まってるだろう。これだから外見詐欺師は困るわ。今の台詞《せりふ》はおばけちゃん的にもいただけなかったのか、心なしか怒ったような表情になってぽんぽんと弾んでいる。

『……悪かったよ。深夜に寝室に招き入れていたから、そういう関係なのかと思っただけだ』

「言っとくけど、ジュードも貴方と同じで勝手に入ってきたのよ。私は招き入れた覚えはないし、残念ながら何もしてないわ」

『残念ながら、ね。まあいい。普通に起きられたのなら、話し合いの時間を遅らせる必要はねえな。そろそろ身支度しろ。もう少ししたら、王子様の使いがそっちにも向かうぞ』

ため息交じりに聞こえた声は、どうも私を気遣ってのものだったようだ。余計なお世話だと言いたいところだけど、もし昨夜ジュードとあれこれあったのなら、ありがたかったのかもしれない。

……いや、今の最優先事項はカールとあの伯爵の話を聞き、魔物の謎を確かめることだ。個人的な理由で遅刻をするのは、さすがに非常識だろう。

「教えてくれてありがとう。二度寝しようかと思ったけど起きるわ。それとも、もう遅い？」

『まだ問題ないが、二度寝までしたら遅刻だな。じゃあ、また後で』

言うだけ言うとおばけちゃんはぷつりと音声を切り、短い手をふりながら消えてしまった。

ああ、最後まで可愛かった。ファンシーなものには縁のない生活だったけど、やっぱり可愛いものは可愛いし、欲しいと思ってしまうわよね。

「私の魔法でも使い魔とか作れたらいいのに。ほらジュード、遅刻するから離してよ。どうせ今ので起きているんでしょ？」

「……あと一分だけ」

ともあれ、起きるなら気持ちを切り替えていかないとね。ジュードの腕を叩いてみれば、予想通り彼から聞こえてきた声はハッキリとしている。

気配に敏感な彼が、警戒している相手の声で起きないわけがないのだ。でもカールも私も普通に話していたし、寝たふりをして様子を窺《うかが》っていたのだろう。

だったらすぐに起きろ、と頭をぶつけて抗議すれば、くすくすと軽い笑い声が落ちてきた。

「こんなに幸せな朝は初めてだよ。早々にあの人の声を聞くことになったのは癪《しゃく》だけど、ちょっと嬉しい言葉も聞けたしね」

「よく休めたなら何よりだわ。私としては、早速貴方を追及しなきゃいけないんだけどね」

人の頭に頬ずりしながら、宣言通り六十秒たっぷりと甘えたジュードがようやく目を開けた。朝の爽《さわ》やかな光の中でも濃度の変わらない、真っ黒できれいな瞳だ。

「おはよう、アンジェラ。部屋の鍵は、王子様に頼み込んで借りてきたんだ。今回は斬ってないよ」

「それはよかった。直したてなのにまた壊されていたらどうしようかと思ったわよ」

「さすがに二度も同じ失敗はしないよ。ああ、よく寝た。今何時かな？」

のそのそとかけ布団をどかしてみれば、ジュードの上着はきちんと寝間着《ねまき》に変わっていた。昨夜カールに剣を突きつけていた時は、制服だったはずだけど、いつの間にか着替えていたらしい。……それに気付かなかった私こそ、爆睡《ばくすい》していたのかしらね。

「時間……あら、本当に結構寝てたわね」

枕元の時計を見れば、その針は普段の起床時間を一時間ほどすぎた場所を指していた。

「他の皆も疲れているだろうし、あの人も遅らせる必要はないって言っていたから大丈夫だと思うけど。とりあえず、僕は自分の部屋に戻って準備してくるね」

「りょーかーい。朝ご飯はどうする？　多分頼めば持ってきてくれると思うけど」

「アンジェラがいいなら、こっちの部屋で食べてもいい？」

「もちろんいいわよ。じゃあ着替えたら、二人分頼むわね」

何も変わらない、どこまでも普段通りのやりとりをして、ジュードはベッドから下りていく。

……が、少しだけふり返ると、私の髪をくしゃりとひと撫でした。

「寝ぐせついてたよ。珍しいね」

「……いつもと枕が違ったからね」

「ああ、僕のせいか。それはごめん」

枕……というか、私の頭の下にあったのが彼の腕だったことを指摘すれば、ジュードは少しだけ照れたように笑った。その仕草のなんと艶《あで》やかなことか。

からっと晴れた、清々《すがすが》しい朝の一時《ひととき》であるはずなのに。彼の色気の暴力は、今日も絶好調ね。

「じゃあアンジェラ、また後で」

「はいはい」

妙に色っぽい空気を撒《ま》き散らしながら、ジュードは部屋を出ていく。私もおざなりに手をふって、身支度すべく気持ちを切り替える。夜の間に何かされた様子もないし、大丈夫だろうと信じて。

――数時間後、部隊の仲間から妙に生暖かい視線を送られることなど、この時の私は知る由《よし》もないのだった。

STAGE10　脳筋と聖女と謎

結局昨日の件についての話し合いは、お昼前くらいになってようやく始められることになった。

私やジュードは充分休ませてもらえたけれど、元々ここに勤めている面々は朝からきっちり仕事をしていたというのだから驚きだ。

あれだけ大変な戦いをした後だし、できれば皆に体を休めてほしいところだけど。王子様などは国を動かす人間の一人だし、なかなか難しいのかもしれないわね。――まあ、それは置いておいて。

「…………その視線やめてもらえませんかね」

集合場所の会議室に入って早々、私とジュードに向けられた視線は、何故か妙に生暖かい。異様に居心地が悪いのだけど、何かしただろうか。

「いや、別に何かを言うつもりはないんだけどね。鍵を貸す許可を出したのも私だし、よそに迷惑をかけないなら自由にすごしてくれて構わないんだよ？」

「ジュードからも聞きましたけど、乙女の寝室の鍵をホイホイ貸さないでもらえませんか？」

「君たちのことだから、今更かと思って」

へらっと笑った王子様に、少しばかり怒りが募《つの》る。実際、ジュードがいてくれて助かったのは確かだけど、年頃の乙女の寝室に男を入れるのはどうなのよ。

合意の上での色事ならまだしも、そうじゃない『事件』が起きたらどうするつもりなんですかね、うちの隊長様は。まあ、事件なんて起こらないという信頼から来た行動なのかもしれないけどさ。

「いっそ同じ部屋にしてしまえばいいじゃないか。そのほうが楽だろう？」

「貴方たちは私とジュードをなんだと思っているのよ？」

「比翼連理《ひよくれんり》とでも言えば満足か？　夫婦みたいなものだろう」

王子様の隣の席であくびをかみ殺しているノアは、心底どうでもよさげだ。乙女ゲームの攻略対象として、その態度はどうなのかね。攻略するつもりはないけど。

「信じてくれないならそれでもいいですけど。私たちはただの幼馴染《おさななじみ》ですし、昨日も何もしてません。第一、翌日に大事な話し合いがあるのに夜更かしするほど、非常識な人間ではないんですけど」

結局誰もフォローしてくれないので、自分で弁明しておく。やや乱暴に椅子を引いて座れば、ようやく少しばかり彼らにわかってもらえた気がした。

……もっとも、それからすぐにジュードが私の隣に座り、肩を抱き寄せたりしてくれるものだから、なんの説得力もなくなってしまったけどね！

「……お前らがどこで何してくれても構わんが、俺はこのまま話をしてもいいのか？」

「もちろん構わないわよ。邪魔をしてごめんなさい」

おバカなやりとりをしていたら、本日のメインゲストのカールが不機嫌そうに声を上げた。慌ててジュードの腕をひっぺがして、姿勢を整える。

私に続いて皆も姿勢を正したところで、改めて部屋の中をちゃんと見てみる。円卓を囲んでいるのは私とジュード、王子様と魔術師組、そして皆とは少し離れた席にカールだ。ディアナ様は声がぎりぎり聞こえる部屋の隅《すみ》に立ち、ダレンは王子様のすぐ後ろに同じく立っている。当然のように二人とも帯剣した状態だ。騎士の二人はどうしても護衛役のような立ち位置になってしまうみたいね。

とにかく、集まっている全員がカールの声に耳をかたむけている。先ほどまでとは違う、緊張した真面目な様子だ。

「さて、王子様。俺は何から話そうか？」

「……そうだな、この街を出た時のことから話してもらおうか」

王子様の言葉に、ディアナ様の眉が少しだけ歪《ゆが》んだ。そういえば、ディアナ様はカールに逃げられてしまったのだったか。相性が悪いだけだから、全く気にする必要はないのだけどね。

硬い声で問いかけた王子様に、カールも少し不満を顔に浮かべてから、小さく息をついた。

「街を出る前夜に、夢を見た。〝そこに座ってるやつじゃないほう〟のアンジェラが、あの領主……ハドリーだったか。あいつのところに捕らわれているという内容のな。ただの夢と切り捨てるには、あまりに強烈な夢で……予知、いや『神託《しんたく》』と呼べるほどだった」

「夢……」

その単語に反応したのは二人――あの夜に不思議な力を感知したノアと、うなされている姿を見たジュードが私に視線を向ける。

ええ、私がアンジェラ編の夢を見たあの夜のことだわ。神様は彼にも夢を見せた、と考えるのが妥当《だとう》だろう。『神託《しんたく》』とは実に的確な呼び方だわ。

納得する私を嫌そうに一瞥《いちべつ》すると、カールは口をゆっくりと開く。……決して、楽しい話ではないと言外《げんがい》に語りながら。

ハドリー伯爵の屋敷へ急行したカールが見たものは、あの『泥』を用《もち》いた実験風景だったそうだ。

伯爵の周りには大小様々な無機物や植物、食べ物、また動物の死骸《しがい》などが転がっており、それらとあの泥を結合させると、カールもよく知る魔物となって動き始めたらしい。

突然の魔物発生にカールは慌てて伯爵を守り、それらを退治したのだが……どうやらそれらは〝不完全な魔物〟であり、カールが手を下すまでもなく崩れてしまうものが多かったそうだ。

ただ、その外見や性質は普通の魔物と同じであり、実験に成功した個体は強さも互角だった。

状況を問い質《ただ》すも、すでにハドリー伯爵は狂気の域にあり、まともな話は聞けなかったという。

仕方なくカールはその魔物もどきを全て片付けて、『魔物を作り出す泥の魔物』のサンプルを入手。屋敷内の他の人間を捕まえて話を聞こうとしたところで、あの伯爵がこう口走ったらしい。

『キュスターの墓で作ったものはちゃんと動いたのに、何故だ？』と。

「キュスターの村は、昔ちょっと調べたことがあってな。異様な土着信仰を持ってはいるが、よそに危害を及ぼすようなことはなかったから放置していた。が、例の泥が墓で使われているのなら、村人のほうに被害が出ているかもしれない。慌てて領主の屋敷からそちらへ向かえば、ちょうどお前たちが戦っていたというわけだ」

「じゃあ、本当に偶然加勢してくれただけで、私たちに何かするつもりもなかったと」

「当たり前だろう。俺の目的はアンジェラだけだ。……お前じゃないほうのな」

いちいち否定しなくてもいいのに、この野郎。とにかく、一通り話したカールは疲れた様子でため息をついた。屋敷での出来事は、それで全部らしい。

「その怪しい泥とやらの、成分解析はしたのか？」

やや暗くなった空気の中に、ノアのはっきりした声が通る。眼鏡の奥の目は真剣だけど、好奇心を隠しきれていない。

カールは少し躊躇《ためら》った後、服の中から小さな瓶を出してそれを円卓に載せた。キュスターの村で、おばけちゃんが私にくれたアレだ。もちろん、瓶の上には赤い日本語が浮かんでいる。

「【混沌《こんとん》の下僕《げぼく》】ね」

「まだ敵性反応が見えるんだな。解析魔術はかけてみたが、成分の半分は普通の泥の魔物と同じだ。もう半分はよくわからん。言うなれば、それこそ〝混沌《こんとん》〟だな」

小瓶を受け取ったノアは、照明にかざしながらゆっくりと眺める。敵ネームが浮かんだままのそれは瓶から出ることもなく、水のようにゆらゆらと揺れるばかりだ。

「生き物ではなさそうだが、アンジェラが敵性反応を見ているのなら、やはり魔物の一種か」

「だろうな。で、王子様に話したかったのは、コレが作り出すものについてだ。俺が見た限り、コレで作った魔物は〝俺の知っている魔物と同じ〟だった。失敗作もあったが、ちゃんと作れたものは正真正銘《しょうしんしょうめい》の魔物だったな」

「………それは、つまり」

王子様と騎士組が眉をぐっと寄せた。答えるカールも、真剣な表情で首肯《しゅこう》する。

「魔物の大量発生の裏には、恐らくこいつがいる。魔物を〝増やしている〟のは、人間だ」

「……そうか」

誰もがあまり考えたくなかった答えに、ひどく重たい沈黙が落ちた。

特に王子様は顔を俯《うつむ》かせたまま、全く動くことなく固まってしまっている。

……無理もない。私たちが所属するこの部隊は、魔物の被害を抑え、国民を守るために彼が結成したものなのだ。戦うべき相手が『その国民かもしれない』と言われては、ショックがここにいる誰よりも強いだろう。

そもそもこの国……いや、この世界は、魔物という『絶対悪』が存在するからこそ円《えん》滑《かつ》に治められてきたという側面がある。何せ、地球の歴史と比べて、人間同士の争いがはるかに少ないのだ。

建国から数百年が経つウィッシュボーン王国でも、内乱の記録などは数えるほどしかない。共通の敵の存在が、いかに同種族を団結させられるかという非常にわかりやすい例だ。

(それが今になって、敵が同じ人間だと言われてしまってはね)

為政者《いせいしゃ》である王子様にとっては、守るべき存在を見失いそうな事態だ。それを後々まで引きずられても困るけど、せめて今ぐらいは落ち込ませてあげてもいいかもしれない。

「……導師カールハインツ、その『泥』の入手経路は調べられたのですか？」

この場で一番落ち込んでいるのが王子様なら、一番冷静なのはジュードだったようだ。平素と変わらぬ表情で問い質《ただ》す彼には、他の皆のような感情の動きは見られない。

「残念ながら、そこまでは掴《つか》めなかった。ある日突然、領主はアレを手に入れていたそうだ。もちろん調査は続けるつもりだが。使用人に聞いたところによると、他にもおかしなことが起こっていたらしい」

低い声での返答に、皆の視線が再びカールへと戻っていく。七人それぞれの表情を確かめると、彼はまた小さく息を吐いた。

「あの領主は元々キュスターを良く思っていなかったようだが、だからといって殺人を企《くわだ》てるほどではなかったそうだ。あそこまで排他的な言動をするようになったのは、泥を入手してかららしいぞ」

「それは……この謎の魔物には、精神的な影響力があると？」

「断言はできないが、可能性は高い。恐らく、あの泥を持っている人間はやつ一人だけではないだろう。言動の急激な変化が、泥を持つ人間を捜す目安になりそうだと思っている」

疲れたように肩をすくめたカールに、ジュードもそれ以上の追及はしないようだ。横から聞いていた皆も、真剣な表情で思考を巡らせている。

……何にしても、あの泥もどきが厄介なイレギュラーであることには変わりない。元プレイヤーの私が知らない存在なのだ。ゲームと現実は違うといっても、あまりに危険すぎる。

（泥、か……最弱のスライムだと思っていたのに）

一番弱い魔物が、まさかこれほど重要な存在になってくるとは考えてなかったわ。

もっとも、登城初日に戦った【誘《いざな》う影】や、まだ見ぬ第四進化体――最高に厄介な物理無効のボス【無形《むけい》の悪夢】の存在を思えば、たかがスライムと楽観視することはできないのだけどね。

色んなことをつらつらと考えていれば、ふとカールと目が合った。……いや、どうもカールが私を凝視《ぎょうし》しているようだ。幼い顔に不釣り合いな鋭い目は、怒っているようにも見える。

「何よ導師サマ。私に何か用？」

「俺は一通り話しただろう？　次はお前の番だ。……お前、ここの連中に話していないことがあるんじゃないのか？　お前だけ、反応が他のやつらと違ったからな」

まるで『なんでもお見通しだ』と言わんばかりの強い口調に、心臓が跳ねた。

……そりゃあ私、転生者だからね。そういう意味でなら、存在自体が秘密ですとも。

でも今は、そういうことを聞いているわけではなさそうだ。

（流れで言うなら、魔物にまつわることよね。名前が見えることは言ってあるし……だ

としたら、〝アレ〟を話せばいいのかしら）

　隣のジュードが心配そうに私の肩を撫でてくれるけど……これは好機かしら。ずっと気になっていたことでもあるし、カールの意見が聞ける機会も、もうないかもしれないし。

「……そうね、気になっていることはあるわ。その前に確認したいのだけど、貴方が領主の屋敷で実験を見た時、泥の中に眼球がなかった？」

「……何を言っているんだお前。魔物に臓器なんぞ入っているわけないだろう。やつらは形こそ様々だが、どれも中身は入っていない。何も食わないし、生き物ではないからな。生き物を素材としたやつも臓器は魔物化の際に捨てているはずだ。少なくとも泥の魔物に目なんか入ってないぞ」

「ええ、そうよね。その通りだわ」

　カールの眉間《みけん》に思い切り皺《しわ》が入る。やっぱり〝異常〟なのか、あの魔物たちは。

　──ああ、そうだ思い出した。【誘《いざな》う影】と戦った時にも、私は【混沌《こんとん》の下僕《げぼく》】の名前を見ている。私たちのもとへ影を連れてきた、脂身《あぶらみ》男の足元に。

「確認させてくれてありがとう。キュスターの地下墓地で、私もその『魔物を作る泥』を見たわ。【蠢《うごめ》く泥】に擬態《ぎたい》していた一体の中に、青い眼球が入っていたのよ」

「眼球？　どこかの死体から混じったんじゃないのか？」

「だったらいいんだけどね。ジュード、ノア。貴方たちも地下にいた泥の中に眼球を見なかった？　ジュードは特に、結構近くにいたはずだけど」

地下へ一緒に下りていた二人も、困惑気味に首を横にふって答えてくれる。私は泥だけではなく【葬列《そうれつ》の帰還】の中にも眼球を見ていた。……美しい、青い虹彩《こうさい》の眼球を。

「私だけ、か。ああもう、考えたくないなあ、こんなこと」

「話がさっぱり見えねえな。お前は何に気付いたんだ？」

カールの声がますます苛立《いらだ》ってくる。今はまだ、それがなんなのか――『誰』なのかはわからない。

けれど、私の嫌な予感が正しければ、この鬼畜な難度の物語は〝私を主人公と認識して〟動いていることになる。決して、嬉しくないほうの意味で。

「キュスターの魔物の中に、私は眼球を見たわ。そして、ここに来た日に戦った【誘《いざな》う影】の中にも同じものがあった。それが入っている魔物はとても強くて、倒すのに苦労した個体ばかりよ」

深く、深くため息がこぼれる。皆の真剣な視線が痛くて、辛い。勘違いだと、自意識過剰だと誰か笑い飛ばしてくれればいいのに。

「その眼球が何かはわからない。けれど、もしかしたら……魔物を作る泥こと【混沌《こんとん》の下僕《げぼく》】を使った一連の出来事は全て繋がっていて、〝黒幕〟に狙われているのは私なのかもしれない」

……耳の奥に声が蘇《よみがえ》ってくる。［ミツケタ］と笑っていた、女の手の形をした悪夢の声が――

「アンジェラ」

私の話を否定するかのように、ガタンと大きな音が会議室に響いた。

音を立てたのは、床に転がった椅子。そして私を呼んだのは、隣に座っていたジュードだ。

……恐ろしいほどに鋭い目をしている。

「どういうこと？　そんな話、僕は初めて聞いたよ？」

地を這《は》うような低い声と共に、彼の両手が私の肩を強く掴《つか》む。服ごしなのに骨が軋《きし》むほど。

「ジュード、痛い……っ」

「君が狙われているってどういうこと？　いつから……誰にッ!?」

「落ち着け、ジュード・オルグレン！」

迫りくる真っ黒な目を遮《さえぎ》るように、バチッと何かの爆《は》ぜる音。

次いで聞こえた冷たい怒声に、ジュードの動きも止まったようだ。

「……落ち着け。お前が『アンジェラ』を傷つけるつもりか？」

「…………っ、あ！　ご、ごめんアンジェラ……」

ゆっくりと目に光を取り戻したジュードは、そのまま私の肩に頭を預けて俯《うつむ》いてしまった。

（び……びっくりしたあああああ！）

本っ当にびっくりした。ほんの何秒か前まで冷静な話し合いをしていたのに、いきなりジュードがキレるとは思わなかった。カールが止めてくれて助かったわ。

ちら、と視線を送れば、円卓についていた皆もほっと胸を撫で下ろしている。目の前の机が少しばかり焦げているのは、ジュードの気を引くためにカールが魔術を撃ち込んだのだろう。ダレンとディアナ様にいたっては武器に指がかかっていた。ああ、危ない危ない。

「……ジュード、落ち着いた？」

「本当にごめん。アンジェラが心臓に悪いことを言うから、つい」

「黙っててごめんなさい。言うタイミングが掴《つか》めなくてね」

私の肩に顔を預けたままのジュードは、子どものようにぎゅっとしがみついている。……心配してくれるのは嬉しいけど、本当に過保護なんだから。

「えーと、今のアンジェラ殿の話が気になるんだけど、話を続けて大丈夫かな？」

落ち込んでいた王子様も、今のやりとりで調子を取り戻したようだ。私とジュードを気遣いながら、いつも通りの穏やかな笑みを向けてくれている。

「ジュード、このままじがみついてていいから。続きを話すわね」

「僕も聞く。だけど、君から離れたくない」

後頭部を撫でてあげれば、ジュードは小さく頷《うなず》いた。

――さて、途切れてしまったけれど『眼球のある魔物』と『私が狙われている可能性』の続きを話さないとね。

「始まりはこの城へ来た日のことなんだけど、導師サマは知らないわよね？」

「【誘《いざな》う影】が出たことなら、知っているぞ」

あら、まだ会っていない時のことなんだけど、やはりどこかから監視していたのか。まあ、知っているのなら説明が省《はぶ》けるから、今は追及しないでおこう。

強敵の名前が出たことで、仲間たちも再び表情を引き締め姿勢を正している。実際にトドメをさしてくれたノアなど、ずいぶんと剣呑《けんのん》な雰囲気だ。

「どこかの貴族の影に隠れていたみたいでね。私たちがお城へ来た途端に、魔物として顕現《けんげん》して襲ってきたわ。この時点でもう、偶然ではなく私を待ち構えていた可能性が考えられるけど……実は戦いの途中で、あの魔物と会話をしているのよ」

「自我のない魔物と会話？　それも、口や耳などの器官を全く持たない『影』とか？」

「声は出ていなかったから、念話《ねんわ》とでもいうのかしらね。［ミツケタ］と言われたわ」

念話《ねんわ》というか、テレパシーというか。とにかく、脳に直接響いてくるような声だった気がする。いかにも作り物っぽいその言い方を真似てみれば、皆の眉間《みけん》にぐっと皺《しわ》が入った。

「そこに眼球を見つけたのが一度目よ。おかげで、ちょっとヘマをしてしまってね……ジュードが私をかばって怪我をしてしまったわ」

「……あの時か。アンジェラにしては、変な隙《すき》だと思った」

「確かに、その男は血塗《ちまみ》れだったな。俺が合流した時には、治療は終わっていたようだが」

当時を知っている二人が、重い口調で呟《つぶや》く。治療はすぐにできたけど、決して軽傷ではなかったし、私としても苦い記憶だ。

……そういえば、ジュードが騎士団の制服を借りることになったのも、あの時着ていた服をダメにしたからだったわね。その点だけは、目の保養にもなるし良しとしておこう。

「すぐに襲うこともできたはずなのに、あの影は一度停止したわ。そこでもう一度、私は会話のようなものをしている。『私を狙っているのか』と『ジュードには手を出すな』。どちらに対しても〝肯定〟のような反応を示した影は――本当に私だけを殺そうとした」

「っ、アンジェラ！」

「大丈夫、生きてるでしょ？　ちょうどノアが来てくれたのが、その直後よ」

「……なるほど」

あの時の雷の魔術は、正《まさ》に絶好のタイミングだったわ。ただそのせいで、眼球のことをすっかり忘れてしまっていたのだけど。

「二度目に眼球を見たのが、キュスターの地下墓地よ。……そういえば面子《メンツ》が一緒ね」

「……俺は疑われるようなことはしていないが？」

「そんなこと思ってないわ。巻き込んでしまって申し訳ないだけよ」

眼鏡を光らせたノアに、会釈《えしゃく》で謝罪しておく。ジュードのほうも撫でてあげれば、彼は安心したようにほっと息を吐いた。

二度目の眼球は、泥の魔物に擬態《ぎたい》した【混沌《こんとん》の下僕《げぼく》】の中にあった。ただの雑魚《ざこ》と見せかけて、大量の死体の魔物化というとんでもない事態を引き起こしたのだ。

元はあの伯爵が放《はな》った魔物なのだとしても、屋敷での実験と違って〝失敗作〟はいなかった。やはり、あの眼球の入った魔物は能力が高いと考えるべきね。

「そして三度目が、骨の百足《むかで》こと【葬列《そうれつ》の帰還】。あの骨の塊《かたまり》の中にも、眼球があったわ」

三度とも〝襲いかかる対象が私〟の時にあの眼球は現れた。もしかしたらあれは、敵ネームと同じように『私に対する強い殺意』を眼球という形で表現しているのかもしれない。

ただそれだと、【誘《いざな》う影】との会話が説明できなくなるから、単なる殺意の具現化ではないと思うけど。

「あーえーと……とりあえず状況を整理しようぜ」

私が一通り話し終えたタイミングで、立っていたダレンからぱんぱんと手を叩く音が響く。

いつの間にか彼の手には木製のバインダーが用意されている。まさか、護衛と書記を兼任していたのだろうか。だとしたら見事な器用さだわ。

「ここまででわかっていることを挙げていくから、何か抜けてたら言ってくれ」

そう言って、箇条書きにされた紙面を私たちのほうへ向けた。

そこに書かれている内容はまず、『魔物を作る魔物』が存在すること。
・それは泥の魔物によく似た形状で、名前は【混沌《こんとん》の下僕《げぼく》】らしい。
・何かに加えることで、人工的に別の魔物を作り出せる。
・成功すると、自然発生する魔物と同等の強さになる。

・それを所持し、魔物を作っている『人間』がいる（原因、目的、入手経路はまだ不明）。
・私は敵性反応を魔物本体だけではなく、所持する人間からも感知できる。
・私が狙われている可能性が高い。
・眼球の入った凶悪な魔物が存在する？
・それは、意思や自我を有するような動き方をする。あるいは、持ち主（人間？）が明確な殺意を持って動かしている可能性がある。

——以上だ。

（……なるほど、まとめてみると結構シンプルだったわね）

普段から情報を扱っているだけあり、ダレンのメモはとてもわかりやすかった。同時に、これなら私が狙われる理由もわかるような気がする。

「アンジェラ殿が【混沌《こんとん》の下僕《げぼく》】を察知できるから、所持者たちから狙われている、という感じかな？」

「やっぱりそう思いますよねぇ」

王子様も私と同じ感想を抱いたようで、苦笑を浮かべている。

しかし、だとしたら泥の所持者は『私には魔物の名前が見える』ことをどこで知ったのかしら？

カールも含めた仲間たちが他言《たごん》するとも思えないし、もしかして何年も前の【暗殺者】を感知した一件……とかじゃないわよねえ。

（それに私の場合、眼球を見つける前から魔物に狙われていたものね）

王都までの過酷な戦いの日々は、エイムズさんからの報告で皆知っているはずだ。今回わかったのは、原因のうちの一つだけ。魔物については、まだまだ謎が盛り沢山ね。

「まずはハドリー伯に、アンジェラ殿を知っていたかどうか確認する必要がありそうだね」

「はい。できれば初日に会った脂身《あぶらみ》貴族さんにも、話を聞きたいです」

「アンジェラちゃん、あのオッサン結構いい立場の人だから、本人には絶対言わないようにな」

【混沌《こんとん》の下僕《げぼく》】の名を見てしまった男をあだ名で呼べば、主従コンビが複雑そうな顔になった。我ながらいいあだ名だと思ったんだけどね、脂身《あぶらみ》。

（そういえば、本来洞窟エリアにいるはずの【ヤツカハギ】や【アラクネ】が平地にいたのもおかしいのよね。魔物を作っている人間は、王都にも何人かいそうだわ）

何にしても、私たちの目的は依然『魔物の大量発生を解決すること』だ。その相手が自然発生の魔物でも人間が作った魔物でも、やることは変わらない。

「ハドリー伯が入手経路を吐いてくれれば楽なんだが……ひとまずの方針は決まったね。アンジェラ殿は今後、重要人物として守らせてもらうよ。君には必要ないかもしれないけど」

もう一度ダレンのメモを確認した王子様が、きりっとした意思の強い目を私に向ける。落ち込んでいた様子はすっかり消え、背筋の伸びた部隊長らしい姿だ。

「私も無敵ではないので助かります。今後も世のため人のため、頑張りますよ」

「はは、頼もしいね」

重く真面目な話し合いではあったけれど、部隊の面々はちゃんと前を向くことを決めたようだ。私に向けられる視線は、とても温かい。

（さて、今日の会議はひとまずこれで終了っぽいけど）

ジュードはいまだ、私の肩に頭を乗せたままだ。これはこれで面白いけど、いつまでも乗せておくわけにはいかないわよね。

「ジュード、そろそろ離れて。私は大丈夫よ？」

「君が狙われているのなら、僕が君を守るよ」

「くっつく必要はないわよね？　むしろ邪魔でしょ、この体勢」

「……アンジェラ、いい匂い」

「今すぐ離れろこの変態」

人が真面目に話し合いをしている間に、何をやってるんだこいつは。

「君たち、一応まだ会議終わってないからね。そういうのは部屋に帰ってからしてくれるかい？」

「殿下、私は被害者なんですけど」

「飼い主が最後まで面倒を見てくれ」

ジュードを引き離そうとしてみるものの、円卓の皆は生暖かーく見つめるばかりで手伝ってはくれないようだ。ノアとカールにいたっては、もう私たちを無視して話し込んでいる。

「ジュード、席につきなさい。でないと橋の下に捨てます。お座り！」

「わん。……なんで橋の下？」

とりあえず、なんとかジュードを席に戻して、私も姿勢を整えた。全く、ふざける時は場所と状況をきちんと把握してからやってほしいわ。

で、私を重要人物として守ってくれるって話と、ハドリー伯爵と脂身《あぶらみ》貴族を調べて泥の入手経路についての情報を得る……って話だったかしら。特に伯爵はクロ確定だし、厳重に尋問《じんもん》をしたいところだ。

「あ、現実に戻ってきたかお砂糖夫婦。……偽聖女。お前は、泥と影の魔物が深層で繋がっている可能性があるという話を聞いたことはあるか？」

「会議を邪魔してごめんなさいね。……深層っていうのは、物理的なこと？」

「いや、どちらかと言えば種族的なことだ」

どうやら賢者と導師は早速難しい話をしていたらしい。内容が高度すぎて、皆が首をかしげてしまう。……えーとつまり、あのスライムどもには独自のネットワークがあるっていうこと？

「泥の魔物の第一、第二進化体は、はっきり言って雑魚《ざこ》だ。その辺にある土と水が変異しただけのもの。だが、それが第三進化を遂げると、影という物理世界から外れた存在になる。もし泥のほうが擬態《ぎたい》で、影が本性なら。かつ、下位の個体と同種族として繋がりを持てるのなら……それを利用して空間を渡ることができるのではないか、という話でな」

「……な、なるほど？」

まとめると、どこにでもいる泥の魔物と滅多《めった》に現れない影の魔物が独自ネットワークで繋がっていて、泥のいるところになら、影の魔物はテレポートできるってことよね。

その上、もしも黒幕的な存在がそれを利用できるとしたら。……その黒幕が、私が見つけたあの眼球として現れたのだとしたら。

「特殊な繋がりがなければ不可能なことを、俺たちは目撃しているだろう。先の骨の大群にしても、集まるのがあまりに早すぎた。統率のとれた軍人ならともかく、やつらは自我の存在しない魔物だぞ。だが、もしやつらに特殊な繋がりがあり、かつ状況を監視している〝指揮者〟……お前の言う黒幕がそれを使って戦力を現場に送り込めるとしたら、一応筋が通る。【誘《いざな》う影】なんて凶悪な魔物が、なんの前触れもなく城に現れたのも、そうした繋がりがあれば可能だ」

淡々と語っていくノアに、仲間たちの顔から血の気が失せていく。もしそれが本当なら、最弱と侮《あなど》っていた泥の魔物が、恐ろしい存在になってしまうのだ。

黒幕の監視の目となり、移動先としても利用できるなんて。しかも、材料は水や泥という超低コスト。最弱のスライムをばらまいておくだけで、どこにでも奇襲し放題になってしまう。

（なるほど。そりゃあ、正体を見破る目を持っている私は目障《めざわ》りでしょうね）

どこまで本当かはわからないけど、今後は泥の魔物を見つけたらすぐに倒したほうがよさそうね。カールが持ってきた小瓶のサンプルも、早めに処分してもらおう。

「……それにしても、ウィル。魔物の情報についてならお前が一番詳しいと思ったんだが、何も言ってこないんだな」

緊張した空気の中、ふとカールがウィリアムに視線を向けると、彼の肩がびくりと跳ねた。

……そういえばウィリアムはカールと合流して以降、全く喋《しゃべ》っていなかった気がする。あの謝り癖も、キュスターの戦闘から一度も見ていない。

彼が自主的に色んなことを調べてくれているのは、私も知っている。今話していた泥の魔物についても、何かしら知っていそうなものだけど。

「俺なんかとは、もう話したくないか？」

「ち、違いますお師匠様！　ぼくはその、力を加減することが下手なので……集中していると、話せる余裕がないだけです」

約一日ぶりに口を開いたウィリアムに、皆の視線が集まる。はて、今の話し合いでそんなに集中を必要とする場面なんてあっただろうか。それとも、王子様が何か別の命令をしていたとか？

ちらりと金色の彼に目配せすれば、首を横にふられる。だったら、一体何に集中する必要があったのだろう。

「詳しく聞いても大丈夫？」

「は、はい！　お師匠様はアンジェラさんに一度迷惑をかけているので、もしまた魔術で何かするのなら、同系統の魔術師であるぼくが一番察知しやすいと思ったんです。それでその、お師匠様の魔術をずっと探っていたんですが……」

赤色の瞳が私とカールの間をうろうろとさ迷いながら、困ったように揺れている。

害がなかったから気付かなかったけど、もしかしてカールはまた私に何かしようとしていたのだろうか。ノアはやや興味深そうにしており、他の皆は悪いことが起こるのかと警戒気味だ。

当人であるカールは、無表情のままウィリアムを見つめている。……けれど、どことなく焦っているようにも見えた。

「ごめんなさいお師匠様、ぼくから言わせてもらいます。アンジェラさんに、魔術がかけられてました」

「……うわあ」

マジか。泥の魔物とその背後の黒幕にも狙われているのに、ここにきてやっぱりカールも味方ではなかったってこと？　私ったらモテモテね。嬉しくない方向で。

ジュードが再び険しい雰囲気になったのを押さえて、なるべく平気そうに続きを促《うなが》す。

「それは、監視的なもの？　それとも、別の悪意があるもの？」

「ち、違います！　貴女にかけられていたのは『守護の魔術』です。とても繊細な、ゆえにお師匠様の術だと気付くのが遅れてしまいましたが、守りの効果があるものなんです！」

「────は？」

　せっかく真面目な空気になっていた会議室に、私の間抜けな声が響いた。

守護……守るための術。ええ、あると思うわそういう魔術。だけど、それをかけた人物が私を嫌っているカールとなれば、話は別だ。

「ウィリアムさん、何かの間違いじゃない？　本当は、徐々に命を削っていく呪いとかなんでしょう？　私に気を遣ってくれているのよね？」

「失礼なやつだな、この偽聖女！」

「貴方がそういう態度だから疑うのよ！」

　信じがたい話なのでもう一度訊《たず》ねてみれば、張本人であるカールのほうから抗議の声が上がった。現に私を偽者呼ばわりしているのに、信じろっていうほうが難しいわよ、この外見詐欺師め！

「ええと……アンジェラさんが疑うのはもっともなのですが、本当に守護の魔術なんです。以前にも監視されていたようだって言ってたじゃないですか」

思い切り喧嘩腰《けんかごし》の私とカールを交互に眺めながら、ウィリアムは話を続けてくれる。

「ええ、言ったわ。貴方のお師匠様は覗きの趣味がおありなのよね。気をつけたほうがよさそうだと、ダレンさんから殿下に報告もしてもらったわ」

「誰が覗きなんかするかよ！」

「あの、お師匠様。少し静かにして下さい。説明が進みません」

再びつっかかってきたカールに、まさかのウィリアムから制止の声がかかった。思わぬ弟子の反抗にカールは動きを止め、他の面々も驚いている。

いいぞウィリアム、もっと言ってやれ！

「……続きです。そもそも監視用の魔術はかかっていませんでした。多分、この守護の魔術を通じて、情報を得ていたのだと思います。貴女に危機が及ぶ時にのみ、発動するようですから」

気を取り直してウィリアムに向き直れば、彼はひどく真剣な表情で話してくれた。冗談を言っているような雰囲気ではない。どうやら本当に、私を守るための魔術がかけられていたようだ。

「多分、身に覚えがあります……よね？　〝ギリギリで助かった〟ようなことに」

「…………ある、わね」

気遣うようなウィリアムの言葉で、いくつかの記憶が浮かんでくる。……ええ、山ほどありますとも、ギリギリで助かったことならば。

つい先ほども話したお城に来た日の戦い。【誘《いざな》う影】にやられる寸前で、ノアが助けに来てくれた。

あるいは、先日のキュスターの件。地下墓地で【シビト】が大量発生した時も間一髪《かんいっぱつ》で外へ出られたし、その後の【葬列《そうれつ》の帰還】との戦いにいたっては、助けに来てくれたのは他ならぬカール本人だ。

「……まさか、このギリギリで助かり続けてる幸運が、魔術の効果だっていうの？」

にわかには信じがたいことを問えば、ウィリアムはしっかりと頷《うなず》いた。

「ぼくもお師匠様も、壊したり状態を悪くしたりする魔術のほうが専門なので、普通の方が使うような守護の術は使えません。ですが、危機を退《しりぞ》けるだけならば可能だったようですね」

「……いえ、〝守護〟で間違いないと思うわ。だって、間に合わなければ、私は死んでいたもの」

タイミングがギリギリなのは気になるけど、破壊魔の彼らでは、属性との相性的にそれが限界なのだろう。結果として私は助かっているのだから、些末《さまつ》なことだ。

神様が守ってくれていると思いきや、まさかカールが助けてくれていたとは。

まだ信じがたいけど、なんとなく信じられる気がして、カールへ視線を向ける。……彼の顔は、真っ赤に染まっていた。

「お、おう？　どうしたの、導師サマ」

「うるせえ、ほっとけ」

ぷい、と横を向いてしまった彼は、外見年齢通りのあどけない雰囲気だ。

「そんな態度をとるってことは、ウィリアムさんの話は本当で、貴方は私を守ってくれていたってこと？　……貴方は、私が嫌いなんじゃないの？」

「はっ、そうだな！　お前は俺にとって、偽者だからな！」

少しだけ見直そうと思ったのに、すぐこれだ。どうして私を守る魔術なんて使っていたのかしら。ウィリアムの言う通りなら、そういう魔術は苦手らしいのに。

「もしかして、貴方が自分の手で私を殺したいから、他のヤツに殺されないように守っていたとか？」

「誰がそんなつまらない理由で、こんなクソ面倒な魔術を用意するか！　それならお前が言ったように、徐々に弱っていく呪いをかけるほうが簡単だっての」

それもそうか。そもそも彼なら、呪うよりそのまま殺したほうが早いだろう。なのに、

何故守るような魔術をかけたのかしら。

助けを求めて他の仲間に視線を向ければ、彼らはちょっと困ったような、穏やかな笑顔をしている。カールを睨《にら》んでいたはずのジュードすらも同じ雰囲気ってどういうこと？

「なんでジュードまで笑ってるの？　言ったからには、ちゃんと私を守りなさいよ」

「ごめんごめん、ちょっと微笑ましくて。その人、敵じゃないよ」

微笑ましい？　私を嫌っている人が私を守るような魔術をかけていたというのに、どうしてそれが微笑ましいのよ。何か裏があるのでは、と疑うのが普通じゃないの？

「……もう、直接本人に聞くわよ、導師サマ。何が目的で私に魔術をかけてくれたの？おかげで助かったけど、理由がわからないのは気持ち悪いわ。貴方は敵なの味方なの？私をどうしたいの？」

こうなったら、シンプルに答えてもらおう。簡潔に答えられる形で訊《たず》ねれば、彼はますます小さな顔を朱色に染めていく。だから、一体なんなのよ。

「…………………俺は敵になった覚えはない。お前に対しても、もちろんそうだ」

たっぷり一分以上待って、ようやくカールは質問に答えた。

「お前は、俺の捜していたアンジェラじゃない。それでも、お前のやっていることは正しい。暴力的な方法なのはどうかと思ったが、皆を救うために動いているのは、俺も見た」

「覗きでね」

「覗きって言うな！　私生活は一切見てねえよ！　……と、とにかく、お前が頑張り屋の善人だということは俺もわかっているんだよ。それを守りたいと思って、何が悪い!?」

「いや、別に悪くないけど」

半《なか》ばヤケ気味に訴えられた内容は、拍子抜けしてしまうほど好意的なものだった。この人は、私のこと嫌いなんじゃなかったのか？

（……いや、でも昨日だって夜に現れた時は『様子を見に来た』って言ってたものね。暗殺未遂を誤魔化《ごまか》したんだと思ったけど、もしかして本当に、心配して様子を見に来ただけだった？）

主張された通り、カールは私の敵ではないと考えれば、一応筋は通る。ただ口が悪いだけなんだと。

「……ねえ、導師カールハインツ。貴方もしかして、私のことそんなに嫌いじゃないの？」

「ッ！　だったらなんだよ、偽聖女!!」

「あー……いや、そっか。偽聖女、だものね」

……どうも彼は、私が思っていたような人ではなかったらしい。

『偽聖女』とは呼ぶけれど『偽アンジェラ』とは呼ばない。これは正しい。だって私、聖女の役目は引き受けていないもの。正しくは『エセ聖女』だけど、私個人でなく聖女という役職だけを否定するのなら、全くもってその通りだわ。

「……なんだ、私の勘違いだったのね。嫌われてると思ってたから。守ってくれて、ありがとう」

「べ、別に、礼を言われるようなことじゃない。そもそも、神の寵愛《ちょうあい》を受けまくっているお前には、魔術なんぞ必要なかっただろうしな！　……俺の自己満足みたいなものだ」

一応お礼を言ってみれば、頬を染めたままのカールはまたぷいっと顔を背《そむ》けた。

なんだ、この態度も照れていただけなのか。ツンデレだったなんて、今気付いたわよ。

皆の顔をもう一度見れば、やはり温かく見守ってくれている。きっと私よりも先に気付いていたんだろう。私が嫌われているわけではないと。……そう、嫌われて、なかったんだ。

「……嬉しそうだね、アンジェラ」

「そりゃ嬉しいわよ。だって私、導師サマに殺したいぐらい嫌われていると思っていたもの。初対面では犯罪者と疑われて、その後はずっと偽者呼ばわりされてたのよ？」

「それでも、わざわざ君を助けに来たんだから、もう気付いていると思ってたけどね」

ぽんぽんと慰《なぐさ》めるように、ジュードの大きな手が髪を滑《すべ》る。

気付くのは遅くなってしまったけど、なんにしても関係が修復できたんだからよかったわ。

「憂《うれ》いが一つ晴れたわ。あとはこの魔物の問題だけね！」

私が笑って返せば、皆の空気もふわりと和《やわ》らいだ。そうだ、思い込みはよろしくない。

今回のカールの件みたいに、本当はそれほど悪い事態ではないのかもしれないのだから。

「魔物の増加と裏にいる人間の関係、正しく突き止めてやりましょう。貴方も協力してくれる？」

「今もしているつもりだが。まあ、俺の目的とも関わりそうな気はするしな」

真面目な話題をふってみれば、照れていたカールも気を取り直すように軽く息を吐いた。

ディアナ様が少し複雑な顔をなさっているけど、敵ではないのなら、カールは部隊に引き込んでおきたい強力な人材だ。他の皆からも拒否するような意見はないようだし、これで今後は総勢八名の精鋭部隊として動いていけるだろう。

新しくわかったことは、良いことも悪いことも沢山あった。けど、今日からまた心機《しんき》一転《いってん》頑張っていかないとね！

なんやかんや脱線しつつも会議は終了し、いったん解散ということになった。私たちのようにお客さん扱いの人はこのまま昼食に、勤めている人たちは、またそれぞれの職場へ戻るらしい。

魔物の件の重要人物となるハドリー伯爵については、ひとまず騎士団で尋問《じんもん》をして、問題がありそうなら私のところに連絡がくるそうだ。魔物の存在を察知できるとはいえ、私は部外者だからね。

――さて、というわけで。

「ディアナ様！」

仕事へ戻ってしまう前に、気になっていた女神様を呼び止める。ダレンや王子様と話していたディアナ様は、私に気付くとすぐにこちらへ向かってきてくれた。

「我に何か用事か、アンジェラ殿」

「用というわけではないのですが……元気がないように見受けられましたので」

「……ああ、すまぬな。余計な心配をさせてしまったか」

まどろっこしいのもなんなのでそのまま聞いてみれば、ディアナ様のお顔がまた少しだけ翳《かげ》った。やはり、数日前にカールに逃げられた件を気にしているのだろうか。

「導師カールハインツに協力を頼んだこと、ディアナ様はお嫌でしたか？　もし違ったらすみません。でも貴女様は、彼に対して良い感情を持っていないように見えたので……」

恐る恐る、言葉を選びながら質問を続ける。彼女は私の憧れであり、敬愛するもう一人の神様なのだ。カールには悪いけど、どっちを優先するかと問われれば、当然ディアナ様に決まっている。

最悪、カールにはディアナ様に近付かないように言い聞かせるつもりだけど……

「……はは、気取られてしまっていたか。我としたことが申し訳ない。あの者が嫌いなわけではないので、あまり気にしないでくれ」

凛々《りり》しい眉がハの字形に下がり、女神様は小さく笑った。大きな手が、ぽんと私の頭を撫でる。

「……単にな、あの者の幼い容姿が気になっているだけなのだ」

「容姿？　あの外見詐欺のことですか？」

「詐欺か！　それはなかなか愉快な表現だ！」

うっかり口を滑《すべ》らせれば、途端にディアナ様は快活に笑った。皆はそう思わないのかしら。カールの少年めいた外見は、どう見てもただの詐欺だと思うのだけど。

「そうかそうか、斯様《かよう》に考えれば気が楽やもしれぬな。……あの御仁《ごじん》が見た目通りの年齢ではないことも、魔導に長《た》けていることもわかっているのだ。しかし、騎士として戦えぬ者たちの盾になろうと決めた我としては、子どものような御仁《ごじん》を戦場へ連れていくのがどうにも憚《はばか》られてな」

「ディアナ様……」

淡々と、大したことでもないように語られた言葉に、きゅっと胸が締めつけられる。

そうだ、ディアナ様はいつだって『騎士らしく』行動されていた。体が大きいことを抜きにしても、ほとんどの場所で率先《そっせん》して我々の前に立ち、守る役目を引き受けて下さっている。

騎士の鑑《かがみ》のような方だと感動していたのだけど、それをあの口の悪い外見詐欺師に対してまで発揮されるなんて……！

「なんという高潔なお心でしょう！　アンジェラは改めて、貴女様を尊敬いたします！」

「それは大げさだ。神に選ばれたアンジェラ殿からすれば、我などつまらぬ存在であろうに」

「いいえいいえ、何をおっしゃいますか！　貴女様のお姿だけでも私の理想そのものですが、あのツンデレ導師にまで発揮されるその優しさ！　尊敬せずしてどうしましょう!!」

「ふははは！　やはりそなたは、誠に愉快な女性だな！」

心のままにディアナ様を褒《ほ》め称《たた》えれば、久しぶりに彼女の大きな笑い声を聞くことができた。

ああ、やはり我が筋肉の女神様は偉大だわ。相手の人柄など、ディアナ様は気にしていない。手の届く全てが守るべき存在であると、当たり前のようにお考えなのだ。

カールに嫌われてるから警戒しなきゃとか考えていた私の、なんて器《うつわ》の小さいこと！

自分が恥ずかしいわ。

これぞ主人公の思考……いや、ディアナ様こそ、きっと『聖女』に相応《ふさわ》しいわね!!

「……確かに立派な思考だが、お前は別に真似をする必要はないからな」

新たな宗教を興《おこ》しそうになっている私にツッコミを入れたのは、ちょうど話題に上っていた外見詐欺師本人だった。

「ちょっと、感動に水を差さないでよ、外見詐欺師」

私より低い身長に、くりっとした金色の目……まあ目つきは悪いけど、それでも子どもだ。外見だけなら、確かに保護者が必要に見える。あくまで外見だけね。

「ディアナの考え方は素晴らしいが、お前までそれに倣《なら》う必要はない。……というより、

〝倣《なら》わないで〟くれ。お前は偽聖女なんだから」

「せっかくデレたと思ったのに、やっぱり偽者扱いなのね。もういいけど」

嫌われていないと確認したのに、すぐ『偽』呼ばわりだもの。抗議してみるべきかと思ったけど、何故かカールの表情はどこか寂しげだ。そんな顔をされたら、強く言いづらいじゃない。

「……ディアナ、お前もな。『その姿になった理由』はなんとなく察したが、あまり気負わないことだ。全てを守ると望んだところで、人の身では叶わぬこともある。一人だけで背負おうとしないことだ」

「ご忠告痛み入る。……子ども扱いをして申し訳なかった、導師殿」

「いや、俺の姿がアレなのは自覚しているからな。こっちこそ悪かった」

なんとなく歯切れの悪い感じで忠告を繰り返すカールに、ディアナ様も苦笑を浮かべて頷《うなず》いている。……もしかしてこの二人、数日前の一件以外にも会ったことがあるのかしらね。

カールと話し終えたディアナ様はスッと一礼をしてから、また王子様たちのほうへ戻っていってしまった。

せっかく久しぶりにお話ができたのに、もう終わりか。残念だわ。

「不服そうだな、偽聖女。……話に割り込んで悪かったよ」

「別に。ディアナ様にとって必要な話だったのなら、咎《とが》めたりしないわよ」

「必要かどうかは本人が決めることだろうが……俺が言いたいのは、別に高潔な存在でなくてもいいということだ。お前はただの人間なんだからな、偽聖女」

「貴方、本っ当に私の名前を呼ぶ気ないのね」

やっぱり『偽』は不快だと睨《にら》めば、カールは不敵に笑って会議室から出ていってしまった。

あの外見詐欺師は、やることなすこと意味深《いみしん》で困るわ。こっちは脳筋なんだから、もう少しわかりやすく話してくれないと伝わらないってのに。

「………なんというか、あの人は本当に変わらないな」

おまけに、ずっと黙っていた私の幼馴染《おさななじみ》まで、なんだか意味深《いみしん》な感想をもらしてくれている。

「ジュードも、導師と面識があったりするの？」

「……ないよ。彼の言っていることがわかるだけ、かな」

……主人公は私なのに、なんだか置いてきぼり感を覚えるのは何故かしらね。私も変わる予定はないけど、せめてもう少し深読みができる頭は欲しいかもしれない。

とりあえず今は、『なあに？』とばかりに可愛らしく首をかしげた百八十五センチの幼馴染《おさななじみ》を小突《こづ》くことで、このモヤッと感を誤魔化《ごまか》しておくことにしよう。

STAGE11　脳筋聖女と世界の敵

――あの話し合いから、早くも三日が経った。

城勤めの皆は、それぞれの仕事をしながらも『泥の魔物』の情報集めに奔走《ほんそう》している。

ジュードのように鍛練《たんれん》に参加することもできない私は、調べものと簡単な魔物討伐に出向きながらも、比較的ヒマな日々をすごしていた。

……というのも、キュスターの一件で捕まったハドリー伯爵が、情報源として全く役に立たなかったのだ。

(覚えていない、か……)

騎士団の尋問《じんもん》の後に面会させてもらった彼を思い出す。嘘をついた様子はなく、意識もはっきりとしていたと思う。

彼はキュスターでの異教徒迫害や実験、殺人などの容疑も全て認めていた。正式に裁《さば》かれることも決まり、かの地方には、王家が選んだ領主代行が派遣されるという。

……問題は、そのキュスターの地下墓地で彼が使った【混沌《こんとん》の下僕《げぼく》】の入手経路のほう。

他の問いにはしっかりと受け答えをしていたにもかかわらず、その問いにのみ『覚えていない。気が付いたら自分はそれを持っていた』と曖昧《あいまい》な発言をしたのだ。……そう、相手が人であるならば、普通は覚えているであろう『性別』すらもわからないと。

年齢不詳な人はよくいるし、服装も印象に残らないことはあるだろう。でも、性別を覚えていないのはおかしい。よしんばわかりにくい人だったとしても、『中性的な人だった』などという感想が残るはずだ。

なのに彼は、全く覚えていなかった。魔術師たちを使って、それが嘘ではないことも確認している。

（……もしかして相手は人ではなくて、泥の魔物から直接入手したとか？）

しかし、自我のない魔物に物のやりとりができるとは思えない。無言で押しつけられたのかもしれないけど、それだと使い方がわからないだろう。

色々と予測を立ててみるものの、筋肉質な私の脳みそではサッパリだ。

（私にわかるのは、彼が【混沌《こんとん》の下僕《げぼく》】として敵に取り込まれたという事実だけ、か）

とにかく、期待していた入手経路の情報は、なんの手がかりもなく途絶《とだ》えてしまっている。

――ということで、私たちは次の行動へ移ることになった。ハドリー伯爵がダメだったので、もう一人の重要参考人……初日に会ったあの脂身《あぶらみ》さん（仮）を訪ねることにしたのである。

実はあの一件で心を病《や》んでしまったらしく、今は王都からほど近い別荘で療養しているそうだ。休んでいる相手に話を聞きに行くのもどうかと思うが、できれば急いで原因を突き止めたいので協力してもらうしかない。

今回のメンバーは敵の名前を見ることができる私と、貴族に対して命令ができる王子様、護衛役にジュード、泥対策として雷の魔術が使えるノアの四人だけだ。王子様以外の面子《メンツ》は、脂身《あぶらみ》さんの影に隠れていた魔物――【誘《いざな》う影】を倒したメンバーで構成されている。

四人で乗った馬車の中はずっと緊張した空気で、なんとなく皆無口だ。……またいきなりボス戦、なんてことにならないといいんだけどね。

夜明け前に出発した私たちが脂身《あぶらみ》さんの別荘についたのは、予定通り昼を少しすぎた頃だった。

「エ、エルドレッド殿下!?」

出迎えた使用人たちが驚きの声を上げる。

どうやら、訪問の連絡は入れたけれど、その相手が王子様だとは伝えていなかったようだ。

使用人たちは一瞬だけ慌てたものの、すぐに平静を装《よそお》い、頭を下げた。少人数ながら、ちゃんと教育は行き届いているみたいね。

「……さて、どうなるかしらね。また【誘《いざな》う影】が出ないといいけど」

「どうなろうとも、行くしかないよ」

不安をこぼした私に、ジュードが剣の柄《つか》を撫でてから答える。ノアもずっと真剣な表情で王子様と使用人たちのやりとりを見つめていた。多分、すぐに使えるよう魔術の準備をしているのだろう。

やがて、話をつけた王子様を先頭に、別荘の中へ案内されていく。意外にも建物は華美なものではなく、落ち着いた色合いの木造の屋敷だった。

「旦那様、お客様がお見えです」

「ああ、お通ししてくれ」

いくらも歩かないうちに応接室に辿《たど》りつき、大きな扉が開かれる。

「…………え？」

思わず間抜けな声が出てしまった。

この貴族とは、ほとんど会話をしていない。しかし、『脂身《あぶらみ》さん』と呼んでいる通り、でっぷりと太った外見が印象的な男性だったはずなのだ。皆にも、その呼び方で通じたし。

「ようこそいらっしゃいました、このような場所へご足労いただき、ありがとうございます」

「……侯《こう》、話は聞いていたが……ずいぶんとやつれてしまったのだな」

先頭で対面した王子様も、困惑気味に苦笑している。

……彼は、もはや脂身《あぶらみ》ではなくなっていた。

体の厚みはあの時の半分ぐらいにまで減り、顔も明らかにやつれた様子だ。薄かった髪は初対面の時のままだが、金銀宝石でギラギラと飾っていた服装も、まるで聖職者のようなほぼ無地で質素なものに変わってしまっている。

【誘《いざな》う影】の一件で心を病《や》んだとは聞いたものの、まさかここまでお肉を減らしてしまっているとは。これじゃあもう、脂身《あぶらみ》さんとは呼べないわね。

（……って、いけないいけない。私の仕事をしないと）

あまりの変わりっぷりに驚いてしまったけど、ここへ来たのは魔物の入手経路を調べるためだ。

まずは目をこらして彼を見る。ハドリー伯爵と違い、彼の頭上には敵ネームがなかった。つまり、彼はまだ魔物の誘惑に負けておらず、普通の人間だということ。

その証拠に、王子様に続いて入室した私を見て、彼は申し訳なさそうに表情を歪《ゆが》めた。

「……そうか、あの時の。どうぞ、お入り下さい」

スリムになったのに、前より動きがぎこちなくなってしまった元脂身《あぶらみ》さんは、私たち四人を一通り確認すると、すぐに中央のソファのほうへ案内してくれた。

お洒落《しゃれ》なテーブルと、大人が五人は座れそうな大きめのソファ。護衛として立っているジュード以外が席につけば、すぐさまメイドさんたちが紅茶を出してくれた。

初対面の時は悪役っぽく見えたけど、どうも元脂身《あぶらみ》さんはマトモな貴族のようだ。疑ってしまって申し訳なかったかもしれない。そういえば、ダレンも会議の時にフォローしていたものね。

ゆっくりと紅茶を飲んでいれば、白髪の執事風の男性が何かを持って入ってきた。大きさが四十センチぐらいあるそれには黒い布がかけられており、怪しい雰囲気を漂《ただよ》わせている。

「……殿下、この場でお見せしても大丈夫ですか？」

「ああ、ぜひ頼むよ。彼女は少々特殊な目を持っていてね。侯《こう》がなんの罪も犯していないのであれば、強い味方となるだろう」

「それは……！　わかりました。どうぞご確認下さいませ」

気遣わしげにこちらを窺《うかが》っていた元脂身《あぶらみ》さんだが、王子様の話で決意したようにその物体をテーブルの中央……紅茶のカップからは、ぎりぎりまで離した位置に置かせた。私を紹介したということは、やはり布の中身はアレなのだろう。ぐっと目元に力を入れて、何が出てもいいように身構える。

「……こちらは、私の王都の邸宅で見つかったものです」

隠し布の下から出てきたのは、果実を漬けたりするのに使う大型の瓶だ。その中には、コールタールのような光沢を持つ黒い液体が、びっしりと詰まっている。

「……泥の魔物ですね。ですが、ただの泥の魔物です」

緊張する面々に、なるべく落ち着いた声で答える。瓶の上に浮かんでいる敵ネームは【蠢《うごめ》く泥】だ。警戒すべき【混沌《こんとん》の下僕《げぼく》】ではない。

もっとも、泥の魔物は影と繋がっているかもしれないのだから、油断はできないけど。

「ただの泥……つまり、彼はこれを使っていないのだね？」

「〝使えない魔物〟ですからね。少なくとも、この方には敵性反応は見えません」

「そうか、それはよかった」

安堵《あんど》の息をこぼした王子様の向かいでは、元脂身《あぶらみ》さんがその三倍ほど深い息を吐き出している。「ああ、よかった」と聞こえてくる声は切実で、本当に何もしていなかったのだとわかる。

もらいもののチート能力とはいえ、無実の証明に一役買えたならよかったわ。疑ってごめんんよ。

「侯《こう》が安全だとわかったところで、この泥をどこで見つけたか聞いてもいいかい？」

安心したのも束の間、王子様が続けた質問に、元脂身《あぶらみ》さんの表情がまた翳《かげ》る。

「それが……金庫の中に、瓶のまま保管されていたのです」

「金庫？　それは誰でも開けられるものか？」

「いいえ、開錠できるのは私と妻だけです。そして今、妻には領地を任せてあります」

「つまり貴方以外には開けられない、ということだな」

元脂身《あぶらみ》さんは小さく頷《うなず》いて、そのまま俯《うつむ》いてしまった。こちらに向けられた毛の少ない頭部が、悲愴感《ひそうかん》をいっそう引き立てる。

「これは金庫の奥に隠されていました。私がしまったのは間違いないのです。ですが、全く身に覚えはありませんし、これがなんなのかも知らないのです。……まさか、魔物だなんて」

まあ、そういう反応になるわよね。戦い慣れている私たちと違って、一般人からすれば『魔物』という存在そのものが恐怖の対象だろう。それが一番弱いといわれる泥の魔物であっても。

(やっぱり元脂身《あぶらみ》さんの言っていることも、ハドリー伯爵と同じか)

今回は泥を使っていなかったので条件は違うけど、入手した経路は謎のままだ。金庫に保管していたのなら、『重要なものである』と認識はしていたようだけど。

「一応聞くけれど、これをどこから入手したのかもわからないのだね」

「はい……申し訳ございません。ですが、わかることはございます。この瓶は〝私が信用する人物〟から得たものだと思われます。そうでなければ、こんなものを金庫にしまうとは思えません」

悲痛な面持ちで答えた彼の言葉に、聞いていた全員が目を見開いた。……そこには、先ほど瓶を持ってきた執事も含まれている。

「では、侯《こう》に近しい人間の中に、魔物に通じる者がいると?」

「それは、なんとも。そんなことは決してないと思ってはおりますが、証拠はございませんので。……もし、私が当人と間違えてしまうほど似た偽者がいたとすれば、受け取ってしまった可能性は高いと思いますが」

(そっくりの、偽者ですって……⁉)

他の皆が首をかしげる中、私だけはその言葉である存在が思い当たってしまった。

ハドリー伯爵の時にも予想はしていたのだが、『まさか』と思い口にはしなかった存在。

だが、元脂身《あぶらみ》さんの発言が本当なら……〝あいつ〟になら、それが可能だ。

（本人と見間違えるほどそっくりな容姿に、記憶に残らない邂逅《かいこう》。……騙《だま》されるのも当然だ、相手が悪すぎるわ）

私の持つゲームの情報が通用するなら、それは一般人がどうにかできる相手ではない。

「……アンジェラ、もしかして『神からの天啓』とやらの中に心当たりがあったか？」

一人だけ違う反応をした私に、目敏《めざと》く気付いたノアが問いかける。

もちろん確信はない。けれど、私の思う通りのものが動いているとしたら、事態はゲームの時より何倍も早く進行していることになってしまう。

「できれば外れていてほしい予想だけどね。脂《あぶら》……じゃなかった、侯爵様。この泥を使う予定がないのでしたら、私どもで預からせていただいてもよろしいでしょうか？」

「それが魔物なのでしたら、私にとってはなんの価値もありません。引き取っていただけるのであれば、ぜひよろしくお願いいたします！」

「承《うけたまわ》りました。エルドレッド殿下、これも【混沌《こんとん》の下僕《げぼく》】に変化する可能性はあります。速やかに回収して、退治してしまいましょう」

私の提案に元脂身《あぶらみ》さんはもちろん、王子様も素早く頷《うなず》いて瓶をしっかりと抱え持った。

この泥の魔物さえ引き離してしまえば、元脂身《あぶらみ》さんを疑う理由もなくなるのだ。

「アンジェラ殿。詳しい話はここではできないのかな？」

「残念ですが、確証がありませんので。そして、これが泥の魔物である以上、一刻も早くこのお屋敷からお暇《いとま》するべきです。……魔物が、皆様に牙を向ける前に」

ヒッと、誰かの上げた悲鳴が響く。

それだけで、ここにいてはいけないと示すには充分だった。

「協力に感謝するよ。この危険物はこちらで処分しておくので、ゆっくりと養生《ようじょう》してくれ。ではまた」

「は、はい。ありがとうございます」

簡単な挨拶《あいさつ》を告げると、私たちは大急ぎで退室する。あまりにも短い滞在に戸惑っている使用人もいるみたいだけど、主人が見送るのを確認して、彼らも倣《なら》うことにしたようだ。

大して休憩もできなかった馬と御者《ぎょしゃ》には申し訳ないけれど、途中で休んでもらおう。とにかく、人様の家に泥の魔物を置いておくわけにはいかないのだ。

——現に、ほら。

「アンジェラ！」

ジュードの警戒する声と、剣を引き抜いた音が聞こえる。

私の目の前には女性使用人が一人——その足元の影に、かすかにだがノイズが走っている。

「強化魔法発動！　お呼びじゃないのよ、引っ込んでなさい!!」

細切れの赤い文字が集まって浮かび上がる——よりも早く、準備していた魔法を自分の右脚に発動。そして思いっきり地面を踏みつければ、何もないはずのそこから水っぽい何かが潰れる音が響いた。

「アンジェラ、怪我は？」

「大丈夫よ。……でも、私が敵に見つかってしまったかもしれないわね」

駆けつけてくれたジュードに苦笑を返す。やはり、泥と影の魔物は繋がっていると見てよさそうね。こんな短時間で、私を見つけて攻撃してくるなんて。

「あの瓶、持ち歩かないほうがよさそうだわ。泥の魔物は見つけ次第、全部倒さないと」

「それなら任せて。殿下、その瓶はもう破棄します。外へ投げて下さい！」

「わかった。破壊は頼んだよ！」

怯《おび》える使用人たちが見ていることを確認してから、王子様が瓶を放り投げて……屋敷の外に出たジュードが、それを真っ二つに斬った。

「終わりだ。騒がせて悪かったな」

トドメにノアが雷の魔術を叩き込む。瓶の中に詰められていた黒い泥の魔物は、ガラスの破片だけを残して消えていった。これでこの屋敷には被害が及ばないだろう。

「それでは、ごきげんよう！」

そうして、そのままの足で慌ただしく去っていく。挨拶《あいさつ》もまともにできてないけど、魔物と関わりのない人々からはさっさと離れるのが一番だ。

（……それにしても、憂鬱《ゆううつ》だわ）

急いで乗り込んだ馬車の中、ついつい重いため息がこぼれてしまう。

――正直に言って、私が気付いたことは、朗報ではない。

裏で暗躍《あんやく》していると思《おぼ》しきそれは――ゲームの『ラスボス』なのだから。


ゲームのラスボスを語るためには、まずこの世界の『システム』について語らなければならない。

この世界は科学で発展してきた地球とは違い、『魔』の力によって発展している。それは魔法を使う私や、ノアのような魔術師に限った話ではなく、国の重要機関から一般家庭にまで幅広く使われている。地球で言うなら電気やガスのようなもので、生活に欠かせないわけだ。

で、この魔導技術なんだけど……実は使う度に、ごく少量のゴミを発生させている。

これは料理をするとどうしても出てしまう生ゴミみたいなもので、どんなに気をつけても必ず出る。――わかりやすく『魔素《まそ》ゴミ』とでも呼ぼうか。

この魔素《まそ》ゴミは生ゴミと違い、目には見えない。元々、魔術や魔法の燃料となる魔素《まそ》も見えないしね。しかし、確実に発生はしているため、なんとか消去しないとどんどん溜まっていってしまう。もちろん、ゴミが体にいいわけがない。

そこで世界――神様が作ったのが『魔物システム』というわけだ。

魔素《まそ》ゴミに形を与えて、物理的に干渉できる『魔物』にする。あくまでゴミの塊《かたまり》なので、生き物ではないし、自我も持たない。

恐ろしい形をしているものばかりなのも、壊すことを躊躇《ためら》わせないためだ。こちらに攻撃的なのも、倒さなければいけないという危機感を持たせるためのプログラム。

強い魔物ほど大量のゴミの塊《かたまり》だし、それを倒せばその分、世界もクリーンになる。魔物とはそういう存在だ。……まあ、戦うためにまた魔法や魔術を使っているので、結局このシステムは永遠に終わらないだろうけど。

とにかく、その仕組みを踏まえた上で、ゲームのラスボスの話をしよう。

ラスボスとは、魔物たちの脳。この世界の魔物を作る〝システムそのもの〟……何を隠そう、神様が作り出したシステムが、世界を救うために倒す最後の相手なのだ。

——名を【無垢《むく》なる王】という。

ぶっちゃけてしまえば、それは世界を滅ぼそうとしたわけではない。

名前の通り純粋なそのシステムは、長い間魔物を作り続けた結果、ヒトという存在に興味を持ってしまっただけなのだ。——魔物をより効率的に作り、ゴミを沢山消化するために。

人間の負の感情を観察し、参考にし続けた結果、システムは自我らしきものを獲得してしまった。〝もっと知りたい〟という心を持ってしまった。

そして起こったのが、魔物の大量発生とヒトの生活区への過剰侵入だ。殺したかったわけでも、憎かったわけでもない。ただ近くでヒトを観察したかっただけなのだ。

そして、システムには形がない。彼あるいは彼女は、ヒトに近付く時には誰かの姿に化けて現れる。その再現率は、神様が作ったシステムだけあり、さすがのクオリティー。人間の目では到底見破れないほど、本物そっくりに化けられるのだ。

ゲームのラスボス戦でも、旅路の途中で会ってきた人間キャラそっくりに化けるものだから、とても戦いづらかった苦い思い出がある。

不自然なほど記憶のないハドリー伯爵。不審物を疑うことなく金庫に保管していた元脂身《あぶらみ》さん。この二人が信頼する誰かの偽者に騙《だま》されたとして、その偽者の正体が【無垢《むく》なる王】だったなら、絶対に見破れないだろう。

さらに厄介なのは、システムには〝敵意がない〟。ただ知りたくて近付いてきただけなのだから、当然だ。『ヤツを倒す』という確固たる意思がなければ、敵として拒《こば》めないのだ。

製作者は何をもってこんな戦いづらいものをラスボスにしたのか、今となってはそれが一番の謎ね。

＊　＊　＊

さて、元脂身《あぶらみ》さんの家から大急ぎで帰ってきて、早二日が経った。

今日は皆の予定を合わせて、再び会議室に集まってもらっている。今回はカールも仲間として出席していた。

「それで、黒幕の正体がわかったってのは本当か？」

「まだ候補、よ。正直言って、私としても考えたくない相手だもの」

「それはそれは。もしかして、どこかの国の王族か？」

「もっと荒唐無稽《こうとうむけい》な相手よ。――【無垢《むく》なる王】という名を聞いたことはない？」

途端に静まり返ってしまった皆に、私はひとまず話せる範囲でラスボスの情報を語っていく。もちろん、ゲームに関わる部分は神様からの天啓と誤魔化《ごまか》すのを忘れない。

全ての魔物の創造主であり、それらを統《す》べるもの。指揮する能力を持つ唯一の存在。さらには多様な姿に変化でき、会っても人間の頭には記憶が残らない。

純粋ゆえの狂気、それが私たちが最後に倒すべきボス【無垢《むく》なる王】だ。

（私でも知らない魔物の名前が出た時点で、疑うべきだったのよね）

誰かに化けるとか記憶を消すとかは、魔術でも可能だ。しかし、新種の魔物を作れるのは【無垢《むく》なる王】だけなのだ。人間にできるのは、あくまで既存の魔物を増やすことだけ。

「……創造主、かあ。ここにきて、ずいぶん規模のでかい話になったなあ」

重い空気が満ちる部屋の中に、ダレンのため息交じりの声が響く。

口調こそ軽い感じを装《よそお》うとしているけど、残念ながら目が据わったままだ。なんだかんだ言って、彼は根が真面目だからね。

「私もちょっと大げさかなとは思うんですよ。でも、残念ながらそれしか思い当たらなくて」

首を横にふった私に、ダレンも俯《うつむ》いてしまう。この国の魔物の増加問題だけを解決して、あとは平穏に暮らせたらよかった。だけど、現実はそう甘くはない。

……現に、ゲームよりはるかに強い私たちが、『甘くない』と感じているのだ。今の私たちならば、ここは『余裕』だと感じるべきところだ。

しかし残念ながら、世界はチート転生者にも優しくないハードモードである。

「……よしんば、魔物の増加問題の背後にいる黒幕が、魔物の王だったとしてだ。俺たちに何ができる？　お前など、命を狙われているのだろう？」

「特別なことは何もできないわよ。最初に提示された部隊の目的の通り、被害の大きい地域を調査して、魔物を倒すしかない。他と違うのは、私という囮《おとり》がいることかしら」

眼鏡を光らせたノアに返事をすれば、皆からガタガタと椅子を鳴らす音が聞こえた。

「……おい」

そう言われてもね。今いきなりラスボスに喧嘩《けんか》を売りに行きたくはないわよ。

「私としては、人間のほうを調査してほしいわ。この国に恨みを持っている人とか、私個人を嫌っている人とか。神聖教会にも協力をお願いできないかしら」

「その心は？」

「【無垢《むく》なる王】に協力している人間がいるのは、多分間違いない」

私の発言に、また場がしんと静まり返る。

【無垢《むく》なる王】が人間への興味から暴走を始めてしまったとしたら、それはゲームのシナリオ通りだし、予想もできることだ。だけど、私個人を狙うのはおかしい。

いくら私が『ゲームの主人公』だとしても、ラスボスにとって人間は皆『人間』でしかない。

敵の名前が見える能力だって、あいつからすれば些末《さまつ》なことのはずだ。なのに、私は泥の魔物たちから狙われている。

それともう一つ、【混沌《こんとん》の下僕《げぼく》】を使って魔物を増やすのは、非常に効率の悪い方法だ。作られる魔物の種類が使った人間による以上、魔物を効率的に作りたいラスボスの目標と矛盾《むじゅん》してしまう。

つまり、私を殺したい人間が【無垢《むく》なる王】を唆《そそのか》して、いらんことをしている可能性が高い。ということを説明したところ、何人かが頭を抱えてしまった。

私だって考えたくないわよ。だけど、私自身というイレギュラーが存在している以上、何が起こってもこの世界ではおかしくない。

「恐らく、【混沌《こんとん》の下僕《げぼく》】も相手を選んで渡している可能性が高いわ。負の感情が強かったり、鬱憤《うっぷん》をためたりしていそうな相手ね。つまり、泥をちゃんと使ってくれそうな人間。そんな者を見極められるのは、同じ人間しかいない」

「……ずいぶん詳しいね、アンジェラ殿」

「半分ぐらいは推測ですよ。ですが、私も命を狙われている以上、天啓としていただいた情報は惜しみなく使わせてもらいます」

困惑の空気の中、権力的に一番頼りたい王子様は、まっすぐ私を見つめている。疑っているというよりは、どう考えればいいのかわからないといった様子だ。それでも、なんとか動こうとしてくれている様子がありがたい。

「……わかった。私はひとまず、人間の動きを調査しようか。急に環境が変わった者や、鬱憤《うっぷん》をため込んでいそうな者をあたってみよう」

「殿下……そんなの、いつでも元気な人間のほうが少ないですよ？」

「それはそうだが、ハドリー伯のように民を預かる者が事を起こすのは阻止したい」

疲れた様子で天井を仰《あお》いだ王子様に、ダレンも困ったように目を伏せている。そうよね、無謀としか言いようがないわよね。事を起こしてからなら、見つけるのも簡単なんだけど。

「それに関しては魔物の被害を調査するうちに見つかるだろう。だったらお前は、教会に話をつけたほうがいいんじゃないのか？　ただでさえ、聖女という立場を無視してアンジェラを部隊に所属させているんだ。王族の権力はそっちで使え」

「私の権力はそこまで強くないんだけどな。でも、そのほうがまだ現実的か」

主従の二人を、ノアが軽く小突《こづ》いている。つい口を出してしまったという感じが、彼の面倒見のよさを物語っているわね。

（とりあえず今は、大きな動きはできないか）

とにかく彼らには、このありえない事態を引き起こせる存在がいる、という事実を知っていてほしかったのだ。この先どんな強敵が出ても、驚かずに戦っていけるように。

これ以上は建設的な意見も出ないだろうということで、ひとまず今日の会議は解散となった。

額《ひたい》を押さえて歩く王子様を、ダレンとノアが支えながら去っていく。あの人たちにとっては問題を増やしただけの会議だから、ちょっと申し訳なかったかもしれない。

ウィリアムも三人と同じような感じだ。困惑した様子でそわそわしていたので、きっとこの後、国立図書館の蔵書などを調べまくってくれるだろう。

ディアナ様は無言のまま、彼らとは別の方向へ行ってしまった。会議中もどこか狼狽《うろた》えたような様子で、視線をさ迷わせていた。もしや具合でも悪かったのだろうか。心配だわ。

狼狽《うろた》えるといえば、カールは反応が顕著《けんちょ》だった。何かと意味深《いみしん》な行動の多い彼なら知っていると思ったんだけど……【無垢《むく》なる王】の名前が出た瞬間から、彼は一言も喋《しゃべ》らなくなった。

ただ焦った様子で、視線をずっと部屋の隅《すみ》へとそらしていた。……覚えがあるのは確かみたいだけど、何も教えてはくれないらしい。いつの間にかどこかへ行ってしまった。

――そして、誰よりも意外な反応を見せたのが、隣にいたジュードだ。

「……ジュード？」

彼は今日の会議中、一度も口を開かなかった。けれど、焦ることも困惑することもなく、ただ静かに座っていたのだ。少しぐらい動揺してもいいだろうに。

「ねえ、ジュード？　どうしたの？」

「……アンジェラ」

私を無視してどこかへ行こうとしたので、慌ててその手を掴《つか》んで引き止める。ゆったりと私のほうを向いた顔には、やはりなんの感情も見られなかった。

「どこへ行くの？　客間に戻るならこっちよ。……もしかして、具合が悪い？」

「違うよ、ごめん。ちょっと気分が悪いだけ」

「それ、具合が悪いってことじゃないの？」

一拍置いてから、私に視線を合わせる彼。途端に微笑んだ顔はいつもと同じように見えるけれど……やはりどこか歪《いびつ》な印象も受ける。今の会議で、何か気になることがあったのだろうか。

「うっ、貴方無駄に育ちすぎよ」

一応熱がないか確認しようともう片方の手を伸ばしたら、百八十五センチの額《ひたい》は思ったよりも高かった。おのれ、その身長と筋肉をちょっとこっちに分けなさいよ。

「アンジェラ」

ついでにデコピンでも食らわせてやろうかと思ったら、察知した彼に先に手をとられてしまった。そのまま、手は額《ひたい》からやんわりと離されて――彼の唇に触れた。

「……うん？」

私も幼少期は貴族だったので、挨拶《あいさつ》の口づけなら知っている。しかし、今ジュードが触れているのは私の手のひらだ。手の甲ではない。

「ジュード、そっちじゃないわよ。逆」

「ん……こっちだよ」

「くすぐったいってば」

唇が触れたまま喋《しゃべ》るから、吐息が肌をくすぐる。火傷《やけど》しそうなほどに熱い吐息だ。

「――今度こそ、離さない。僕のアンジェラ」

「は？　離れたことなんて一度もないじゃない」

「……うん、そうだね。これからも、絶対に」

「ジュード、ちょっと熱い。やっぱり具合が悪いんじゃないの？」

答える代わりに軽いリップ音が聞こえて、そのまま何度かまた口づけをされる。

……ようやく解放された時には、なんだか私まで熱くなってしまっていた。

「もう、元気ならいいけど。【無垢《むく》なる王】が動いているのなら、これからはもっと大変になるわ。自分の体はちゃんと労《いたわ》ってよ？」

「……アンジェラ、その名前をもう口にしないで。じゃないと、今度は唇のほうを塞《ふさ》ぐよ？」

「なんの話⁉　何か知ってるなら教えてよ！」

「…………『僕』は、何も知らないよ。だけど、君を奪うものの名前は嫌いなんだ」

なんなのよ、この男はもう。急に黙ったり、意味深《いみしん》な発言をしたり。十年も一緒にいたのに、最近はわからなくなってきてしまったわ。

「カールの時にも変なこと言ってたものね……私の幼馴染《おさななじみ》が、知らない人になってしまったみたい」

「僕は君の幼馴染《おさななじみ》の剣士、ジュードだよ。それ以上でも以下でもない。今はまだ」

いつの間にかいつもの好青年の顔に戻った彼は、そうするのが当たり前のように私の手を引いて歩き始めている。会議で話したことには、もう触れもしないで。

「……話してくれないなら、もういいわ。せめて、さっきのキスの意味は聞きたいけど」

「手の甲にするキスと、手のひらにするキスの意味は違うんだよ、アンジェラ。強《し》いて言うなら、宣戦布告かな」

「……余計にわからなくなってきたわ」

私を取り巻く環境は、魔物以外のことに関してもハードモードなのかもしれない。

＊　＊　＊

早い時間に解散となった会議から二時間ほど経っただろうか。

客間で待機をしていた私たちのもとに、なんと早速泥の魔物こと【混沌《こんとん》の下僕《げぼく》】を発見したという報《しら》せが届き、ジュードと二人で大急ぎで現場へ向かった。

目的地は、何度か行ったことのある騎士団の詰め所。相変わらず汗と砂の匂いがするそこには、すでにガタイのいい男たちの人だかりができていた。

「すみません、エルドレッド殿下の部隊の者です！　道を空けて下さい！」

「あっ、お二人とも！　問題の者は、今トールマン女史が押さえてくれてます！」

なんとか声をかけてみれば、最初に私に気付いてくれたのは、久しぶりに会うエイムズさんだ。彼はすぐさま他の騎士たちをどかして、私たちを奥へと案内してくれる。泥の魔物を見つけたとしか聞いていなかったのだけど、押さえるということはまさかの現行犯か!?

「ディアナ様!!　ご無事ですか!?」

「おお、アンジェラ殿、こちらだ！」

入り口とは逆に、すっかり静まった屋内トレーニング室のようなところへ駆け込む。――そこでは、一般的な『押さえる』のイメージとは、少々違った光景が広がっていた。

「は、離して、くれ……ぐおおっ!?」

容疑者は騎士と思《おぼ》しき若い男性。彼も結構ガタイがいいのだけど……足が地面についていない。

向かい合っているディアナ様は、利き手をすっと前に突き出したポーズだ。その大きな手に、男の頭をがっしりと掴《つか》んで。

（これはまさか、かの有名なプロレス技のアイアンクローか!?）

人間の体って、握力だけで持ち上がるのね。必死に足を動かしている男は決して軽そうには見えないけど、ディアナ様は片手のみで彼を持ち上げている。

武器なしでも強すぎるなんて、ディアナ様はどこまで私のハートを奪えば気が済むのかしら！

「って見惚《みと》れてる場合じゃないわ!!　ディアナ様、魔物はどこに……あ」

高まる鼓動を抑えて問えば、彼女が掴《つか》んだ頭の上にノイズが走っているのが見えた。

そこに浮かぶのは、敵ネーム【混沌《こんとん》の下僕《げぼく》】だ。残念だけど、彼は魔物を作ってしまった後なのね。

「泥の魔物は倒したゆえ、この者を確認してくれ。……敵性反応が見えてしまったか？」

「ええ、残念ですが。彼はもう世界に害を及ぼしてしまったようです」

「……やはりそうか」

どこか寂しそうに呟《つぶや》くディアナ様の声に合わせて、男の頭からミシッと軋《きし》む音が聞こえた。もっとも、女神様を悲しませたのだから、頭蓋骨《ずがいこつ》ぐらいはペナルティとして差し出してもらうべきだろう。

　ディアナ様の足元を確認すると、クレーターのように砕けた床に、黒い泥の残骸が飛び散っていた。ほとんど消えかけているが、こちらにも【混沌《こんとん》の下僕《げぼく》】の表示が見えている。

　……周辺に転がっているのは、虫の死骸《しがい》のようだ。

「どうもそれを使って魔物を作ろうとしたようなのです。……その、少し前に殿下と皆様が退治して下さった蜘蛛《くも》型の魔物も、恐らくやつが」

「この人が……道理であんな場所に蜘蛛《くも》の魔物がいたわけです」

　エイムズさんの補足によって、やっと前回の謎が解けたわ。

　どうやらこの男は『自作自演』のために魔物を作り出したようだ。倒しやすい魔物を自分で作って、それを倒すことで手柄を立てるつもりだったと。

「しかし、できたのはあの凶悪な蜘蛛《くも》の魔物だった……厄介なことをしてくれるね」

　自作自演どころか、自分の手には負えない魔物ができてしまったので放置したのだろう。素材が虫の死骸《しがい》だからと油断したのなら、迷惑な話だわ。

（そもそも、虫はあのサイズだからこそ弱いと言えるのに）

　虫は生物の中でもとんでもない性能を持つ種が多く、それを元にした魔物も強い。騎士のくせにそれを知らないということは、彼はろくに戦ったことがないのかもしれないわね。

「誰であろうと罪は罪だ。……残念だ」

男の頭から、ますます軋《きし》む音が聞こえてくる。ディアナ様は私と違い、巨大な斧を素《す》でふり回せるお方だ。大人しく罪を悔《く》いて、頭蓋骨《ずがいこつ》を差し出すがいいわ。

「あっ、忘れてた。ディアナ様、頭を砕く前に一応入手経路を聞いて下さい」

「おお、そうであったな！　……聞こえていたな？　素直に話すならば、人としての尊厳ぐらいは守ってやろう」

「あぐ……知らない！　ちょうど、そこにいるアンタと同じぐらいの背丈の、知らない女だった……本当に何も知らないんだ！　面白いものができるっていうから、ちょっと使っただけだ!!」

いや、使った時点でアウトなんだけど。

とりあえず性別は女、か。あんまり役に立たないなあ。【無垢《むく》なる王】が化けていたにしても、もう少し詳しい情報が欲しいわね。

その後、駆けつけた騎士たちと共にディアナ様は容疑者を別の部屋へ連行していった。泥の魔物自体はちゃんと倒されていたし、あとは公的機関に任せればいいだろう。

「せっかく来て下さったのに、慌ただしくてすみません」

去っていく彼らを見送れば、エイムズさんが部下と共に頭を下げてくれる。近衛《このえ》騎士の彼は本来なら王子様の護衛が任務でしょうに、色々なところへ回されて大変そうだ。

「お気になさらず。悩みの種が一つ解決されて何よりです」

「いえ、それが残念ながら、まだ解決されたわけではないのです……」

労《ねぎら》おうと声をかけた彼の表情が、みるみるうちに曇《くも》っていく。詳しく聞いてみると、先ほど捕まった男は、作った魔物をすでに放《はな》った後だというのだ。

「それって、少し前に戦った蜘蛛《くも》の魔物が近くにいるってことだよね？」

「だと思うわ。【ヤツカハギ】ぐらいなら騎士団でもなんとかできるだろうけど、さすがに【アラクネ】が出たら、対処できるとは思えないわね」

私たちだってディアナ様という最強すぎるお方を筆頭に、規格外のメンバーがそろっていたからどうにか倒せた相手だ。それでも怪我はしてしまったし、一介の騎士団員たちに対処できるとは思えない。

「私はこれから隊を率《ひき》いて捜索と駆除に向かいますが……その、もしよろしければお二人にもご協力いただけませんでしょうか。お力添えをいただければ、とても心強いのですが」

「私は予定もないし協力しますよ。ジュードはどうする？」

「アンジェラが行くのなら当然行くよ」

特に用もないし、エイムズさんたちに被害が出るようなことは避けたい。二つ返事で頷《うなず》けば、騎士団員たちからも喜びの声が上がった。


そんなこんなで、馬で移動すること一時間ほど。

お試し戦闘で来た王都近郊の平野へ繰り出した私たちは、十人ほどの小さな隊を引き連れて魔物討伐を始めている。

「せええいッ!!」

「お、さすがだね！　僕も負けてられないな」

久々にぶん回す相棒のメイスが、確かな手応えと共に魔物を吹っ飛ばしていく。ちょっとした手伝いならやっていたけど、ちゃんと出撃という体《てい》で出たのは久しぶりかもしれない。

「腕が鈍《なま》ってなくてよかったわ。そっちは終わった？」

「僕はこいつで終わりかな。――ウィリアムさんは？」

「は、はい！　ぼくのほうも倒し終わってます！」

転がった一体を長い脚で踏み潰すジュードの背後で、ウィリアムがローブの袖《そで》をふりながら答えてくれる。

そう、急に引き受けた魔物退治だったのだけど、私たちとは別口からウィリアムにも協力要請があったらしい。魔術師の彼が加わってくれるのは、正直とてもありがたいわ。

「よし、全部倒した！」

部隊でも年少組である私たちは、若さにものを言わせてサクサクと魔物を倒していた。そのスピードは、討伐隊の騎士たちが若干引いてしまうぐらいだ。

ついてこられない彼らには悪いけど、【アラクネ】に進化されるわけにはいかないからね。

「いや、本っ当にお強いですね皆さん」

そんな騎士の中でもリーダーを務めているエイムズさんは、しっかりとついてきてくれている。かつてのブートキャンプな旅路を共にすごしただけはあり、その強さは頭一つ抜けているようだ。

泥の魔物についても知っていたし、私が思っているよりも立場が上なのかもしれないわね。

「我々騎士団の不始末の後片付けだというのに、お手伝いいただき、本当にありがとうございます」

「どこの組織にも困った子はいるものですよ。元より私たちは、魔物を倒すために集まった戦闘屋ですしね。特にウィリアムさんなんて、虫の魔物の殲滅《せんめつ》にはぴったりだと思いますよ」

「ええっ!? ぼ、ぼくは何もしていませんよ!?」

ちらっと背後の彼を見れば、ウィリアムは照れた様子で首を横にふった。

お試しの時に群れを燃やしまくっていた男が何を言っているのやら。謙遜《けんそん》するにしても遅すぎるわよ。

「た、隊長！　新たな魔物の群れを視認しました!!　警戒していた蜘蛛《くも》型の魔物と思われます!!」

「……ああ、出たか」

そんな会話を遮《さえぎ》るように、一人の騎士が早口で報告してきた。本来ならば咎《とが》めるべき行為だけど、顔色は真っ青で歯も上手《うま》く噛み合っていない。恐怖を堪《こら》えながら走ってきてくれたのだろう。

「……重ね重ね、申し訳ございません」

「お気になさらず。ジュードも、いけるわね？」

「もちろん」

私たちがそちらを向けば、大きくて毛むくじゃらの黒い蜘蛛《くも》が視界に飛び込んでくる。よかった、出現したのは【ヤツカハギ】のようだ。あれも強いけど、【アラクネ】よりははるかにマシだ。

「皆さん、危ないから退《ひ》いて下さい。交代ですよー！」

後ずさる騎士たちに声をかければ、ガタイのいい男たちが申し訳なさそうに撤退していく。

ざっと見た感じ、十数体の魔物は全て【ヤツカハギ】のようだ。ここに泥の魔物が混じっていたら面倒だったけど、今ならこいつらだけで済みそうね。

「ウィリアムさん、私たちは普通に戦って大丈夫？」

「はい！　そろそろ範囲の加減を覚えないと、お師匠様に笑われてしまいますから」

「そう？　じゃあ遠慮なく」

私がメイスを構えれば、隣に立っていたジュードも合わせるようにして剣を構えた。

ウィリアムもすでに魔術の発動準備に入っている。

「それじゃあ、さくっと殲滅《せんめつ》しましょうか」

意図せず口角が上がってしまう私に、ジュードが返すのも好戦的な微笑み。――ああ、やっぱり私たちはこうでないとね。

蜘蛛《くも》たちの咆哮《ほうこう》に応《こた》えるように、鈍色《にびいろ》の鋼鉄と銀の刃がぎらりと煌《きら》めいた。

＊＊＊

「よし、蜘蛛《くも》も終わりっと」

戦闘開始から三十分ぐらいだろうか。前に一度戦った魔物ということで特に苦戦することもなく、私たちは蜘蛛《くも》の魔物【ヤツカハギ】を殲滅《せんめつ》できた。今回は討伐に出るのが早かったおかげか、ボスはいないようだ。【アラクネ】が出たら、撤退するしかなかったからよかったわ。

「こんなものか。結構あっけないね」

「そうですね。皆さん怪我がなくて何よりです」

一緒に戦ったジュードとウィリアムも、まだピンピンしているようだ。共に怪我もないので、キュスターの戦いを経てますます強くなっているのかもしれない。

(これだけ強いなら、もしかしたら行けるかしらね)

あっさり倒しきった【ヤツカハギ】も、決して弱い魔物ではない。しかし、ハードモードな世界で戦っている仲間たちは、ゲームの時とは比べ物にならないほど強くなっているのだ。

……今日の会議では言わなかったけど、私はラスボス【無垢《むく》なる王】の居場所を一応知っている。もしかしたら、面倒な手順は全部すっ飛ばして、さっさとラスボスを倒しに行ってしまうのが最善策かもしれない。協力している人間も、ラスボス本体が倒されたら動けなくなるだろうし。

（帰ったら、王子様に提案してみようか）

無謀っぽい考えだけど、事態を収束させるには最善の手だ。そのためには、まず詳細な地図を用意してもらって……

――と、そこまで考えたところで、周囲が警戒態勢になっていることに気が付いた。

「ジュード、どうしたの？　全部倒し終わったわよね？」

「うん、蜘蛛《くも》の魔物は全部倒したと思うんだけど……」

周囲を見回す騎士が一人、また一人と後退していく。今のところ敵ネームは見えないものの、前回は慢心したがゆえに、皆に怪我をさせてしまったのだ。

それと同じような状況でも、今度は油断しないように私も視線を巡らせる。

「……まさか、また【アラクネ】が出るんじゃないでしょうね」

「大きい魔物ではなさそうだよ。どちらかというと……群れ、かな」

「アンジェラさん、怪しいところがあるんですが、一度燃やしてもいいですか？」

「ええ、お願い」

群れの位置に目星をつけたらしいウィリアムが、分厚《ぶあつ》い本のページを勢いよくめくり始める。パラパラという音に合わせて、視界に入る一帯が赤く光り始めて……

「いきます!!」

ボッという激しい炎の音と同時に――平《たい》らだった地面が一気に膨《ふく》れ上がった。

「うわっ!?　本当に新手が出たあっ!?」

「アンジェラ構えて！　来るよ!!」

燃え盛る炎の壁の向こうから、ガシャガシャと硬い音が響いてくる。ああ、失敗を踏まえて警戒しておいてよかった！【アラクネ】ではなかったけれど、出てきた魔物はこの世界では初見のものだ。

「やっぱり虫の魔物か……相手は【アスカトル】よ！　近付く時は気をつけて!!」

私が叫んだ声に、ジュードが姿勢を低く落として応《こた》える。

【アスカトル】はアステカ神話をモチーフとした魔物で、意味は『蟻《あり》』だ。あの騎士が虫の死骸《しがい》を材料にしたせいで、今回はこんなものまでできてしまったのだろう。

二メートルほどの赤々とした体は【ヤッカハギ】よりも硬く、強靭《きょうじん》な顎《あご》とお尻に針が備《そな》わった、これまた強い魔物だ。

「蜘蛛《くも》の次は蟻《あり》か……この間は骨の百足《むかで》だったし、虫に縁があるよね……」

「ダレンさんがいなくてよかったわね。もう虫ネタはお腹いっぱい」

「僕も虫は遠慮したいな。ウィリアムさん、全部燃やして下さい!!」

「はい！　任せて下さい!!」

げんなりした様子のジュードが声をかければ、ウィリアムは嬉々《きき》として火力を上げていく。

いつもは謝り癖のある大人しい子なのに、このギャップはつくづく素晴らしいわね。

「聖女様、この蟻《あり》もあの男が作ったものなのですか？」

「皆さんでも見たことがないのなら、恐らくそうだと思います」

炎の中で暴れる大型の蟻《あり》の姿に、エイムズさんは苦々しい表情で俯《うつむ》いてしまっている。

というか、カールは失敗作もあったみたいな言い方をしていたのに、これまで実際に戦っている【混沌《こんとん》の下僕《げぼく》】で作られた魔物は、強敵ばかりなのよね。……これも、私が対峙《たいじ》しているせいなのかしら。

「いずれにしろ、出てきたのなら倒さなきゃ」

炎の壁を抜けた魔物が、六本の足を蠢《うごめ》かせながらこちらへ向かってくる。虫が巨大化するのは、視覚的にやっぱりキツいわね。

「こっちに……来る、なッ！」

ふり抜いたメイスが、ガキンといい音を立てて蟻《あり》の顎《あご》を打ち上げる。あまり目立たないけど、蟻《あり》の顎《あご》はかなり力が強い。噛まれてしまったら、私のひょろい体などひとたまりもないだろう。

「こういう時は切実に飛び道具が欲しいわ！　この……落ちろ!!」

アッパーで意識を飛ばしてからの、上から両手で叩きつけて頭を潰す。どう見ても喧《けん》嘩殺法《かさっぽう》だけど、相手は魔物だからいいわよね！

ちらっと見れば、ジュードは攻撃を避けながら器用に関節を斬りつけて蟻《あり》を解体していた。さすがは技量系剣士、相手がなんであっても鮮やかな立ち回りだわ。

「盾を持っている者以外は正面から当たるな！　側面から足を狙え!!」

新手の登場に一時は退《ひ》いていた騎士の皆さんも、エイムズさんの指示のもとで戦えているようだ。ウィリアムも元気に破壊活動をしているし、これなら蟻《あり》魔物ともなんとか戦えそうね。

「……いや、慢心しちゃいけない。それで前回はひどい目に遭ったもの。回復役の私が、ちゃんと戦況を見極めなきゃ」

私も痛い思いはしたくないし、皆にだってしてほしくない。時間がかかったとしても、確実に倒しきって帰るのよ。それを間違えちゃいけない。

ウィリアムが加減せずに燃やしていることもあり、蟻《あり》の魔物は着々と数を減らしてきている。私は騎士団の皆に被害が出ないよう、手が届く範囲の敵をちゃんと倒していけばいい。

「アンジェラ、平気？」

「私は大丈夫よ。むしろ、硬い敵は私の武器のが殴りやすいわ！　騎士団の皆さん、怪我をしたらすぐに教えて下さいね！」

荒々しい音が響く中、攻撃が一発入るごとに皆の表情も明るくなっていく。

このままならいける、大丈夫だと思っていたのに――やはりこの世界は、そこまで優しくはなかったらしい。

「ッ、アンジェラさん！　また新手が……大きな蟻《あり》が来ます！」

「なんですって!?」

ウィリアムの声に慌ててそちらを向けば、炎の壁の向こうに五メートル近い大きな影が浮かび上がっている。シルエットは蟻《あり》のままだけど、サイズは二倍以上はありそうだ。

「名前は【女王の守役《もりやく》】……しまった、【アスカトル】の第二進化体か!!」

蟻《あり》のコロニーは一匹の女王と無数の働き蟻《あり》と、そして兵隊蟻《あり》という大きな個体によって形成されており、【アスカトル】もこの法則で進化していく。

つまり、第二進化体とは兵隊蟻《あり》。力の強さも進化前より格段に上がっているはずだ。

「ウィリアムさん距離をとって！　それとまともにやり合ったらまずい!!」

「は、はい!!」

大急ぎで指示を出した瞬間、巨大な兵隊蟻《あり》は思いっきり地面に頭を叩きつけた。

ウィリアムは退避《たいひ》が間に合ったみたいだけど、私のところまで地響きが届いている。

続けて、やつは地面の一部を強靭《きょうじん》な顎《あご》で掴《つか》み取り……それを勢いよく噛み砕いた。

「……マジか」

燃え盛っていたウィリアムの魔術が、降り注ぐ土の塊《かたまり》によって鎮火されてしまう。一部の【アスカトル】も巻き込まれたみたいだけど、なんという迫力の攻撃だ。

【女王の守役《もりやく》】はそのままガチガチと顎《あご》を鳴らすと、威嚇《いかく》するような大きな咆哮《ほうこう》を上げる。

せっかく勢いづいていた騎士団の皆も、一気に恐慌《きょうこう》状態に逆戻りしてしまった。

「あの騎士団の人、才能があるんじゃないの？　こんなに厄介な魔物ばっかり作るなんて！」

「それは、誰にも自慢できない才能だね。……どうするアンジェラ」

転がってきた【アスカトル】の一体を斬り飛ばしながらも、ジュードの視線は現れた第二の強敵に定められている。

真正面からやり合うのは不利だ。できればウィリアムの魔術で燃やしたいけど、さっきの動きを見る限り、直撃させないと鎮火されてしまいそうだ。

それに、あの顎《あご》はまずい。【アスカトル】でも危うい私では、本当に粉々にされてしまうわ。

「やるとしたら一《いち》か八《ばち》か……ジュード、まだ走り回れる体力はある？」

「君よりはあると思うけど、結構厳しい提案かな？」

「私や他の人ではまず無理ね。できるだけ強化魔法をかけるから、頑張ってくれないかしら。私も、腕が動かなくなることを覚悟して挑むわ」

「……わかった、付き合うよ」

ぶっちゃけてしまえば無謀としか言いようのない策なのだけど、やつの強靭《きょうじん》な顎《あご》を封じられれば、多分これが一番安全だ。

「エイムズさんたちも協力して下さい。私の立ち位置と角度が重要なので」

「か、角度？　我々は何をすれば？」

離れていたウィリアムにひとまず牽制《けんせい》をしてもらい、ざっと考えた作戦を話す。途端に、一同は呆れたような微妙な表情を返してくれた。仕方ないでしょ、私は考えるのが苦手な脳筋なのよ！

「……上手《うま》くいくいかないはさておいて、すっごく君らしい作戦だね」

「やるの？　やらないの？」

「やるよ。君のそういうところに付き合えるのは、僕だけだからね」

一回だけ額《ひたい》を押さえた彼は、直後にとびっきりの笑みを浮かべて駆け出していった。

ジュードは【女王の守役《もりやく》】に接近して戦う役目だ。彼の華麗なステップを信じて、頑張ってもらおう。

「では聖女様、我々は貴女のもとへ蟻《あり》を追い立てればよいのですね」

「ええ、お願い。あんまり遠いと届かないし……この辺かな」

私も立ち位置を調整して、騎士団の皆さんは散り散りになりながら【アスカトル】の誘導に動いてくれる。ジュードが準備を終えたら――まずは第一打だ。

「――飛んでけ、ホームランッ!!」

全身全霊の力を込めて、傍《そば》にいた一体の蟻《あり》を思いっきり打ち飛ばす。

（……一打で吹っ飛ばすには、やっぱり重い!!）

手にかかる負担に顔を歪《ゆが》めるけれど、いい音を立てた蟻《あり》が放物線を描きながら飛んでいく。

――目的地はドームの観客席ならぬ、【女王の守役《もりやく》】の頭付近だ。

「…………よしっ、食いついた!!」

やつの頭上に【アスカトル】が届いた瞬間、強靭《きょうじん》な顎《あご》が勢いよくそれに食らいついた。

そう、脳を持たない魔物に仲間意識なんてものは存在しないのだ。障害物が近付いてきたら、それがなんであるかも確認せずに食いついてしまう。

硬いはずの【アスカトル】の体が、もっと大きな蟻《あり》の顎《あご》によってガチガチと噛み潰されていく。……その間、やつの顎《あご》は封じられている。

「――もらうよ」

その隙《すき》に、すかさず滑《すべ》り込んだジュードが、【女王の守役《もりやく》】の足を一本、きれいに削《そ》ぎ落とした。

スパン、と小気味よい音を立てた彼は、しかし深追いはせず、すぐに後退する。

さすがは我らの殺戮《さつりく》兵器。惚れ惚れするような斬撃ね！

「やった、いけるじゃない!!　私の作戦、すごくないっ!?」

「まず魔物を吹っ飛ばすって時点で、君じゃないとできないけどね!?」

「いや、今の一瞬で足を斬り落とすのも、ジュードさんじゃないと無理ですよ!?」

思わず喜びの声を上げた私に、別方向からツッコミが二つも飛んできた。

何よ、私とジュードしかできないなら、ちょうどいいじゃない。今はどっちも戦場にそろっているんだからね！

……だが、残念ながら【女王の守役《もりやく》】もそこまで弱くはないようだ。くわえていた蟻《あり》を完全に噛み砕くと、すぐに標的をジュードに定めて、足元の彼へと頭を向けている。

「一匹じゃ長くはもたないか……二匹目打ち上げるわよ！」

ちょうど近くに迫っていた一匹を、再び全力で打ち上げる。今度はやや低めに、鋭い軌跡を描いて飛んでいった蟻《あり》は、上手《うま》い具合に【女王の守役《もりやく》】の顔に突っ込んでくれたようだ。

「っと、助かったよアンジェラ！」

よし、これでジュードから意識をそらせた。続けて、騎士団員さんが連れてきてくれた一体を思いっきり殴り飛ばす。……ああ、腕が痛い。だけど、やるしかない！

「ジュードもう一匹いくわよ！　ウィリアムさんは、やつが体勢を崩した時に魔術をぶち込んで!!　トドメは貴方にかかってる!!」

「は、はいっ!!　確実に仕留めます!!」

小細工など無用。力こそ正義！　脳筋の底力、味わうがいいわ蟻《あり》魔物め!!

「……聖女様って、結構体育会系なんですね……王都に来る間もこういう感じで戦ってたんですか？」

「私の容姿の変貌ぶりを見て、その辺りは察してくれ」

エイムズさんたちが何か話しているけれど、今はそんな場合じゃない。

「全員口より手と足を動かす！　油断したら噛み砕かれるわよ!!　早く次!!」

「は、はい!!」

かくして、ホームランから始まるヒットアンドアウェイ作戦は、【アスカトル】の群れが一匹もいなくなるまで続けられたのだった。

＊　＊　＊

――蟻《あり》の魔物が出てから、三十分ほど戦っただろうか。

赤く染まる空を背景に、私たちと討伐隊は砂っぽい戦場を達成感あふれる気持ちで眺めている。

視界の中央に転がっているのは、巨大なオブジェと化した【女王の守役《もりやく》】だ。

「……勝った――――ッ!!」

やがて、堪《こら》え切れなくなった私が叫べば、途端にわっと歓声が上がった。

やってやったわよ、ちくしょう！　追加の蟻《あり》の魔物も全部しっかり倒しきったわ!!

「……まさか本当に、あんなめちゃくちゃな作戦で倒しきるなんて」

「ジュードもノリノリだったじゃない！　お疲れ様!!」

一人【女王の守役《もりやく》】に接近していた彼は、ウィリアムの攻撃の余波を受けていたこともあり、煤《すす》やら砂やらで誰よりも服装が汚れてしまっている。

だけど、大きな怪我はない。私も、ウィリアムも、騎士団の皆も。回復魔法ですぐに治せる程度の軽い怪我しかしなかった。皆ちゃんと生きて、最後まで戦いきったのだ！

「まあ、一番頑張ってたのはアンジェラだけどね。お疲れ様」

「ええ、本当に。今日一日だけでホームラン王になれると思うわ」

しかも、打ち上げていたのはボールではなく、二メートル強の巨大な蟻《あり》である。ここが地球なら、ギネス記録を打ち立てられた自信があるわよ。なんの記録になるかは知らないけど。

「……しかしまあ、さすがに体ガタガタよ。明日は腕が上がらないかもね」

いくら強化魔法を使っているとはいえ、ふるっているのは貧弱で筋肉の少ない女の腕だ。多分明日は、腕が肩から上には上がらないだろう。

「だ、大丈夫ですかアンジェラさん！　殿下に按摩師《あんまし》さんを呼んでもらいましょう！」

「そうね、お願いしてもいいかもしれない」

いつの間にかローブのフードが外れていることにも気付いていないウィリアムは、おろおろしながら私を心配してくれている。今日の戦いを経て、彼ともより一層親睦《しんぼく》を深められそうね。

それから皆は一通りの後始末をして、帰路へとついた。今回は全員が馬で来ていたので、私はジュードと相乗りだ。

「……疲れたわね」

「支えてるから眠っていいよ、アンジェラ」

「うん、無理そうなら寝るわね」

ころんと頭を預ければ、彼の胸から体温と鼓動が伝わってくる。なんだか懐かしい感触だ。

「……そっか。王都へ出てくるまでは、ずっとこうやって二人で戦場へ行っていたものね。今は馬車があるから、なんか懐かしい感じ」

「懐かしむほど昔のことでもないんだけどね」

ぽつりと呟《つぶや》けば、背後の彼が柔らかく笑う。続けて、ぽふん、と私の頭に彼の顎《あご》が乗せられたのがわかった。

「ジュード？　ちゃんと前を見てよ。私は手綱《たづな》を上手《うま》く扱えないからね」

「やってるから心配しないで。……君はこのまま乗馬を覚えなくてもいいよ。僕がずっと、一緒に乗せていくから」

「私はそれでもいいけど」

彼がそれでいいなら、乗馬を習う時間を筋トレに回したほうが有意義だもの。……どうせ離れるつもりもないんだしね。

「……変わらない関係って、とても愛《いと》しいね」

「そうそう変わらないでしょう。だって、十年一緒だったんだもの」

「そうだね。だけど、これから変わるかもしれない。……長い旅に、なるかもしれないから」

すり、と彼の黒い髪が私の額《ひたい》を滑《すべ》っていく。彼は普通にしていればただのイケメンだけど、こういうちょっとした動作が動物っぽくて困る。

百八十五センチの男を可愛いなんて思う性癖《せいへき》はないはずなんだけどね。

「君の身は僕が守るよ。だけど、君の心までは守れない。だから今とは変わってしまうかも」

「変わってほしくないと思うから」

「……わからない。少なくとも、今日みたいな戦い方は、君としかできないと思うから」

「……そりゃあね。魔物をホームランできるのは私かディアナ様だけだろうし、そのタイミングに合わせて攻撃を入れていくのも、この部隊ではジュードしかできないだろう。

長年付き合ってきたからこそできる、阿吽《あうん》の呼吸というやつだから。

「だったら、長い旅にならなければ安心？」

「そういうわけじゃないけど」

曖昧《あいまい》に言葉を濁《にご》しながら、ジュードはまた私に頭をすり寄せている。ちょっとくすぐったいのだけど、これも無意識なのかしら。

「――長く、ならないかもしれないわよ」

「え？」

少しだけ驚いた彼に、適当に笑って誤魔化《ごまか》しておく。

……別にこれは、幼馴染《おさななじみ》を甘やかしているわけではない。今の会話がなくても、近々王子様に相談するつもりだったのだ。

ラスボス【無垢《むく》なる王】の居場所へ、いっそ攻め込んでみないかと。

（とは言っても、一朝一夕《いっちょういっせき》で辿《たど》りつける距離ではないんだけどね）

だが、少なくとも年単位の旅にはならないはずだ。共に育った十年を忘れてしまうほど、長い旅にはならない。……多分。

まあ、何にしても、彼も同行するんだから私たちは変わらないと思うけどね。

「……というか、ジュード。さっきから私にくっついてるけど、絶対に前見てないでしょ」

「見てるよ、ちゃんと」

「どこが⁉」

ぴったりとくっついた彼の頭は、いまだ私の頭に乗っている。重くはないけど、まっすぐ前を見られるかと言えば微妙な距離だ。

「これ以上ふざけるなら貴方じゃない人の馬に乗せてもらうわ！　早く、前を見なさい！」

「アンジェラは本当に手ごわいなあ。勝利の余韻《よいん》、きれいな夕日、ぴったりくっついた男女。少しぐらいときめいてくれたっていいのに」

ようやく私から離れた黒い頭は、くすくすと楽しそうに笑っている。

乙女ゲームっぽい雰囲気を作ってやっても構わないけど、まずは命の安全を保障してから言ってほしいわ。馬は車と違って、不安定極まりない乗り物なんだからね。

「ときめきを求めるなら、まず安全を確保してからにしてくれる？」

「手厳しいね。僕が君を危険にさらすわけないのに」

「……口調だけ落ち着いていられてもね。心臓は破裂しそうになってるわよ」

私の背中はぴったりとジュードの胸元にくっついていて、彼の鼓動を余すことなく感じている。……口説《くど》くのなら、せめてもう少し心臓を大人しくさせてからにしてほしいわ。

「これは……アンジェラが柔らかくて、いい匂いがするから悪い」

「嫌味？　悪かったわね、筋肉の少ない体で！」

「違います。……ああもう、僕はいつになったら男として見てもらえるのかな。変わってほしくはないけど、この一点だけは変えたいかも」

「何言ってんの、このイケメン」

――男として見たことがないなんて、一度も言ったことないのに。

何はともあれ、赤と橙色《だいだいいろ》に染まった空の下、慌ただしい一日はようやく終わっていく。

多くの謎と不安を内包した世界は、相も変わらず私に優しくないけれど。……でも今は、とりあえず今日を無事に生き抜いたことを祝っておこう。

明日も明後日《あさって》も、彼と仲間たちと共に乗り越えられると信じて。

番外編

EX STAGE DARREN

「あっダレンさん！　ただいま戻りました!!」

間もなく日も沈むような時刻。十頭ほどの馬が王都の外壁の向こうから駆けてくるのを見つけて、オレはようやく胸を撫で下ろした。

馬上にいるのは見慣れた藍色《あいいろ》の制服の騎士たちと、殿下が集めた部隊の仲間だ。どの馬もしっかりとした足取りで駆けており、負傷もなさそうに見える。

（ああ、無事でよかった）

全く、アンジェラちゃんからとんでもない話を聞いたばかりだというのに、まさかその日のうちにあの妙な泥の魔物に煩《わずら》わされるとは思わなかった。

……しかも、オレたち騎士団の人間が〝作ってしまったもの〟だなんて、呆れるしかない。

討伐を指揮してくれた同僚のエイムズにも、協力してくれた仲間たちにも、本当に心から感謝したいな。

「おかえりウィル君、怪我はないか?」

「はい、ぼくは大丈夫です!」

颯爽《さっそう》と駆け寄ってきた一頭に声をかければ、馬上の黒ローブの塊《かたまり》から笑顔が覗く。

今回協力してくれたウィル君とジュード君、アンジェラちゃんといえば、殿下の部隊の中でも特に若い子たちだ。だが、その実力はオレなんかよりずっと上だし、心配もいらないだろう。

……それでもやっぱり、元気に帰ってきてくれればホッとする。

もっとも、回復魔法が使えるアンジェラちゃんがいたのだから、怪我はないだろうけど。

「今日はヤバイ魔物がいたりしたかい?」

「ええと、初めて見る大きな蟻《あり》の魔物が発生しました。アンジェラさんは、【アスカトル】と【女王の守役《もりやく》】って呼んでいたと思います」

「げっ!　また虫かよ」

今回オレは別件の仕事があって参加できなかったのだが、それで正解だったみたいだな。皆には悪いけど、虫の魔物は蜘蛛《くも》と骨の百足《むかで》でお腹いっぱいだ。

騎士として恥ずかしいと言われるかもしれないが、苦手なものは苦手なのだから仕方ない。

ウィル君に続いてやってきた騎士たちも、なんとも言えない微妙な表情を浮かべているし、男だってダメなものはダメなんだよ。

「この前の蜘蛛《くも》も、今回の犯人が作ったものらしいです」

「ああ、こないだの蜘蛛《くも》もあのバカが作ってたのか。じゃあ、犯人が捕まった以上、もう虫の魔物が出る心配はないんだよな？」

「お、恐らくは」

ウィル君はちょっと困ったように答えてくれるが、オレにとっては大変ありがたい報《しら》せだ。これでオレも、安心して討伐任務に出られるぜ。

……いや別に、対象がなんであっても仕事をサボッたりはしないけどな？

「ん？」

そうこうしていれば、列の最後尾をゆったりと歩く馬が視界に入ってくる。

修道服という質素な装《よそお》いながら、思わず目を奪われてしまう美少女と、彼女を背後からしっかりと抱き締めている異国風の美青年。

「……あの二人は、イチャイチャしていないと死ぬ病気か何かなんかな」

「そ、そういうわけでは。アンジェラさんが馬に乗れないらしいので、ジュードさんと相乗りしているそうですよ？」

「ふーん」

ただ相乗りするだけなら、べったりと体をくっつける必要はないと思うけどな。

まあ、ジュード君の場合は彼女への好意を隠していないし、オレたちのことも堂々と牽制《けんせい》してくれるから、こっちとしても応援したくなるぐらいなんだが。

だからと言って、バカップルを穏やかに眺めてやれるほど、オレは心が広くない。つい呆れてしまうのも許してくれ。独り身のやっかみなのは自覚してる。

「あっ、そうです！　今日のアンジェラさんはすごかったですよ、ダレンさん！」

オレの雰囲気を察したのか。あえて明るい声を出したのであろうウィル君が、馬から下りてオレの隣に並んだ。

ウィル君は本当にいい子だな。実の親には虐《しいた》げられ、その後は外見が子どものお師匠さんに育てられたっていうのに、よくぞ性格が曲がらずに育ったものだ。

「ぼくたちよりもずっと大きな蟻《あり》を、一撃でポーンと吹き飛ばして戦っていたんです!!　ほおむらんっていう技らしいのですが、さすがですよね！」

「うん、それを嬉しそうに言っちゃう辺り、君もさすがだと思ったよ」

……残念ながら、性格に関係ないところの価値観は歪《ゆが》んでいるみたいだけど。

何度か一緒に戦って気付いたけど、この子って可愛い顔立ちに反して壊すの大好きだものな。

普通なら引いてしまいそうなアンジェラちゃんたちの行動を褒《ほ》め称《たた》えたりするし、〝強いもの〟が純粋に好きなのだろう。戦力としては大変ありがたいので、もちろん否定するつもりはない。

「しっかし、一撃で魔物を吹っ飛ばすってヤバイな。ディアナ姐《ねえ》さんならまだしも、あの美少女がメイスをぶん回してやるっていうのが予想外すぎて怖い」

「すごいですよね。ぼくも見習わないと」

「見習わなくていいからな？　常識を超えていくのは、女性陣二人だけで充分だ」

むしろ、充分すぎてお釣りがくる。

もっとも、ウィル君の魔術の腕も相当なものだし、とっくに常識からは外れているけどな。

（本当に。一体どうして、こんなすっごい部隊になったんだか）

数か月前、殿下に部隊結成の話を聞かされた時は、〝ただの少数精鋭部隊〟という話だったぞ。まさか集まるのが、誰も彼も常識外れの猛者《もさ》だなんて聞いてない。

（そりゃ、ディアナ姐《ねえ》さんのことは知ってたし、導師だの賢者だのの肩書きを持つヤツらに関しては、きっとすごいのが来ると思ってたけど）

聖女様が鋼鉄メイスをぶん回すのは想定外すぎたな。

まあ今となっては、あのアンジェラちゃんだからこそ、オレも仲間たちも上手《うま》くやれているると思うのだが。

「あ、ダレンさん！　ただいま戻りましたー！」

そんなことを考えていたら、正《まさ》しくその撲殺《ぼくさつ》聖女様がオレたちに近付いてきた。服はいくらか汚れているが、彼女も後ろのジュード君もやはり怪我はなさそうだ。

「おかえり。でかい蟻《あり》を一撃で吹っ飛ばしたんだって？　さすがの活躍だな」

「私がやったのはただの足止めで、トドメをさしたのはジュードとウィリアムさんですよ。しかしまあ、あんなのは何回もやるものじゃないですね。肩が痛いです」

「何回もやったのかよ！」

てっきり一回だけかと思ったら、相変わらずとんでもないなこの子は。そもそも、メイスで殴り飛ばすのが〝ただの足止め〟って、一体何と戦ってきたんだ？　泥の魔物による生成物とは聞いたが、それ以外の報告はなかったぞ。

「まさか、またあのでかい蜘蛛《くも》みたいな強敵だったのか？」

「あそこまでではありませんが、それなりに厄介な蟻《あり》ですね。今日は人数も少なかったので、無茶な戦い方をせざるをえなかったと言いますか」

「あんなことができるのは、アンジェラかディアナさんだけだけどね」

「ジュードもノリノリで戦ってたじゃない」

……とりあえず、普通の人間では絶対に不可能な戦いをしてきたっていうのはよくわかった。

この二人とウィル君が一緒でなければ、きっとエイムズたちに甚大《じんだい》な被害が出ていただろうってことも。

「……本当に、大したもんだよ君たちは」

「いえいえ、私たちはそのために集まった者ですから！」

「うん、実は君に求めたのは癒《いや》しの力だったんだけどな」

今となっては信じられない話だが、やっぱりこのアンジェラちゃんだからこそ、オレたちの部隊は戦っていけるんだろうな。

馬上の美少女はそんなオレの気も知らず、いつも通りにニコニコと笑みを浮かべている。……相変わらず、顔だけは本っ当に可愛いんだよなあ。中身が姐《ねえ》さんと並ぶ猛者《もさ》っていうのが、いまだに信じられん。

……あんまりジロジロ見てると黒い保護者に睨《にら》まれるから控えているけど。なんというか、ありがたいけどもったいない女の子だよ。

「そうだダレンさん、按摩師《あんまし》さんを頼めないでしょうか？　アンジェラさんがだいぶ無理をしてくれたので、できればそういう方に診てもらいたいんですけど」

「按摩師《あんまし》？　多分騎士団に伝手《つて》があるから確認するよ」

「騎士団の伝手《つて》だと男性の可能性もありますよね。できれば女性の方に施術《せじゅつ》してほしいのですが……」

「ジュード、重い」

ジュード君はジュード君で、せっかくの美貌を台無しにするぐらいの残念ぶりだしな。

確かに、アンジェラちゃんみたいな美少女の隣を死守するのは大変だろうけど、そういう彼もびっくりするぐらい顔はきれいだし、剣の腕だって誰にも引けを取らないのだから、こんなに過保護にならなくてもいいだろうに。

お似合いなんだから、さっさと結婚してくれホント。

「……ああ、本当に、なんつーかな」

「はい？　ダレンさん、何かありました？」

「いや、君たちと一緒の部隊で戦えて、楽しいなって話」

思わずゆるんだ頬を撫でれば、三人はオレの顔を見た後、応《こた》えるように笑ってくれる。

三人とも本当にとんでもなく強くて、下手をすれば外見詐欺と言いたくなるような子ばかりだけど。こうして顔を合わせて話しているのは、とても楽しい。

(魔物の創造主なんて、わけのわからない話を聞いたばっかりだったのに)

正直、今日は会議が終わって以降、ずっと不安と困惑が胸に残っていたんだが。こうして彼らと話していたら、そんな気持ちもすっかりなくなってきた。

彼らと一緒にいると、何があっても大丈夫な気がしてくる。

年長者としては頼りなくて申し訳ないが、誰も彼も皆人間を超えてたら、常識が迷子になっちまうしな。

「三人とも、今日は本当にありがとな。そんで、これからもどうぞよろしく」

「こちらこそ」

とりあえず隣にいたウィル君に手を差し出せば、彼はぎこちなく握り返してくれた。

馬上の二人は、そのままイチャイチャしていてくれ。

沈みゆく太陽を見送りながら、長い影と共に城へと帰っていく。

きっと明日からも、この元気すぎる彼らとの慌ただしい日々が待っているだろう。

書き下ろし番外編

聖女様はペットが欲しかった

「この世界の魔物って、見た目がアレなのばかりよね」

ふと気付いたことを呟《つぶや》いたら、ちょうど近くにいたジュードとウィリアムが、とんでもなく意外そうな顔で目を瞬《またた》いた。

いや、意外というよりは『何言ってんだコイツ』というツッコミか、呆れのほうが強いだろうか。討伐部隊の中でも年が近い組にそういう表情をされると、いくら私でも傷つくわよ、もう。

「えっと、魔物の見た目が恐ろしいのは、そういう存在だから……だと思いますけど」

「うん、まあそうなんだけどね」

遠慮がちに答えてくれたウィリアムに、苦笑いを返しておく。

彼らにとっては当然のことでも、日本の記憶もある私としては、魔物がゲテモノオンリーというのはやはり物足りないのだ。

なんたって、日本製ゲームの敵キャラには、思わず倒すのを躊躇《ためら》ってしまいそうな可愛いものもいたんだから。

(最弱のスライムからして別ものだもの)

日本人に『スライムとは』と聞いたら、十中八九つぶらな瞳が愛らしい某国民的人気RPGが挙がるだろう。

丸みを帯びた柔らかなフォルムに、触ったら気持ちよさそうなプニプニボディ。そういうのがスライムであって然《しか》るべきなのに……現実は『泥』なんだもの。

進化しても『影』になるだけで、可愛さが加わるどころか終末ホラー感が増す始末。

ほんと世知辛《せちがら》いわ。

とはいえ、私もこの世界の魔物システムのことは承知している。

倒さなければどうにもならないものなんだから、明らかに敵っぽい形をしているのは合理的だ。

(わかっていても、もう少しこうね)

魔物を捕まえて育てたいとか、聖女をやめて魔物使いに転職したいとか、そこまでのわがままを言うつもりはない。

けど、もう少し。せめてホラーとグロテスク以外のバリエーションが欲しい。

「そういえば、ウィリアムさんは魔物について詳しいのよね。でかい虫とか足の生えた木以外の、比較的見た目がまともな魔物を知ってたら教えてくれない？」

「ぼ、ぼくですか？　ぼくよりもアンジェラさんのほうが、魔物についての知識はずっと豊富だと思いますけど」

訊《たず》ねられたことが予想外だったのか、ウィリアムはぶんぶんと大きく首を横にふる。

確かにそうだけど、私の知識の元はあくまで前世のゲームだ。

骨の百足《むかで》こと【葬列《そうれつ》の帰還】のように、私が知らない魔物だってこの世界にはいるはずだわ。多分。

私に加えてジュードもじっと彼を見つめていると、ウィリアムは観念したようにローブから一冊の本を取り出した。

この世界では珍しい文庫本ぐらいのサイズで、真っ黒な革表紙が怪しげだ。彼がいつも使っている魔術書とも違う。

「お、お役に立てるかはわかりませんけど……」

そう呟《つぶや》いた彼は、パラパラとページをめくっていく。どうやらこれは、持ち運びできる魔物図鑑のようだ。

もっとも、この世界にはカラー印刷なんて普及していないので、載っているイラストはラフのようなざっくりしたものである。

「こ、これなんかは、どうでしょうか？」

そうしてウィリアムが指を止めたページには、重装騎士の甲冑《かっちゅう》のような厳《いか》めしい姿が描かれていた。

「へえ、格好いいね。こんな魔物もいるんだ。僕は見たことないな」

横から覗き込んだジュードも、興味深そうに目を輝かせている。やっぱり男の子にとって、鎧《よろい》や甲冑《かっちゅう》の類《たぐい》は憧れの一品らしい。

「うん、それパッと見は格好いいんだけどね。……中にクラゲみたいな軟体生物が入ってることを知らなければ」

「えっ、そうなんですか⁉」

私がげんなりとしながら補足すると、ウィリアムが肩を跳ねさせた。そうか、知らなかったんだ。夢を壊してごめんよ。

（こいつもゲームにいたのよね。硬い鎧《よろい》や箱に隠れてるから、倒すのが面倒な敵の一つだったわ）

もちろん、鎧《よろい》を攻撃してもダメージは入らない。まずは身を守っている装備を壊して、本体を引きずり出してからが本番なのだ。開発陣はつくづく性格が悪い。

「じゃ、じゃあ、こっちはどうですか？」

続けてウィリアムが提示したのは、可愛らしい小鳥のイラストだ。木の枝に止まる姿は、平和の象徴のようにも見えるけど……

「この魔物、お腹に口がついてるのよ。敵対すると、ここからここまでパカーッて開いて噛みついてくるからね」

「エグい！　嘴《くちばし》は飾りなのか、この子⁉」

「あっ、隣のページに開いてる絵もありますね⁉　これ同じ魔物だったんですか」

知らなかった……とウィリアムはしきりに感心している。ちなみに、小鳥の部分はただの擬態《ぎたい》だ。同じパターンで子ウサギもいるけど、襲ってくる時の姿しかもう覚えていないわ。

「やっぱりアンジェラさんは物知りですね。さすが聖女様です！」

「というか、アンジェラの情報源は神様なんだよね？　詳しすぎて怖いんだけど、聖女に必要な情報なのかなこれ」

「あはははは」

キラキラと尊敬の眼差しを向けてくるウィリアムに対して、ジュードはどこか怪訝《けげん》な様子だ。さすがは幼馴染《おさななじみ》、その違和感は大正解だよ。神様も、なんか危ない趣味にしちゃって本当にすみません。

その後もウィリアムの図鑑で確認させてもらったものの、残念ながら載っていた魔物はどれもこれも正気度が下がりそうな姿のものばかりで、可愛いの〝か〟の字も見つけることはできなかった。

図鑑には、元廃人プレイヤーの私が知らない魔物もいなかったので、【葬列《そうれつ》の帰還】は相当なイレギュラーだったんでしょうね。

「それにしてもアンジェラ、急にどうしたの？　魔物が恐ろしい姿をしていることは、ずっと戦ってきた君が一番よく知っているのに」

「別に急な話でもないわよ。ただ、もしもの期待を持ちたかっただけ」

「もしもって、具体的には？」

「……カールのおばけちゃんみたいな可愛いのがいるなら、私がペットにしたいなと」

私欲丸出しの理由を口にしたら、再び二人はポカンとしたまま固まってしまった。

何よもう。いくら鋼鉄メイスをぶん回す聖女様だって、生物学的にメスですからね？

私が可愛いもの好きで悪いのか！

だいたい、カールがあんな可愛いものを連れてるから悪いのよ。外見詐欺のくせにズルいわ。羨《うらや》ましいに決まってるじゃない。

「ええと、それはお師匠様みたいに使い魔としてってことですか？」

「どうなんだろう。聖女が使い魔を持つなんて聞いたことないわよね。どっちかって言ったら、聖獣とか？」

「そ、そうなると、魔物は対極ですね。聖なる存在とはほど遠いかと」

申し訳なさそうに眉を下げるウィリアムに、私も同じ表情を返すしかない。

別に従属させたりご用聞きをさせなくても、ペットで充分なんだけどさ。

「うう、すみません……ぼくが似た使い魔を召喚できればよかったんですけど。壊したり燃やしたりしかできなくて……」

「いやいや、気にしないで！　まず無理だろうなってわかってたから」

ウィリアムがだんだん落ち込み始めてしまったので、慌ててフォローしておく。

普通のペットなら手配できるだろうけど、これでも魔物討伐の精鋭部隊だ。過酷な旅になるとわかってる以上、ただの動物は連れていけないのよね。

「ま、やっぱりただの夢よね。変なこと言ってごめんなさい」

「い、いえ！　ぼくこそ、お役に立てなくてすみません」

わかりきっていたことなので、落ち込んだりはしないわよ。改めて、この世界は転生者に優しくないなあとは思ったけど、倒すものに遠慮がいらないのはいいことだわ。

（グロとホラー相手なら抵抗感もないしね。きっと戦う人間への配慮だと思っておきましょう）

その割には精神的に優しくないデザインばかりなのは、もう諦《あきら》めよう。開発陣にしろラスボスの【無垢《むく》なる王】にしろ、優しさを求められる相手じゃないもの。

その後も三人で図鑑を眺めては、まだ遭遇したことのない魔物についての意見を交わし合い、なんだかんだで充実した時間をすごすことができた。

三人ともにまず出てくる意見が『どう倒すか』な辺り、殺伐としすぎて笑っちゃったけど。脳筋と殺戮《さつりく》兵器と破壊特化の魔術師がそろったら、そんなものよね。

うん、今日も平和だわ！

——ちなみに後日、導師カールハインツが夜間に襲われたとか、彼の使い魔が誘拐されかけたとかいう話を耳にすることがあったのだけど、私は全く関係ないからね。

ええ、犯人が夜闇に隠れるのに有利な容姿をしてたとか、凶器に曲剣を使用してたとかいう噂も聞いたけど、〝私は〟何もしてないからね！

大好評発売中!

大好きなアクション系乙女ゲームの世界に転生したアンジェラ。
けれど、二人いる主人公のうち、前世でやり込んだ
前衛の女騎士ではなく、一度もプレイしたことのない
後衛の聖女になってしまった!
せっかく転生したのに武器で戦えないなんてつまらない…。
そこで脳筋なアンジェラは考えた。
「そうだ、魔法で攻撃力を上げよう!」
やがて世界に危機が訪れ、アンジェラは戦場で大活躍!?
だけど、現実はゲームのシナリオとは違っていて……。

RC Regina COMICS

アルファポリス 漫画 検索

ISBN978-4-434-30105-6
B6判 定価:748円(10%税込)

本書は、2018年6月当社より単行本として刊行されたものに書き下ろしを加えて文庫化したものです。


この作品に対する皆様のご意見・ご感想をお待ちしております。

おハガキ・お手紙は以下の宛先にお送りください。

【宛先】

〒150-6008 東京都渋谷区恵比寿4-20-3 恵比寿ガーデンプレイスタワー 8F
(株) アルファポリス　書籍感想係

メールフォームでのご意見・ご感想は右のQRコードから、
あるいは以下のワードで検索をかけてください。

アルファポリス　書籍の感想　検索

ご感想はこちらから

レジーナ文庫

転生《てんせい》しました、脳筋聖女《のうきんせいじょ》です 2

香月《かづき》 航《わたる》

2022年5月20日初版発行

文庫編集－斧木悠子・森順子
編集長－倉持真理
発行者－梶本雄介
発行所－株式会社アルファポリス
〒150-6008 東京都渋谷区恵比寿4-20-3 恵比寿ガーデンプレイスタワー8階
TEL 03-6277-1601（営業） 03-6277-1602（編集）
URL https://www.alphapolis.co.jp/
発売元－株式会社星雲社（共同出版社・流通責任出版社）
〒112-0005 東京都文京区水道1-3-30
TEL 03-3868-3275
装丁・本文イラスト－わか
装丁デザイン－AFTERGLOW
（レーベルフォーマットデザイン－ansyyqdesign）
印刷－中央精版印刷株式会社

価格はカバーに表示されてあります。

落丁乱丁の場合はアルファポリスまでご連絡ください。

送料は小社負担でお取り替えします。


ISBN978-4-434-30318-0 C0193